L'amour en prime

SCOTTY CADE

L'amour en prime

SCOTTY CADE

REAMSPINNER
PRESS

Publié par
DREAMSPINNER PRESS

5032 Capital Circle SW, Suite 2, PMB# 279, Tallahassee, FL 32305-7886 USA
www.dreamspinnerpress.com

L'amour de prime
Copyright de l'édition française © 2016 Dreamspinner Press.
Titre original : Bounty of Love
© 2011 Scotty Cade.
Première édition : août 2011
Traduit de l'anglais par Cyrielle Todd.

Illustration de la couverture :
© 2011 Reese Dante.
http://www.reesedante.com
Les éléments de la couverture ne sont utilisés qu'à des fins d'illustration et toute personne qui y est représentée est un modèle

Édition e-book en français : 978-1-62380-734-4
Édition imprimée en français : 978-1-63476-709-5
Première édition française : octobre 2016
v 1.0

Édité aux Etats-Unis d'Amérique.

Pour Kell.
Merci d'avoir tout porté sur tes épaules et d'avoir gardé de l'ordre
au travail et à la maison pendant l'écriture de ce livre.
Tu es chaque jour une inspiration pour moi,
et même si j'aime énormément écrire,
le seul inconvénient c'est que je ne passe pas assez de temps avec toi.
Je t'aime !

Merci à Kristine (Kris) McDonald et Michael Jampel
d'être de si bons correcteurs.
Votre capacité à pointer du doigt les trous dans l'intrigue
et interroger le mobile du tueur en a fait une histoire bien plus réaliste.
Et un merci tout spécial à Kris pour être véritablement ma référence
en matière légale et pour répondre à toutes mes questions
ennuyeuses sur le sujet.
Vous êtes les meilleurs, avec Kell, et je vous aime.

NOTE DE L'AUTEUR

L'AMOUR EN Prime, le troisième volume de la série *Love*, met en scène Jake Elliot et Zander Walsh, que vous avez rencontrés pour la première fois dans *Wings of Love* en tant que propriétaires et gérants de l'auberge du lac Hiline dans les montagnes de l'Alaska.

Bien qu'étant un roman indépendant, *Bounty of Love* se déroule douze ans avant *Wings of Love* et *Treasure of Love*, et raconte comment Jake et Zander se sont rencontrés, se sont retrouvés dans la nature en Alaska et en sont venus à être propriétaire d'une auberge. C'est une belle histoire et vous retrouverez un personnage familier sous les traits d'un jeune McGovern « Mac » Cleary, qui est marié à sa femme Lindsey et élève leur petite fille adoptée Zoe-Grace.

J'espère que vous apprécierez l'histoire et si vous n'avez pas encore lu *Wings of Love* ou *Treasure of Love*, ou si vous ne les avez pas lus dans l'ordre, n'ayez crainte. Les trois sont des romans complètement indépendants qui présentent des personnages et des lieux récurrents.

Merci,
Scotty

PROLOGUE

— D., ON va être en retard, hurla Alexander Walsh à son fiancé, qui se tenait debout dans leur dressing et bataillait avec sa cravate devant le miroir en pied.

Alexandre jeta un œil à la Rolex en or qui ornait son poignet.

— On a exactement quarante-sept minutes pour récupérer mes parents et aller à l'église, ou nous serons en retard à la répétition de notre propre mariage.

— Zander, arrête de me mettre la pression, implora Darren Jordan avec inquiétude alors qu'il arrivait dans l'entrée.

Il avait un bras dans la veste de son costume Armani et l'autre qui cherchait la deuxième manche. Il acheva d'enfiler sa veste et tenta à nouveau d'ajuster sa cravate en soie dorée.

— J'avais l'habitude de faire un nœud parfait tous les matins, mais aujourd'hui je n'y arrive vraiment pas ; aide-moi s'il te plaît.

Zander, les mains repliées sur sa poitrine, observa l'homme qu'il était assez chanceux pour épouser le lendemain soir à six heures précises. Peu importait le nombre de fois, où Zander lui avait dit, Darren n'avait aucune idée comme il était séduisant, ou de l'effet qu'il avait sur le cœur balbutiant de Zander, sans compter d'autres parties de son anatomie.

— Wouah ! Zander regarda son futur mari de haut en bas d'un œil admiratif. Tu as l'air de sortir tout droit d'une couverture de magazine.

Darren et Zander avaient lancé *Gentlemen's Style* à la sortie de l'université, et exactement trois mois plus tôt, ils avaient vendu le magazine à une maison d'édition indépendante new-yorkaise pour une somme d'argent indécente. Lorsque la vente fut finalisée, ils s'étaient mis d'accord pour attendre jusqu'après le mariage pour décider ce qu'ils voulaient faire ensuite, ils étaient donc plus ou moins des rentiers.

— Zander, arrête de me taquiner s'il te plaît. Je suis assez nerveux comme ça. Viens plutôt ici et aide-moi avec cette fichue cravate, demanda Darren avec un début de sourire sur son beau visage.

Zander monta une marche et eut à peine le temps d'atteindre le nœud de la cravate de Darren avant qu'il n'intercepte ses mains et ne les pose

1

contre sa poitrine. Darren se mit sur la pointe des pieds et posa ses lèvres sur celles de Zander. Ce n'était pas un baiser avide et désespéré comme ils en partageaient parfois dans un moment de passion, mais un baiser lent, chaud et tendre qui exprimait tout ce qu'il y avait besoin d'exprimer.

Le corps de Zander commençait à frissonner de désir et son sang à affluer vers son entrejambe. Son sourire était malicieux lorsqu'il plongea ses yeux dans ceux de Darren.

— Continue comme ça et nous allons *vraiment* être en retard, dit-il avec clin d'œil. Très en retard.

Darren interrompit le baiser et sourit.

— Très drôle. Maintenant, recule. C'est à mon tour de te regarder.

— D'accord, répondit Zander en ébouriffant les cheveux de Darren comme il le faisait dix fois par jour.

— Hé, attention à mes cheveux, protesta-t-il. Je vais à un dîner de répétition, rappelle-toi.

Zander sourit et posa pendant une seconde, puis tourna même sur lui-même pour un effet total. Ce fut au tour de Darren de siffler. Zander portait un pantalon en laine noir, un pull noir à col roulé, et une veste noire et blanche à pied-de-poule, parfaitement ajustée à sa taille et à son physique mince, mais musclé.

— Tu as l'air formidable, souffla Darren. Je n'arrive pas à croire la chance que j'ai de passer devant le maire à tes côtés demain soir.

Zander embrassa furtivement les lèvres pleines de Darren.

— Pareil pour moi, s'exclama-t-il. Maintenant, on ferait mieux d'y aller ou nous ne saurons pas quoi faire demain soir, et ma mère en serait très malheureuse.

— Et il ne faut surtout pas décevoir Patty, déclara Darren. Elle attend ce mariage depuis que tu as vu le jour.

— Je ne suis pas sûre que ce soit le mariage qu'elle avait en tête, dit-il en pouffant. Mais tu sais, ils ont plutôt bien pris tout ça, surtout mon père.

— Ils t'aiment, Zander, et tout ce qu'ils veulent, c'est que tu sois heureux.

— Je sais, acquiesça-t-il. Je les aime aussi.

Darren plongea ses yeux dans ceux de Zander et pencha la tête. Zander posa un doigt sous son menton et la releva jusqu'à ce que leurs regards se croisent à nouveau.

— Je suis désolé que tes parents ne puissent pas être là demain, murmura-t-il.

— Ne pas pouvoir et ne pas vouloir sont deux choses différentes, corrigea Darren alors qu'une larme coula le long de sa joue. C'était leur choix, et je ne peux vraiment rien y faire.

Il se redressa soudainement et sourit.

— Mais… Je ne vais pas les laisser gâcher ça pour nous. Demain sera le plus beau jour de ma vie, avec ou sans eux.

Zander hocha la tête et essuya ses larmes en les embrassant.

— À présent, M. Walsh, amenez-moi à l'église à l'heure.

ZANDER CONDUISIT le Range Rover jusqu'à l'entrée du domaine de ses parents et rentra le code de sécurité à quatre chiffres. L'imposante porte en fer forgé commença à s'ouvrir lentement, et Zander entama le trajet qui les mènerait jusqu'au bâtiment principal.

— Tu sais, je crois que je ne m'habituerai jamais à ça, déclara Darren.

— À quoi ? À la porte qui s'ouvre et se referme ? rigola Zander.

— Non imbécile, sourit Darren, vivre ce genre de vie, et tout ce qui va avec le statut de beau-fils de sénateur.

— Je vois ce que tu veux dire, admit Zander, je ressentais la même chose quand mes parents m'ont amené ici pour la première fois. Même après qu'on ait emménagé, chaque fois que je roulais sur cette allée, j'avais toujours l'impression de le faire chez quelqu'un d'autre.

Darren sourit en regardant les hauts arbres et la pelouse soigneusement entretenue qu'ils dépassaient.

— Mais je parie qu'être le fils du Sénateur John W. Walsh et de Madame Patricia Simcox Walsh a eu ses avantages.

— Oh, oui ! répondit Zander, mais je me suis souvent demandé comment cela aurait été de grandir dans une famille qui n'était pas politisée. Tu sais, dans un petit ranch dans le Michigan, avec un père ouvrier et une mère au foyer qui nous auraient cuisinés le dîner tous les soirs.

— Eh bien, comme tu le sais déjà, ce n'est pas très éloigné de mes propres origines, et regarde où j'en suis, déshérité et ignoré pour être amoureux d'un homme incroyable.

Zander tendit le bras et passa à nouveau sa main dans les cheveux de Darren.

— Aussi bien l'un que l'autre, nous sommes le résultat de la façon dont nous avons été élevés, mais je crois qu'on n'a pas trop mal tourné, qu'est-ce que tu en penses ?

— C'est un excellent argument, futur mari, acquiesça Darren en plaçant sa main sur celle de Zander.

L'allée s'achevait en un large cercle autour d'une énorme fontaine en pierre. Zander se gara derrière une Jaguar XJ étincelante, devant une impressionnante villa. Avant qu'il ne puisse mettre le levier de vitesse en mode parking, les doubles portes s'ouvrirent et sa mère foula élégamment le sol de l'avancée dans une robe longue à dos nu, d'une couleur émeraude et décorée de perles, qui hurlait *Vera Wang*, laquelle se trouvait être une de leurs plus proches amies. Juste derrière elle, son père sortit à son tour, portant un costume bleu marine taillé d'une main experte avec une belle cravate bleue et argent. Il glissa sa main dans celle de sa femme et ils firent signe tous les deux.

John Walsh s'approcha de la voiture et Darren appuya sur le bouton, faisant ainsi descendre sa vitre.

— Il est temps que les tourtereaux arrivent, plaisanta son père, voulez-vous qu'on prenne la Jaguar ? Comme ça si vous voulez boire un ou deux verres, vous n'aurez pas à vous soucier de qui va conduire.

Darren se tourna vers Zander et ils acquiescèrent tous deux :

— Ça nous va.

— Bien, alors dépêchons-nous. J'ai un fils qui se marie demain.

Zander regarda son père et lui offrit un sourire auquel il répondit. Il laissa les clés dans la console alors que Darren et lui sortaient de la voiture pour rejoindre l'avancée. Sa mère disparut à l'intérieur et réapparut trente secondes plus tard dans l'encadrement de la porte.

— De quoi j'ai l'air ? demanda-t-elle en jetant un faux renard blanc sur ses épaules en laissant la fourrure traîner derrière elle. Zander et Darren se tenaient devant elle et sifflèrent.

— Tu as l'air très sexy, taquina Darren.

Avec un large sourire, elle descendit sans effort les marches jusqu'à l'avancée.

— Je savais qu'il y avait une raison à mon amour pour toi, mon chéri, plaisanta-t-elle en retour.

— Oh, et qu'est-ce que c'est ?

— Ton honnêteté, répondit-elle avec un sourire à un million de dollars.

Elle passa son sac à main incrusté de strass d'une main à l'autre et présenta celle qu'elle avait libérée à son fils.

4

— Escorte ta jeune mère de la cinquantaine jusqu'à son carrosse, ordonna-t-elle.

— La cinquantaine, s'exclama Zander avec incrédulité, mon Dieu, D., le mariage est annulé. Si elle a la cinquantaine, j'ai seulement quinze ans.

Sa mère le frappa sur la poitrine avec son sac.

— Oh très drôle. Je ne savais pas que tu allais devenir humoriste. Avec tout l'argent qu'on a dépensé pour ton éducation Ivy League.

— Il faut qu'on parte, cria son père depuis la voiture.

— On arrive, chéri, répondit sa mère.

— Oh et Zander, merci de t'être fait couper les cheveux.

— Tu aimes ? demanda-t-il en frimant un peu, tournant la tête de droite à gauche.

— Tu es très beau. Tous les deux, vous serez les plus beaux mariés qui aient jamais existé.

Zander prit sa main, ouvrit la portière de la voiture et l'aida à monter dedans. Il referma, courut de l'autre côté et bondit sur la banquette arrière. Il se déplaça aussi près que possible de Darren sans être sur ses genoux.

— Cathédrale Saint James, chauffeur, déclara Zander d'un ton hautain, et que ça saute.

— Bien monsieur, répondit son père, les faisant rire tous les quatre.

BIEN SÛR, le mariage ne serait pas légal, mais John et Patty avaient fait jouer de sérieuses faveurs et promis de généreux dons lors des récoltes du dimanche jusqu'en 2099 afin que l'Église Catholique autorise le mariage de leur fils homosexuel dans la cathédrale Saint James. Même avec tous ces dons et promesses, l'Église n'avait cependant pas autorisé un prêtre à les marier, ils avaient donc fait appel à un ministre sans dénomination pour célébrer les noces.

La répétition à l'église se déroula sans encombre et tout le monde connaissait son rôle pour le lendemain soir. Le dîner qui suivait avait lieu au Country Club Broadmoor et mêlait les amis de Darren et Zander à un annuaire du monde politico-légal. Zander et Darren sourirent diligemment, serrèrent des mains et embrassèrent des joues jusqu'à ce qu'ils soient tous les deux épuisés. Juste après la dernière chanson jouée par le groupe et le retour progressif de la lumière, les invités commencèrent à se diriger vers la porte.

John, Patty, Zander et Darren se tenaient dans l'entrée, le sourire aux lèvres, remerciant chacun pour sa venue. Profitant d'une pause dans la succession d'invités, Patty se tourna vers Zander et Darren, l'air très fière.

— Vous avez assuré ce soir, les garçons, je suis tellement fière de vous deux.

— Merci maman.

— Merci, murmura Darren en baissant la tête.

Elle serra brièvement leurs mains à tous les deux et demanda :

— Comment est mon rouge à lèvres ?

Zander jeta un œil.

— Une retouche ne serait pas de trop.

Zander et Darren regardèrent en silence les mains parfaitement manucurées de Patty plonger dans son sac à main et en ressortir son rouge à lèvres. Elle l'appliqua d'abord sur la lèvre inférieure, puis sur celle du dessus, avant de les faire se rejoindre. Lorsqu'elle eut fini, elle se tourna vers Darren.

— C'est bon ? demanda-t-elle

— Tu es sublime, dit-il, je voudrais seulement…

Sa voix baissa.

Patty passa ses bras autour du cou de Darren et lui dit :

— Je sais, mon chat. Je suis sûre qu'ils ont des difficultés avec cette situation et qu'ils se sentent aussi mal que toi en ce moment, mais je ne doute pas qu'ils t'aiment énormément. Comme John et moi. Tu es comme un second fils pour nous, et nous t'aimons encore davantage parce que tu rends Zander vraiment heureux.

Une petite larme coula le long de la joue de Patty, et elle plongea à nouveau la main dans son sac pour y attraper un mouchoir. Essuyant doucement la larme, elle reprit :

— Et voilà, regarde ce que tu fais à mon maquillage.

— Tu es toujours magnifique, dit Darren avec un sourire sincère. Merci, Patty, tu ne sais pas à quel point cela compte pour moi.

Elle caressa sa main encore une fois.

— Allons faire partir ces invités afin que l'on puisse rentrer à la maison et que je me débarrasse de ce corset.

Darren regarda Patty avec un regard interrogateur.

Elle sourit et posa les mains sur ses hanches.

— Quoi ? Crois-tu qu'une femme de mon âge a de si belles formes naturellement ?

6

Il rit.

— Je t'aime.

Alors que d'autres invités se préparaient à partir, ils arrangèrent leurs tenues et affichèrent un beau sourire.

Au bout d'un moment, tandis que Patty, Zander et Darren faisaient signe depuis la porte-cochère, John raccompagna les derniers jusqu'à leur voiture, et ils regardèrent tous les feux arrière du véhicule jusqu'à leur disparition. John revint et ils s'assirent tous les quatre sur les marches, respirant enfin en attendant le voiturier qui devait amener la Jaguar.

— Je crois que c'était une réussite, s'exclama Darren.

Zander passa un bras autour de lui et l'attira près de lui.

— Et je pense que tu as raison, mon bel homme. Il lui embrassa la joue.

Le voiturier arriva et John aida Patty à se relever. Elle était plus petite d'une quinzaine de centimètres maintenant qu'elle avait retiré ses Manolo Blahnik cloutées. Elle envoya sa fourrure par-dessus l'une de ses épaules et ses chaussures par-dessus l'autre et s'adressa d'un ton plaintif à son mari :

— À la maison, mon homme

— Je peux conduire, Papa ?

Il remarqua la confusion sur le visage de son père et lui sourit.

— Tu te souviens quand j'ai eu mon permis de conduire et que je t'ai convaincu de me laisser jouer au chauffeur pour te conduire à tes rendez-vous dans la limousine ?

Un léger sourire apparut sur les lèvres de John.

— Bien sûr que je me rappelle. Les agents de sécurité m'ont bien remonté les bretelles.

— Quoi ? Patty frappa John avec son sac à main. Tu as laissé mon fils unique de seize ans conduire une limousine de l'État ? Tu crois que la sécurité t'a remonté les bretelles. Tu as de la chance que je n'aie pas été au courant. Je t'aurais montré ce que c'est de se faire remonter les bretelles.

John haussa les épaules en tentant de prendre un air innocent, mais cela ne fonctionna pas et ils se mirent à rire. Le père de Zander redevint sérieux.

— Qu'est-ce que tu as bu ?

— Oui, dis-nous, interrogea sa mère en lui jetant un regard qui l'avait toujours fait confesser ses méfaits lorsqu'il était jeune.

— J'ai seulement pris un verre de vin pendant le dîner, et c'était il y a des heures. En plus, ce serait drôle si Darren et moi vous conduisions à la maison une dernière fois.

Patty et John se regardèrent et secouèrent la tête.

— D'accord, si tu insistes.

— J'insiste, le taquina Zander.

Zander donna un pourboire au voiturier et s'installa au volant pendant que Darren ouvrait la portière pour que Patty et John se glissent à l'intérieur. Pendant le trajet du retour, ils discutèrent de la soirée en évoquant la nourriture et les invités, et comme il était agréable de voir untel, tel autre était magnifique, et le discours de untel n'était-il pas le plus drôle jamais entendu.

Zander s'arrêta devant le portail pour la seconde fois de la soirée, et à sa grande surprise, il était déjà ouvert.

— Papa, pourquoi le portail est-il ouvert ?

— Oh mince, ce fichu truc doit encore avoir un problème. Le réparateur était encore ici il y a quelques jours.

— Ne t'inquiète pas. Je demanderai à mon assistant de le rappeler lundi matin, répondit Patty sans inquiétude. C'est le week-end, je ne pense pas qu'un contrat sur nos têtes verra le jour avant ça.

Ils rirent tous tandis que la Jaguar remontait l'allée. Zander arriva sur la partie circulaire, dépassa son SUV avant de s'arrêter devant l'entrée de la maison. Darren bondit et une fois encore ouvrit la portière pour Patty et John pour qu'ils puissent sortir.

— Rentrez à la maison, je vais mettre la voiture au garage. À tout de suite, à l'intérieur. Darren fit le tour de la voiture et passa sa tête par la fenêtre pour embrasser fougueusement Zander.

— Je t'aime.

— Je t'aime encore plus

— Je vais mettre du café en route, déclara la mère de Zander alors qu'ils s'approchaient de la porte d'entrée.

— Je m'occupe du brandy, ajouta son père.

Darren courut de l'autre côté de la voiture et rejoignit Patty et John alors qu'ils entraient dans la maison.

Zander regarda sa famille disparaître à l'intérieur et se dit qu'il était très chanceux. Il sourit, remit la voiture en route et conduisit jusqu'au garage. Il appuya sur le bouton sur l'appareil au-dessus du rétroviseur et entendit vaguement le bruit du moteur de la porte alors qu'elle s'ouvrait sur un garage impeccable aux murs lambrissés. Il se gara avec soin à côté de la Mercedes de sa mère et mis la voiture en mode parking. Il appuya à nouveau sur le bouton et la porte commença à se fermer lentement derrière lui. Il ouvrit la portière et posa un pied sur le sol avant d'être surpris par une détonation. *Qu'est-ce que c'est que ça ?* Il ne pouvait imaginer autre chose qu'une voiture qui cale ou un coup de feu, et la panique le gagna. Les petits cheveux sur sa nuque se dressèrent et il sortit de la voiture. Il entendit le bruit une deuxième fois. Cette fois, il blêmit et son cœur tomba dans sa poitrine. Il se précipita vers la porte qui menait au cellier du majordome, mais il entendit une troisième détonation à mi-chemin. Il posa sa main sur la porte, tourna la poignée et poussa la porte avec force. Il s'attendait presque à voir Darren et ses parents hurler « Surprise ! » avec des bouteilles de champagne ou des feux d'artifice ou n'importe quoi, mais il savait au fond de lui ce qu'il venait d'entendre.

Des coups de feu, mon Dieu, faites que ce ne soit pas ça. Il ne croisa personne en traversant lentement le cellier, le couloir puis la cuisine. Il tourna au coin et entendit une dernière détonation, cette fois beaucoup plus forte. Ses pieds ne répondaient plus. Il ressentit une vive douleur à la tête, et tout s'assombrit alors qu'il se sentait tomber sur le sol.

I

MAL ! *TRÈS mal !* Zander essaya d'ouvrir les yeux et de bouger la tête, mais son corps ne semblait pas lui répondre. *Tellement mal !* Il compara sa douleur à celle de coups de batte de baseball répétitifs sur la tête, encore et encore. *Extrêmement mal !* La pire douleur qu'il ait jamais ressentie. Tout était flou. Trois coups retentirent, puis un quatrième, et tout redevint noir.

Les bras de Zander étaient serrés autour de Darren pendant qu'ils dansaient sur leur chanson favorite, « At Last », d'Etta James. Il regarda vers la piste de danse et vit ses parents danser aussi. Croisant le regard de sa mère, il la vit lui faire un clin d'œil et lui sourit. Il embrassa Darren, ébouriffa ses cheveux, et le fit tourner dans un mouvement de danse de salon à l'eau de rose et digne d'Arthur Murray. Il s'arrêta en entendant les hurlements effrayés de leurs invités.

Il leva les yeux et soudain, il y avait des serpents partout. Ils tombaient du plafond et couvraient rapidement le sol. Ils rampaient depuis sous les portes et les arrivées d'air de la climatisation. Des serpents de toutes les formes et de toutes les tailles attaquaient les invités. De gros serpents noirs avec des bouches grandes ouvertes d'un blanc trop clair et frappant tout ce qui passait à leur portée. Des serpents marron avec des diamants sur le dos faisaient sonner leur queue et rampaient sur les tables de banquet et sur les bars. Les barmen les frappaient avec des bouteilles d'alcool. Le chaos éclata et les gens hurlaient et couraient dans toutes les directions pour échapper à cette scène d'horreur.

Darren poussa un cri et se raidit dans ses bras. Darren, je dois sauver Darren ! Il prit Darren dans ses bras et piétina des centaines de serpents, puis courut vers la porte d'entrée. À chaque pas, plusieurs serpents l'attaquaient. Les morsures sur ses chevilles et ses tibias le ralentissaient énormément, et il s'affaiblissait. Il voyait les portes, mais elles étaient trop loin. Il savait qu'il n'y arriverait pas et avec Darren toujours dans le creux de ses bras, il tomba à genoux. Il aperçut sa mère et son père sur le sol, deux mètres plus loin, les serpents recouvraient désormais leurs corps et ils étaient immobiles. La panique s'installa lorsqu'il réalisa qu'il ne pouvait sauver personne. Tout devint noir.

Zander essaya d'ouvrir lentement les yeux et, à sa grande surprise, il y parvint. Seulement, tout lui apparaissait flou, et la clarté de la chambre était trop forte pour lui. Il fit de son mieux pour se concentrer, mais une vague de douleur s'abattit soudain sur lui.

Oh mon Dieu, ma tête ! La douleur y était intense, comme si quelqu'un en arrachait la chair et lui serrait le crâne nu et vulnérable dans un étau, tournant l'appareil de plus en plus. Il essaya instinctivement de toucher ses tempes, mais quelqu'un repoussa doucement sa main à ses côtés. L'obscurité le submergea à nouveau.

ZANDER OUVRIT les yeux et observa la chambre en essayant de poser son regard sur quelque chose, n'importe quoi. Il vit des silhouettes floues près de son lit. *Pourquoi y a-t-il des inconnus dans ma chambre ?* Il cligna des yeux plusieurs fois, mais sa vision était toujours aussi floue. Il essaya de compter mentalement les personnes – une, deux, trois. *Il y a trois inconnus dans ma chambre, et ils portent tous la même tenue bleu clair.* Il cligna encore. *Non, quatre, mais l'un d'eux porte du noir.* Il fit encore un effort pour rendre sa vision plus nette. *Pas juste une tenue bleue, des uniformes d'hôpital. Est-ce que je suis à l'hôpital ?*

Il entendait des voix appeler son nom de loin.

— Alexander, est-ce que vous m'entendez ? M. Walsh, je suis le Dr Miller. Est-ce que vous m'entendez ?

Avant qu'il puisse répondre, quelqu'un lui mit une lumière vive dans l'œil droit. Il l'éteignit, puis la ralluma, puis recommença avec son œil gauche.

Oh, ça fait mal. Est-ce qu'il a dit « docteur » ? Je suis à l'hôpital.

Encore des voix.

— Alexander, je suis le Dr Miller, est-ce que vous m'entendez ?

Elles se rapprochaient et étaient plus fortes maintenant, et il voulait répondre que son nom était Zander, mais sa bouche ne voulait pas former les mots. Ses lèvres et sa bouche étaient très sèches. *Soif, j'ai tellement soif. Si je pouvais juste avoir de l'eau, je pourrais parler.* Il essaya de former les mots, mais une fois de plus, rien ne sortit. Pourtant, comme si elle avait lu ses pensées, une femme corpulente, du moins il pensait que c'était une femme, en blouse stérile amena une paille à ses lèvres. Il commença à aspirer de l'eau à travers la paille, mais avant qu'il ait pu aspirer une gorgée, elle lui retira.

— Pas trop, mon petit, murmura-t-elle, juste une petite gorgée, petit à petit.

La petite quantité d'eau qu'il parvint à boire avait le goût du paradis.

— Plus, murmura-t-il, et elle souleva une nouvelle fois la paille jusqu'à sa bouche.

— Rappelle-toi, mon petit, juste une gorgée. Boire trop et trop vite te rendrait malade.

Il crut acquiescer, mais il n'en était pas sûr. Il semblait ne plus contrôler une seule partie de son corps. Abandonnant toute idée de communication pour le moment, il passa la langue sur ses lèvres. Elles étaient sèches et gercées, comme s'il avait été dans le désert pendant des jours sans baume à lèvres.

Soudain, il eut une vision, *ou était-ce un flashback* ? Il se tenait debout avec sa mère, son père, et Darren. Ils étaient tous trois sur leur trente-et-un et sa mère mettait du rouge à lèvres. *Mais où ?* se demanda-t-il. Il entendit ensuite… une détonation ? Aussi vite qu'il était arrivé, le flashback se termina.

Il regarda encore autour de lui et tenta de parler.

Cette fois, il put former quelques mots.

— Où suis-je ? demanda-t-il. Sa voix était faible et rauque et ne ressemblait pas à l'habituelle.

— Vous êtes en soins intensifs à l'hôpital Northwest, Alexander, dit calmement le Dr Miller.

— Zan-der, dit-il faiblement.

Le Dr Miller était confus.

— Mon nom, tout le monde m'appelle Zander.

Maintenant qu'il comprenait, le docteur Miller sourit.

— Ooooh.

Il marqua une pause.

— Zander, compris, dit-il. Comment vous sentez-vous, Zander ?

— Comme si je m'étais fait renverser par un poids lourd, parvint-il à articuler.

Le Dr Miller eut un petit sourire.

— Pourquoi suis-je à l'hôpital ? demanda Zander.

Dr Miller se tourna vers l'homme qui se tenait près du lit de Zander, le regard interrogateur. L'homme s'avança et dit :

— Bonjour, Zander, je suis le Dr Cagney. Je suis votre neurochirurgien.

— Pourquoi ai-je besoin d'un neurochirurgien ?

— On vous a tiré dessus, M. Wal… Je veux dire Zander, répondit le Dr Cagney.

— Tiré dessus ? Il secoua la tête pour s'assurer qu'il avait bien entendu. Puis la douleur revint.

Il arrêta de bouger la tête et ferma les yeux pour faire passer l'intense douleur. Lorsqu'elle finit par s'en aller, il regarda le Dr Cagney.

— Pourquoi ? Quand ?

— Il y a un peu plus de deux semaines, dit le Dr Cagney, vous avez été plongé dans un coma artificiel pendant les seize derniers jours.

— Seize jours ! s'exclama Zander. Et… encore cette douleur.

— Vous avez survécu à neuf heures d'opération. Pour éviter que votre cerveau n'enfle et pour lui donner le temps de guérir, continua le Dr Cagney, nous vous avons mis sous sédation.

Le docteur se rendit au pied du lit de Zander. Il souleva le drap et le plaid en coton et passa une lame aiguisée sous le pied de Zander.

— Aïe, réagit Zander en essayant de retirer son pied de l'emprise du médecin.

Ce dernier répéta son geste sur l'autre pied, et Zander sentit encore cette douleur aiguë avant de se dégager.

— Très bien, c'est très bon signe. Vous avez des sensations dans les pieds et êtes capable de les bouger, ce qui veut dire qu'il n'y aura probablement pas de paralysie permanente.

Le Dr Cagney recouvrit les pieds de Zander, et la femme replia drap et couverture sous le matelas.

— Je suis épuisé, marmonna Zander, est-ce que ça vous dérange si je ferme les yeux ?

Sans attendre de réponse, les paupières de Zander se baissèrent doucement.

— Attendez.

Il rouvrit les yeux et vit l'homme habillé en noir s'avancer jusqu'au lit avant que la fatigue ne prenne le dessus et ses yeux se fermèrent à nouveau.

— M. WALSH, je suis l'agent spécial Jake Elliot, du FBI. Est-ce que vous vous souvenez de quoi que ce soit à propos de la nuit où vous avez été blessé ?

Il savait que c'était trop tard, Zander était à nouveau inconscient, mais il fit de son mieux.

— Dr Miller, quand pourrai-je lui parler ?

— C'est difficile à dire, tenta d'expliquer le médecin, il vient de traverser une épreuve très difficile et son cerveau a besoin de temps pour se réparer. Il sera un peu plus alerte chaque fois qu'il se réveillera, mais ça pourrait prendre une semaine avant qu'il ne soit complètement éveillé.

L'agent Elliot se sentit abattu, mais il fallait qu'il sache ce que Zander avait vu ou s'il se souvenait de quoi que ce soit au sujet de cette nuit-là. Le chef de la division, James Ralston, lui avait ordonné de rester au chevet de Zander jusqu'à ce qu'il obtienne les réponses dont il avait besoin, et de n'autoriser personne à lui parler jusque-là hormis ses médecins.

L'AGENT ELLIOT s'assit dans un fauteuil très inconfortable dans le coin de la petite pièce de soins intensifs. Cela faisait trois longs jours que Zander avait été conscient pour la dernière fois, et il se demandait combien de temps cela allait durer. Il avait des ordres, et il les suivrait bien évidemment, mais chacun de ses muscles semblait noué comme une corde mouillée et son corps lui faisait sentir le manque d'exercice et le mauvais fauteuil, *ce fichu fauteuil*. Il n'avait quitté l'hôpital que deux fois, jamais plus d'une heure pour se doucher et changer de vêtements, non sans avoir la promesse de l'infirmière qu'elle appellerait immédiatement si jamais Zander se réveillait. Il n'avait pas beaucoup dormi, mais avait normalement besoin de peu de sommeil, et il avait pu faire quelques siestes dans ce *fauteuil*.

Depuis son perchoir, il étudiait Zander Walsh allongé sur son lit d'hôpital. Malgré les bandages qui enveloppaient sa tête, il pouvait apercevoir des mèches rebelles de cheveux blonds s'échapper de la gaze. Lorsque Zander était revenu à lui, il se souvenait avoir été marqué par l'intensité du bleu de ses yeux. Même dans ces circonstances, il remarqua à quel point Zander était beau, et imagina qu'il serait agréable d'avoir quelqu'un comme lui dans sa vie.

Il savait qu'il était gay depuis qu'il était petit. Il était sorti avec quelques hommes au début de sa vingtaine, mais son travail ne lui laissait que peu de temps pour les rendez-vous ou quoi que ce soit d'autre. De plus, les agents spéciaux du FBI étaient, eh bien, ce n'étaient pas les gens les plus ouverts du monde, donc quand il avait été transféré au Bureau de Seattle cinq mois plus tôt, il avait décidé de garder pour lui ses préférences sexuelles et de rester discret. Cela faisait un moment qu'il n'avait pas été avec quelqu'un, au moins depuis qu'il était à Seattle, et en étant honnête, il devait admettre qu'il était attiré par Zander Walsh. Il savait bien sûr que Zander n'était ni émotionnellement ni physiquement en état de penser à sortir avec quelqu'un, encore moins avec l'agent du FBI qui devait trouver le tueur de son fiancé décédé. Son fil de pensée fut interrompu lorsque les bras et les jambes de Zander commencèrent à bouger frénétiquement et qu'il marmonna des mots incompréhensibles. Il semblait faire un cauchemar. Jake s'approcha du lit et fit son possible pour le réconforter. Il appuya sur le bouton d'appel pour faire venir une infirmière et posa une main sur la jambe de Zander. Des larmes s'échappaient de ses yeux fermés et coulaient le long de ses joues.

ZANDER AVAIT seize ans et conduisait son père quelque part dans la limousine. Son père lui donnait des instructions depuis l'arrière de la voiture. — Ralentis juste un peu, maintenant mets ton clignotant, bien, change de file progressivement. Parfait, c'est très bien, fiston. Tu feras un bon conducteur. — Il afficha un large sourire devant la confiance que son père manifestait envers lui, mais quelque chose n'allait pas. Pourquoi est-ce que toutes les voitures étaient du mauvais côté de la route ? Il réalisa brusquement qu'il s'était inséré sur l'autoroute dans le mauvais sens. Avant qu'il puisse se ranger sur le côté ou faire demi-tour, il se retrouva devant la grille chromée d'un gros camion de livraison, et cette fois encore, tout s'obscurcit.

Zander poussa soudain un cri et ouvrit les yeux. Son cœur battait la chamade et sa respiration était laborieuse. Il essaya de se calmer et fixa l'homme en noir avec des yeux embués. Il regarda autour de lui. *Hôpital, je suis à l'hôpital, mais, pourquoi ?* Puis il se souvint. *Je me suis fait tirer dessus.*

— Est-ce que vous allez bien, M. Walsh ? demanda l'homme en noir. Le docteur va bientôt arriver.

— Qui êtes-vous ? interrogea Zander avec une voix plus claire.

— Je suis l'agent spécial Jake Elliot, du FBI.

Zander hocha la tête.

— Vous souvenez-vous que vous vous êtes fait tirer dessus ?

Zander hocha à nouveau la tête.

— Vous souvenez-vous de quoi que ce soit à propos de cette nuit-là ?

Zander réfléchit à la question. *Est-ce que je me suis vraiment fait tirer dessus ? Pourquoi je ne me souviens de rien ?*

Le Dr Cagney entra dans la chambre accompagné par l'infirmière replète dont Zander se souvenait de la dernière fois où il s'était réveillé. Il regarda le dossier de Zander et replaça le porte-bloc au pied du lit pendant que l'infirmière vérifiait les liquides en intraveineuse et bidouillait les machines toujours reliées à lui.

— Depuis combien de temps est-il réveillé ? demanda le docteur.

— Pas longtemps, répondit l'agent Elliot. Il a fait une sorte de cauchemar.

— Eh, les gars, interrompit Zander. Ne parlez pas de moi comme si j'étais dans le coma, s'il vous plaît.

— Oh, oui, dit le Dr Cagney. Navré. Comment vous sentez-vous ?

— Horrible. J'ai très mal à la tête et tout mon corps me fait souffrir, mais j'imagine que je vais survivre. Je vais survivre, non ?

— Tout indique que oui. Vous aurez bien sûr de la rééducation à gérer, mais oui, je pense que vous vous en remettrez complètement.

— M. Walsh, vous vous sentez d'attaque pour répondre à quelques questions, demanda l'agent Elliot.

Zander le regarda et acquiesça. *Il était plutôt mignon.*

— Donc, comme je le demandais plus tôt, est-ce que vous vous rappelez quoi que ce soit à propos de la nuit où l'on vous a tiré dessus ?

— M. Elliot, c'est ça ?

— Appelez-moi Jake.

— Non, je n'en ai vraiment aucun souvenir, Jake, répondit-il en regardant tour à tour l'agent et le Dr Cagney.

Le médecin lui dit ensuite :

— Ne vous inquiétez pas trop. Ce n'est pas inhabituel d'avoir une perte de mémoire à court terme après avoir traversé un tel traumatisme. Tout devrait vous revenir avec le temps.

— Est-ce que vous pouvez me dire quelque chose sur ce qui m'est arrivé ? demanda Zander.

L'agent Elliot regarda le Dr Cagney, qui lui répondit en acquiesçant de la tête.

— M. Walsh...

— Zander, s'il vous plaît.

— D'accord, Zander. Il y a un peu plus d'un mois, vous et vos parents, ainsi que votre petit ami, rentriez d'une fête. Vous souvenez-vous de la fête ?

Une fête ? Un petit ami ?

16

— Vous voulez dire, Darren et la fête d'après la répétition ?

Dès l'instant où le nom de Darren franchit ses lèvres, son cœur commença à battre plus rapidement et une sensation de malaise le gagna.

— Où est Darren ?

Il chercha dans la pièce le visage familier de son amant. Darren ne le laisserait pas seul à l'hôpital.

— Je veux le voir. Où est-il ?

— Vous vous rappelez être rentré de la fête ? demanda Jake d'un ton neutre.

Pourquoi personne ne répond-il à ma question ?

— Punaise, que quelqu'un me dise où est Darren, dit-il avec la gorge serrée par le désespoir, j'ai besoin de voir Darren.

Il analysa les visages du Dr Cagney et de l'agent Elliot, cherchant le moindre signe positif. Son regard atterrit sur l'infirmière et son estomac se retourna lorsqu'elle s'éloigna, les yeux embués. *Non.*

— Mes parents ? Où sont ma mère et mon père ?

Ils s'assureraient qu'il puisse voir Darren.

— Zander, vous rappelez-vous avoir vu un intrus dans…

La douleur dans sa tête refit une apparition fulgurante alors que des images défilaient dans son esprit. *Le dîner de répétition, les visages souriants des amis et de la famille.* La douleur s'intensifia et devint presque insupportable. *Dire au revoir. Être assis à côté de Darren en conduisant ses parents chez eux. Amener la voiture jusqu'au garage. Les détonations. Non, pas des détonations, des coups de feu !*

Il croisa le regard du Dr Cagney et le supplia :

— S'il vous plaît, je dois voir Darren et mes parents maintenant.

Il murmura pour lui-même :

— Ça ira. J'ai survécu.

Il avait juste besoin de sentir les bras de Darren autour de lui. Darren saurait comment apaiser la douleur.

— Je suis navré, Zander, lui dit Jake d'un air grave, vous et votre famille avez interrompu un cambriolage. Ils ont tous été t…

— Non ! Ne prononcez pas ces mots, dit-il en jetant un regard noir à Jake. Mon père est le Sénateur John Walsh et je demande à le voir immédiatement.

— Je suis désolé, déclara le Dr Cagney avec empathie, vous êtes le seul survivant.

Ce n'est pas vrai. Ce n'est pas vrai. Ce n'est pas vrai.

Son cœur et son âme se brisèrent en un million d'éclats. Son univers se disloqua et sombra dans le chagrin et l'horreur en seulement trois petits mots : je suis désolé. Darren n'était plus là. Sa mère et son père n'étaient plus là. Il n'y croyait pas.

— S'il vous plaît, murmura-t-il en dépit de la boule dans sa gorge.

— Nous n'avons rien pu faire.

Les battements de son cœur étaient hors de contrôle. Les larmes rendirent sa vision floue à nouveau pendant que tout le monde le regardait avec compassion. *Ce n'est pas possible. Ils ne sont pas morts !*

— Pitié !

Les larmes coulaient sur son visage.

— Non, ils ne peuvent pas être morts.

Une douleur lancinante traversa sa poitrine comme si des serres déchiraient sa peau.

— S'il vous plaît, allez chercher Darren. Maman ! Papa !

Il hurlait en agrippant son cœur.

— Darren !

Les sanglots étaient incontrôlables.

— Mon Dieu, nooooon !

Des bras forts l'entourèrent alors qu'il se débattait pour s'enfuir. Il n'arrivait pas à respirer, à reprendre son souffle alors que les sanglots continuaient de le secouer, remplissant la pièce de cris qui ressemblaient davantage à ceux d'un animal blessé qu'à ceux d'un homme. Il ne pouvait pas supporter cette douleur. Son instinct lui ordonnait de s'échapper. Noyé dans son chagrin, il ne sentit pas l'aiguille glisser dans sa chair. Sa tête tournait et sa vision s'assombrit. Il s'immobilisa, les paupières s'alourdissant et forçant ses yeux à se fermer.

— Darren, soupira Zander avant de se laisser emporter jusqu'à la sérénité que lui offrait l'obscurité.

ZANDER OUVRIT les yeux et regarda autour de lui dans la petite pièce aux murs vitrés. Il n'avait aucune idée du temps qu'il avait passé endormi, mais les stores étaient tous fermés excepté celui en face de la zone réservée aux infirmiers, et l'endroit était à ce moment vide et sombre, seulement éclairé par la lumière des écrans connectés à Zander. Il ferma les yeux et écouta le moniteur cardiaque faire bip-bip bip-bip dans le calme et l'obscurité de la chambre. Il sursauta en sentant quelque chose se serrer autour de son biceps, de plus en plus jusqu'à ce qu'il ait l'impression que son bras allait exploser. Puis, aussi vite que l'agression avait commencé, le brassard se dégonfla, pulsant avec chaque battement de son cœur. *Calme-toi, espèce de gros bébé, c'est simplement la machine pour la tension.*

C'est à ce moment précis que sa conscience décida de lui rappeler les évènements qui avaient débouché sur la mort de sa famille. Il fut encore une fois dévasté. Il ressentit encore cette immense douleur, mais pas physiquement. Le manque et la sensation de vide menaçaient chaque fibre de son être, et il lui était difficile de respirer. C'était comme si un éléphant était assis sur sa poitrine. Il s'imaginait suffoquer à tout moment. Pendant une seconde, il accepta l'idée comme échappatoire à l'horreur.

Il allait vivre le reste de sa vie seul. Pas juste seul dans cette cellule de soins intensifs, mais vraiment seul. Ses parents s'étaient mariés et l'avaient eu au début de la quarantaine, et ses grands-parents étaient morts plusieurs années auparavant. Il avait un oncle du côté de sa mère qui vivait à l'étranger, mais il ne connaissait pas vraiment l'homme ou sa famille. Le désespoir menaçait de le faire craquer alors que la réalité de ce qui lui restait lui apparaissait progressivement.

Il commença à sangloter sans pouvoir se contrôler. *Mon Dieu, ils ont tous été... tués. Pourquoi ? Je ne peux pas vivre sans Darren. Pourquoi ai-je été épargné ?* Chaque sanglot rendait sa respiration plus difficile et le faisait haleter, jusqu'à ce qu'il lui fut impossible d'inspirer. Son corps entier rougit et commença à trembler pendant que sa vision se troublait. Après un moment interminable où la douleur était tout ce qui existait, où le poids de la réalité menaçait de l'écraser, un profond instinct de survie prit le dessus. Ses poumons le forcèrent à inspirer une bouffée d'air après l'autre jusqu'à ce qu'il puisse les remplir de l'air fétide de l'hôpital. Le flot de larmes ralentit, et un sentiment de calme commença à l'entourer. Son souffle reprit lentement son rythme normal, sa vision s'éclaircit, et son corps cessa de trembler. Avec cette nouvelle impression de calme vint celle de vide. Il ne ressentait que vide et solitude, un tel vide que l'univers lui-même ou tout ce qu'il incluait ne pourrait pas emplir le gouffre dans son cœur.

Dieu, faites que ce soit terminé. Je n'ai plus de raison de vivre : oh, mon Dieu, Darren est parti. Papa et Maman sont partis. Je ne veux pas être là sans eux. Dieu, pitié, prends-moi. Prends-moi tout de suite !

Une lumière vacillante commença à pénétrer dans la chambre, d'abord des faisceaux aveuglants, qui se transformèrent en de longs rayons de lumière chaude et douce. Des milliers de rayons de lumière accueillante emplirent la pièce. Zander regarda la porte et tenta de se calmer, se disant que quelqu'un allait rentrer, mais la porte resta fermée. La lumière était de plus en plus claire, mais Zander ne voyait pas d'où elle provenait.

Est-ce que je viens de mourir ? Est-ce que c'est la lumière dont tout le monde parle ? Oh, merci, Dieu.

Zander tendit les mains vers la lumière, comme pour dire – Je suis là, mais la lumière se mit à tourbillonner dans la petite chambre d'hôpital, de plus en plus vite, avant qu'un éclair de la lumière la plus éblouissante que Zander n'avait jamais vu éclate devant lui.

Darren apparut brusquement au pied de son lit. Il était encore vêtu de son costume Armani noir sur-mesure, et la lumière qui l'entourait formait un sublime halo. Il était absolument magnifique ; le plus bel ange sur lequel Zander ait jamais posé les yeux. Son sourire était chaleureux et complice, Zander ne put s'empêcher de l'imiter à travers les larmes qui s'échappaient et coulaient le long de ses joues. Darren posa sa main gauche sur la jambe de Zander, et Zander vit que Darren portait l'alliance en or bordé de platine qu'ils avaient dessinée ensemble, un des anneaux qu'ils devaient échanger pendant la cérémonie.

Zander déclara : « Je suis prêt », mais Darren continua à le regarder en souriant. Zander vit ensuite deux autres tourbillons de lumière et un autre éclair, et ses parents s'avancèrent derrière Darren avant de poser une main sur ses épaules. Eux aussi étaient habillés comme s'ils étaient allés à la réception, et comme Darren, ils étaient entourés d'une lumière magnifique.

Il tendit les mains à nouveau.

— S'il vous plaît, emmenez-moi avec vous, les supplia-t-il, je ne peux pas vivre ici sans vous. Darren, pitié, prends-moi avec toi.

Darren répondit :

— Ce n'est pas ton heure, mon amour.

— Pitié, ne me laisse pas, c'était tout que Zander parvenait à dire, encore et encore.

Sa mère s'adressa ensuite à lui.

— Il y a encore des choses pour toi ici, Alexander. Lorsque ton heure viendra, nous serons là pour toi.

Zander continuait à pleurer, mais il lui était de plus en plus difficile de respirer.

— S'il vous plaît… Ne me laissez pas encore une fois.

Il sentit le doux contact de sa mère sur son bras.

— Nous serons toujours avec toi, Zander. Nous t'aimons plus que tout au monde. Tu es notre fils maintenant et pour toujours.

— Zander, je suis tellement fier de l'homme que tu es devenu, lui dit son père, mais tu as encore du travail ici. Nous veillerons sur toi. Comme l'a dit ta mère, tu ne seras jamais seul.

Zander regarda ses parents à tour de rôle.

— Quel travail, Papa ? Maman, dis-moi ce que je dois faire, supplia-t-il, s'il vous plaît, dites-le-moi.

— Tu sauras quand il sera temps. Concentre-toi sur ton rétablissement.

— Je ne veux pas me rétablir, hurla Zander, je veux mourir, je veux aller avec vous. Ne me laissez pas seul ici !

Zander regarda Darren à nouveau.

— Darren, je t'aime tellement. S'il te plaît, ne me force pas à vivre sans toi.

— Je t'aime aussi Zander, et même si nous n'avons pas pu nous marier, ceci t'appartient.

Darren glissa l'anneau sur l'annulaire de la main gauche de Zander.

— Je donnerais n'importe quoi pour être ici avec toi, mais ce n'est pas le bon moment. J'attendrai, et quand l'heure viendra, nous nous reverrons. Mais avant ce jour, tu vas vivre, aimer à nouveau et mener une vie heureuse et épanouissante. Souviens-toi simplement que je t'aimerai toujours.

L'énergie qui se dégageait de sa famille commença à se dissiper tandis qu'ils s'éloignaient du lit.

— Ne t'inquiète pas pour nous, murmura Darren en tendant le bras pour toucher la jambe de Darren une dernière fois, nous sommes en paix et là où nous sommes supposés être.

— Darren, non... Ne t'en va pas s'il te plaît, pas tout de suite, sanglota-t-il, je t'aime. Ne me laisse pas. Je t'aime.

Son père et sa mère reculèrent plus loin du lit. Alors qu'ils disparaissaient sans effort, leurs sourires réconfortants laissèrent une sensation apaisante dans le cœur brisé de Zander, lui assurant en quelque sorte que ça irait. Zander se tourna vers Darren, dont le regard était posé sur lui en dégageant tant d'amour et de préoccupation qu'il n'y avait pas besoin de mots. Lui aussi s'éloigna du lit et ses yeux exprimaient tout ce qu'il y avait à dire. En un dernier flash de lumière, il disparut, la chambre replongea brusquement dans l'obscurité, et les oreilles de Zander furent prises d'assaut par le bruit du moniteur qui lui rappelait que son cœur battait toujours. Il tendit le bras et toucha la jambe où Darren avait posé sa main un instant auparavant. La couverture portait encore l'empreinte de sa main, et Zander laissa la sienne s'attarder au même endroit, pour s'accrocher à leur dernier contact. Un sentiment de réconfort et de bien-être s'était emparé de lui. *Je vais bien. Je suis seul et ils me manqueront toujours, mais avec le temps, ça ira !*

Il se mit à sangloter sans bruit, mais cette fois, les larmes de chagrin se mélangeaient à des larmes de soulagement. Lorsque les dernières eurent quitté ses yeux, il les essuya avec le dos de sa main. Avait-il pleuré la perte de ses parents et de Darren ou sur son propre sort ? Il n'en était pas sûr, mais il savait au fond de lui qu'il en avait fini avec les larmes. L'épuisement prit le dessus et il ferma les yeux, cette fois en sachant que tout finirait par aller mieux à son réveil.

QUAND ZANDER rouvrit les yeux, la tête du lit avait été surélevée et il l'était donc lui aussi. La chambre était emplie de lumière, pas l'éclairage artificiel de l'hôpital, mais la vraie lumière naturelle. Quelqu'un avait ouvert les rideaux, et les rayons du soleil inondaient la pièce. Zander profita de la chaleur sur son visage et en dépit de sa fatigue, de sa faiblesse et de sa lassitude, il se sentit mieux sans vraiment savoir pourquoi. Il avait toujours un peu mal à la tête, mais il arrivait à gérer la douleur physique. C'est la douleur émotionnelle qui l'effrayait vraiment. Il ne mit pas plus d'une ou deux minutes à se rappeler son rêve… *Mais était-ce un rêve ?*

Darren, Maman, et Papa ! Auraient-ils pu être réellement ici ? Il savait que c'était stupide, mais le rêve avait semblé tellement vrai. La logique se rappela à lui, et il réalisa qu'il avait dû halluciner ; ça devait être à cause des médicaments contre la douleur. *C'est sûr, je les ai imaginés.* Déçu de réaliser qu'il avait rêvé, mais plus serein qu'il ne l'avait été lors de cette horrible nuit, il ferma les yeux et passa la langue sur ses lèvres.

J'ai soif, tellement soif. Il ouvrit les yeux et trouva le bouton d'appel de l'infirmière sur le côté de son lit. En moins d'une minute, l'infirmière replète ouvrait la porte.

— Comment va mon patient, aujourd'hui ? demanda-t-elle.

— Bien, articula Zander. Mais j'ai un peu soif.

— Laissez-moi voir ce que je peux faire pour ça. Je m'appelle Emma, au fait.

— Zander Walsh, répondit-il tout bas.

Emma attrapa le pichet sur la table de chevet et remplit un verre d'eau. Elle lui tendit le verre en plaçant la paille contre ses lèvres.

Il déplaça ses mains pour les poser sur le verre pendant qu'il prenait une gorgée. Le liquide frais soulagea sa bouche asséchée.

Emma regarda attentivement sa main gauche.

— Vous vous êtes marié pendant mon jour de repos ?

Zander lui répondit par un regard confus avant de l'interroger.

— Quoi ?

— J'ai mis l'aiguille de l'intraveineuse moi-même sur cette main et, croyez-moi, j'aurais remarqué un bel anneau comme celui-ci, dit-elle avec un rire.

Zander regarda l'alliance en or bordé de platine sur son annulaire gauche. L'alliance que lui et Darren avaient dessinée pour leur mariage, la même alliance que portait Darren dans son rêve.

— Mais était-ce un rêve ? marmonna-t-il.

— Qu'est-ce qu'il y a, mon chat ? demanda Emma.

— Oh euh, rien, répondit Zander.

Comment cela était-il possible ? Les alliances étaient dans le coffre-fort à la maison, en attendant le mariage.

Emma avait dû reconnaître la surprise sur son visage, avant de voir son expression passer à la stupéfaction et la joie.

— Elle est très jolie, confessa Emma en reposant le verre d'eau sur la table de chevet. Maintenant, il faut vous reposer, mais si vous avez besoin de quoi que ce soit, appuyez simplement sur le bouton et je serai là avant que vous ne puissiez dire 'éponge de bain'.

Elle gloussa et marcha vers la porte en secouant la tête.

— Avant que vous ne puissiez dire 'éponge de bain', répéta-t-elle, mais d'où je sors ça ?

Aussitôt que la porte se fut refermée, Zander s'exclama :

— Oui !

Je ne l'ai pas imaginé ! Ils étaient vraiment là ! Il continua à fixer l'alliance, la faisant tourner avec son pouce et son majeur, tourner et tourner, se gorgeant du réconfort d'un simple anneau en or. Il leva les yeux vers le plafond et fit un clin d'œil. *Merci, D. !*

II

PRÈS DE deux mois s'étaient écoulés depuis les meurtres, et Zander récupérait lentement ses forces. Il était maintenant à la clinique, dans une chambre bien plus grande et remplie de plantes, de fleurs, de ballons et de cartes de ses amis et de ceux de Darren, des amis et collègues de ses parents.

Lorsqu'il avait été capable de fonctionner à peu près normalement, les docteurs lui avaient expliqué qu'il avait été touché à la tête et qu'il était très chanceux. Il avait levé les yeux au ciel à cette déclaration et n'était pas vraiment d'accord, mais ils lui avaient expliqué que la balle avait traversé son crâne et miraculeusement évité les parties vitales de son cerveau. Après trois semaines de rééducation intense, la seule séquelle restait la relative faiblesse de son bras gauche par rapport au bras droit. On lui assura qu'avec le temps et la thérapie, la différence s'atténuerait et disparaîtrait. Chaque jour, il devenait plus fort et faisait de gros progrès.

Il pouvait maintenant faire de longues promenades autour de la clinique deux fois par jour, s'aventurant même jusqu'aux jardins lorsque le temps le permettait. Physiquement, ses blessures guérissaient et sa rééducation se passait bien, mais émotionnellement, les choses n'allaient pas aussi vite. Il avait eu de bons jours, mais la majorité était remplie de vide et du manque de Darren et de ses parents.

Un après-midi, après une de ses excursions, Zander retourna dans sa chambre pour y trouver l'avocat de ses parents, Burton P. Kelly, assis sur le petit canapé situé dans le coin. En tant que conseiller légal, Burton était très réputé et bien connecté. Il était intelligent, sans pitié, et toujours d'attaque, ce pour quoi il était aussi devenu celui de Zander et Darren. En plus d'être un excellent avocat, il avait aussi été le meilleur ami de son père et une sorte d'oncle pour Zander tout au long de sa vie. Burton était concentré sur la lecture d'un document et ne vit pas Zander dans l'encadrement de la porte. Zander étudia l'homme pendant un instant et remarqua son air malade. Il avait l'air d'avoir vieilli de dix ans en l'espace de quelques semaines, et Zander se demanda s'il avait été si affecté par la mort de ses parents ou s'il s'agissait d'autre chose. Burton n'avait pas plus de soixante-douze ans, mais il semblait aujourd'hui en avoir quatre-vingts. Il avait des cernes sous les yeux, et ses cheveux auparavant poivre et sel étaient désormais argentés et gris. Il était pâle et mince, et sa peau avait l'air tendue sur ses os. Était-il malade ? Il ne l'avait pas semblé avant le meurtre des parents de Zander.

Burton était venu le voir plusieurs fois depuis la fusillade, et chaque fois il avait eu l'air encore moins bien que la précédente. Pendant ses visites, il parlait des questions de succession et avait assuré à Zander que même s'il avait été dans le coma, les dernières volontés de ses parents avaient été scrupuleusement respectées. Ils avaient été incinérés et leurs restes reposaient au mausolée récemment acquis, au cimetière de Lakeview, et son nom, avec celui de Darren, avaient été listés comme membres de la famille avec des instructions selon lesquelles ils pourraient légalement être enterrés là-bas quand leur heure viendrait.

La nouvelle qui fut la plus difficile à entendre fut que les restes de Darren avaient été rendus à ses parents quelques jours après les meurtres, et ils insistaient afin que leur intimité soit respectée et que personne, c'est-à-dire Zander, ne tente de les contacter. Malgré tout, il avait essayé au moins une fois par jour et laissé des messages régulièrement en suppliant que quelqu'un le rappelle pour lui dire ce qu'il était advenu des restes de Darren. Ce qui était malheureux, c'était que même s'ils n'avaient pas pu se marier, le mariage gay n'était pas légal dans l'état de Washington, donc sur cette base, il n'avait pas son mot à dire concernant ce qui arrivait à Darren. La seule chose positive, c'était qu'ils avaient fait faire leurs testaments peu de temps après s'être fiancés et qu'ils s'étaient mutuellement désignés comme exécuteurs testamentaires. Les documents contenaient des instructions précises en cas de décès, et le rôle de Zander était de s'assurer de l'exécution des dernières volontés de Darren. Burton avait expliqué que puisqu'il était dans le coma et qu'il ne pouvait pas s'en occuper, les parents de Darren avaient convaincu le juge qu'en tant que famille directe, son corps devait leur être rendu.

La prochaine étape pour Zander était d'être réinstauré comme exécutant et reprendre le contrôle de la succession de Darren et de sa dépouille. Burton rédigea les documents légaux pour ce faire, et ils attendaient une date d'audience pour la motion. En plus de cela, d'autres documents furent rédigés pour forcer les parents de Darren à divulguer la localisation des restes de Darren. Zander pensait donc que Burton était là pour l'informer de l'avancée de ces dossiers.

— Bonjour Burton, dit Zander en tendant la main.

Burton la lui serra.

— Comment vas-tu, fiston ?

— Bien, Burton, répondit-il, je suis désolé, je n'étais pas là à ton arrivée, mais je ne m'attendais pas à te voir.

— Je suis désolé de ne pas avoir prévenu de mon passage, mais j'ai eu des nouvelles de l'avocat des Jordans à propos de l'enterrement de Darren, et comme j'étais dans le coin, j'ai pensé que je pourrais passer.

— Et… ? interrogea Zander.

— Elles ne sont pas bonnes, dit Burton, son corps est enterré au cimetière Gethsemane à Federal Way, et ils sont prêts à aller au tribunal pour le garder là-bas.

— S'ils veulent y aller, on ira, siffla Zander, Darren avait un testament avec des instructions explicites sur la façon dont il voulait que ce soit géré, et comme d'habitude, ils ont choisi d'ignorer ce qu'il voulait et de faire exactement ce qu'ils désiraient, eux.

— C'est ce que je pensais, avoua Burton, une fois que tu seras à nouveau l'exécuteur testamentaire, nous pourrons déposer une demande pour faire exhumer et incinérer sa dépouille et qu'elle te soit rendue.

— Combien de temps ça prendra ?

— Je ne sais pas vraiment, admit Burton, mais une fois que nous aurons une date d'audience et que nous pourrons présenter notre dossier, nous devrions avoir une réponse du juge assez vite.

— D'accord, dit Zander en s'asseyant au bord de son lit, fais ce qu'il faut.

Les deux hommes se dirent au revoir, et Zander se retrouva de nouveau seul pour faire face aux conséquences de ses actions.

GÉRER LES questions légales l'occupait, mais malheureusement pas assez. Tous les jours, il trouvait le temps de se sentir coupable de tout ce qui était arrivé. Il jouait sans cesse au jeu du « si seulement ». Si seulement il avait laissé conduire son père. Si seulement il avait demandé à Darren de conduire. Si seulement il avait payé le groupe pour jouer une heure de plus. Si seulement ils étaient allés ailleurs pour boire un café, peut-être que l'un d'entre eux serait encore vivant, peut-être, tous. Quand il arrêtait ce jeu, il commençait celui de la responsabilité. Il se blâmait d'avoir conduit au-delà du portail ouvert, d'avoir laissé sa famille à la porte d'entrée, de n'avoir pas couru assez vite quand il avait entendu le premier coup de feu, mais surtout, il s'en voulait d'être vivant. Logiquement, il savait qu'il n'y avait aucune chance que ses actions aient pu changer ce qui s'était passé ce soir-là, mais c'était bien plus difficile d'en convaincre son cœur. Tous les jours, il rêvait que n'importe lequel d'entre eux ait survécu à sa place.

Le lendemain qu'on lui ait rapporté la vérité sur les meurtres, le docteur avait fait venir un psychologue pour l'aider à gérer le stress émotionnel généré par les morts, mais il avait refusé de seulement parler à l'homme. Il ne voulait pas de ce jargon psycho « ressentez vos sentiments » ou que quiconque lui dise que ce n'était pas de sa faute. Dans son esprit, ses actions avaient mené aux meurtres, et il apprendrait à vivre avec elles selon ses propres règles.

LORSQUE LES médecins lui annoncèrent qu'il pouvait rentrer chez lui, il était à la fois soulagé et terrifié. *Mais où était « chez lui » ?* se demanda-t-il encore et encore. Il savait qu'il n'était pas capable de retourner dans la maison qu'il avait partagée avec Darren, et bien qu'il ait hérité de la maison de ses parents, de tous leurs biens en fait, il ne pouvait pas retourner là-bas, pas encore, pas sur la scène du crime. Mais à part en cherchant un nouvel endroit où vivre, il n'avait pas beaucoup le choix. Physiquement, il était en bonne voie vers un complet rétablissement, mais émotionnellement, il avait toujours des difficultés. Ses journées se passaient mieux, et il apprenait à gérer les évènements de cette horrible nuit, mais les meurtres le hantaient encore aux moments les plus effrayants et paralysants, dans ses rêves. Il se réveillait souvent au son des coups de feu, tremblant de tout son corps et des larmes coulant sur son visage. Il était trempé de sueur froide, et lorsqu'il arrivait à se rendormir, le scénario se répétait après quelques heures. La plupart du temps, il se changeait pour mettre des vêtements secs et se rendait à la machine à café au bout du couloir, avant de retourner dans sa chambre pour s'asseoir dans un fauteuil et fixer l'obscurité de la nuit. Des nuits qui lui semblaient bien plus noires que le café qu'il buvait. À la fin, il prit une chambre au Four Seasons et décida qu'il avait un peu de temps avant de devoir s'occuper de ses problèmes de logement.

ZANDER ÉTAIT debout derrière le portier alors qu'il passait la carte magnétique et ouvrait la porte de sa nouvelle maison.

— Combien de temps allez-vous rester chez nous ? demanda le portier avec entrain et un accent britannique en faisant rouler le chariot à bagages dans la suite.

Il considéra la question, mais il n'avait aucune idée de la durée pendant laquelle il resterait ici.

— Je ne suis pas tout à fait sûr, mais au moins quelques semaines, j'imagine, répondit-il avec hésitation.

— Très bien, monsieur. Je m'appelle Andy, si vous voulez me dire quand l'arrivée du reste de vos bagages est prévue, je serai heureux de vous les monter aussitôt qu'ils arrivent.

Zander regarda l'unique sac de sport sur le chariot à bagages qui maintenait la porte ouverte. Dans le sac, un ensemble de choses que ses amis avaient récupérées dans leur appartement à lui et Darren et qu'ils lui avaient apportées à l'hôpital pour qu'il soit plus à l'aise. En plus des vêtements qu'il portait, tout ce qu'il avait avec lui était un pyjama, des sous-vêtements, ses chaussons, sa brosse à dents, du dentifrice et du déodorant. *Je crois que je vais devoir faire du shopping.*

— Merci Andy. Je vous préviendrai dès que j'en saurai plus, dit Zander en lui glissant un billet de dix dollars dans la main alors qu'il la serrait.

— Très bien, monsieur. Merci, Monsieur, dit Andy en gardant la main de Zander un peu plus longtemps qu'il est d'usage, et Monsieur, puis-je vous dire que je suis navré pour vos parents et votre compagnon.

Choqué, avec l'impression de s'être pris un coup de poing, Zander se raidit et relâcha la main d'Andy. Comment était-il au courant ? La réalité le heurta soudain comme un mur de briques. Il n'y avait pas pensé, mais l'histoire avait dû être dans tous les journaux. *Le sénateur et un avocat renommé tués. Sans oublier, la veille du mariage de son fils gay. Les médias ont dû s'en donner à cœur joie.*

Andy comprit immédiatement le regard vide et la conversation intérieure.

— Mes excuses, Monsieur, dit-il très nerveusement, je n'aurais pas dû dire quoi que ce soit. C'est juste que… Vos parents sont souvent venus lorsqu'ils participaient à des évènements en ville, et ils ont toujours été si gracieux et très gentils avec moi. Je voulais simplement présenter mes condoléances.

Zander se relaxa un peu tandis que le chagrin le saisit à nouveau. Mais cette fois, le chagrin était teinté d'un peu de fierté et de beaucoup d'amour pour l'attitude attentive de ses parents.

— Pas besoin de vous excuser, Andy. Et… merci.

Andy sourit timidement et poussa son chariot à bagages à travers la porte jusqu'au couloir.

Lorsque la porte fut close, Zander se retrouva seul dans l'entrée. Il jeta un œil à la suite vide. *Est-ce que je vais me sentir seul pour le restant de mes jours ?* Ses jambes commencèrent à trembler, sa tête à tourner et il se sentit brusquement très faible. Il s'appuya contre le mur et glissa jusqu'à ce que ses pieds se dérobent sous lui et qu'il se retrouve assis sur le sol en marbre froid. Il ressentait un froid émotionnel et physique depuis cette terrible nuit, alors la température du sol ne le gênait pas vraiment. C'est la sensation de vide qui eut raison de lui.

À part le vide et la solitude, il ne savait pas trop ce qu'il ressentait, mais les larmes menaçaient de le submerger une nouvelle fois. Il les retint et se concentra pour inspirer profondément et calmement. *Mon Dieu, D., regarde-moi. Je suis dans une froide chambre d'hôtel parce que je ne peux pas retourner dans notre maison vide. Tu dois penser que je suis un gros bébé. Je suis tellement désolé de ne pas être aussi fort que toi, apparemment je n'arrive pas à reprendre le contrôle de ma vie. Eh, au moins je ne fais pas une autre crise de panique. Je te promets de ne pas te laisser tomber, je peux le faire. Je vais vivre une minute à la fois. Tu verras. Je te rendrai fier.*

Il se força à se relever, attrapa son sac de sports, et traversa le salon pour se rendre dans sa chambre. Il posa le sac sur le lit, l'ouvrit, et regarda son contenu. Le bruit de son iPhone le fit sursauter. *Bon sang, j'aimerais bien que les gens me laissent tranquille.* Un relent de culpabilité le frappa. *Tout le monde a été si gentil avec moi, ils ont tous fait tout ce qu'ils pouvaient pour aider. J'ai juste besoin de temps. Ils ne peuvent pas comprendre ça ?* Il attrapa son téléphone dans sa poche et regarda qui l'appelait. « Inconnu » s'affichait sur l'écran. Tous les gens qu'il connaissait étaient enregistrés dans son répertoire, et leur photo s'affichait lorsqu'ils appelaient. Quand le téléphone sonna une troisième fois, la curiosité l'emporta et il décrocha.

— Hello.

— Zander ?

— Oui, c'est Zander. Qui est-ce ?

— Zander, Dieu merci. C'est Ruthann Reynolds. J'ai appelé l'hôpital, ils m'ont dit que tu étais sorti.

Ruthann était l'assistante personnelle de son père. C'était une veuve dans la soixantaine et elle avait travaillé avec son père pendant près de vingt ans. Elle était pour ses parents à la fois une amie en qui ils avaient confiance et une confidente, elle faisait presque partie de la famille. Il ne l'avait pas vue depuis le dîner d'après la répétition et s'était demandé pourquoi elle n'était pas venue le voir à l'hôpital.

— Bonjour, Ruthann, dit-il en essayant de masquer un pincement au cœur, qu'est-ce que je peux faire pour toi ?

— Oh, Zander, ça fait tellement de bien d'entendre ta voix, s'exclama-t-elle, Chaton, je suis si contente que tu ailles bien. J'ai détesté ne pas être avec toi à l'hôpital, mais j'ai appelé tous les jours pour avoir des nouvelles sur ton état.

Confus, Zander demanda :

— Pourquoi n'as-tu pas pu venir à l'hôpital ?

— Il faut qu'on parle. S'il te plaît, dis-moi qu'on va pouvoir se voir. C'est très important, dit-elle d'une voix étouffée.

— À propos de quoi ?

— S'il te plaît, je te dirai tout lorsqu'on se verra, supplia-t-elle, et Zander, ne dis à personne où tu vas ou qui tu retrouves.

Il commençait à être un peu irrité.

— Qu'est-ce qu'il se passe, Ruthann ? Pourquoi ces secrets ?

— Je te promets que je te dirai tout. S'il te plaît, dis-moi que tu vas me rencontrer, l'implora-t-elle.

Zander respira profondément et réfléchit à sa réponse en expirant. Il devait admettre qu'elle avait éveillé sa curiosité, et il la considérait de la famille, alors évidemment qu'il la rencontrerait.

— D'accord, où et à quelle heure ?

Ils se mirent d'accord sur l'horaire et l'endroit, puis Zander raccrocha. Il lui restait trente minutes avant de partir, donc il commença par défaire son sac. Il plaça son pyjama et ses sous-vêtements dans un tiroir vide de la commode, et ses chaussons dans le placard vide, mais ce qui le toucha vraiment fut de poser son déodorant et son dentifrice dans la large armoire à glace et sa brosse à dents dans un verre à eau près du lavabo. Il s'éloigna de l'armoire et regarda sa brosse à dents seule dans un verre à eau d'hôtel, et la scène en disait long. Il secoua la tête, déterminé à ne pas reprendre ce chemin, et se concentra sur son reflet dans le miroir.

Loin de l'éclairage sombre de sa salle d'eau à l'hôpital, il pouvait constater l'effet que ces derniers mois avaient eu sur lui. Ses yeux autrefois d'un bleu brillant étaient maintenant d'un gris terne, et son corps auparavant hâlé et musclé était pâle et maigre. Là où les muscles définissaient son corps, sa peau pendait sur ses os. Les lumières éclatantes de l'hôtel lui faisaient l'effet d'un projecteur de Broadway pointant tous ses défauts et révélant beaucoup plus qu'il était prêt à voir. Incapable de voir la vérité en face plus longtemps, il éteignit la lumière et se tint debout dans le noir. *Mon Dieu, D., tu me manques tellement !*

III

Depuis la banquette arrière du taxi qui le conduisait à travers la ville, Zander indiquait le chemin à suivre grâce à son iPhone. Entre les « tournez à droite » et les « tournez à gauche », il ne pouvait s'empêcher de se demander ce qui était trop important pour que Ruthann ne le lui dise au téléphone, et surtout, pourquoi il devait la rencontrer trente kilomètres en dehors de Seattle. Il le saurait bientôt puisque son iPhone déclara « Vous êtes arrivé à destination ». Le taxi s'arrêta devant un petit restaurant à Bothell, dans l'État de Washington. Il demanda au chauffeur d'attendre pendant qu'il sortait et attendait devant le Hairdo Diner. À travers les baies vitrées, il pouvait voir que la salle était divisée en deux. La première moitié avait des tables avec des nappes à carreaux rouges et blancs en plastique et des chaises en plastique blanches, l'autre moitié avait trois fauteuils de salon de coiffure devant un grand miroir et trois vieux séchoirs à cheveux en métal.

En ouvrant la porte, il admit qu'un dîner avec un salon de coiffure en annexe était une idée novatrice, jusqu'à ce qu'il sente l'ambiance olfactive de l'endroit. L'odeur mélangeait pain de viande, tarte aux pommes, café et mélange pour permanente, et son nez se plissa automatiquement sous cet effluve intrusif. Il était trois heures de l'après-midi et bien après l'heure de pointe du déjeuner, s'il y en avait une, le dîner était donc plutôt vide. Il balaya la pièce du regard et vit un vieil homme assis à une table en train de boire du café. Il y avait quelqu'un d'assis sous un des séchoirs à cheveux, mais il ne voyait que des mèches blondes dépasser du casque et ceux de Ruthann avaient toujours été dans les tons auburn. Il le savait, qu'il pleuve ou qu'il vente, deux fois par mois, qu'elle en ait besoin ou pas, elle les faisait teindre dès la racine. Une autre femme âgée, qu'il supposa être la femme du vieil homme se faisait coiffer ses cheveux d'un gris argenté bleuté en choucroute des années cinquante. Il ne put s'empêcher de sourire en se souvenant d'un vieux dicton : « plus la coiffure est haute, plus l'on est près de Jésus ». Il continua à chercher Ruthann, mais il ne vit personne d'autre, donc il s'assit à une table vide.

Une vieille dame vêtue d'un uniforme rose et d'un tablier noir vient jusqu'à lui, et il commanda une tasse de café. Quand il arriva, il rajouta un peu de crème et s'apprêtait à prendre une première gorgée lorsqu'il entendit « Pssst ». Il regarda d'où venait le bruit, mais il semblait venir des séchoirs à cheveux. Il se retourna en ignorant le son et but une gorgée de café. Mais encore une fois, « Pssst pssst ». Il regarda encore dans la direction d'où cela semblait venir et cette fois, il vit quelqu'un de très pâle pencher la tête en dehors du séchoir à cheveux. Il regarda une deuxième fois. Oh, mon Dieu, c'est Ruthann.

— Ruthann ? rit-il. C'est toi ?

Elle souleva l'appareil, se glissa hors du fauteuil pour se lever, et arrangea sa robe dignement.

Zander faillit s'étrangler avec son café quand il vit que Ruthann portait une perruque blond platine façon Dolly Parton, de grandes créoles, et trois fois la quantité de maquillage dont elle avait l'habitude. Elle s'avança lentement jusqu'à sa table, mais ne put se contenir. Elle passa les bras autour du cou de Zander et s'accrocha comme si sa vie en dépendait.

— Oh, Zander, je suis tellement contente de te voir. J'étais si inquiète. Je suis désolée pour Darren et tes parents.

La douleur frappa encore le cœur de Zander, et il se demanda s'il allait ressentir ce coup chaque fois que quelqu'un mentionnerait leur mort.

— J'étais furieuse de ne pas pouvoir venir te voir à l'hôpital et m'occuper de toi. Tu as dû te sentir tellement seul.

Zander voulait changer de sujet au plus vite. Il n'était pas capable de penser à ça, pas maintenant.

— Ruthann, qu'est-ce que c'est, ce costume de Dolly Parton ? demanda-t-il.

— Je suis déguisée. Je ne veux pas être reconnue.

— Oui, j'ai cru comprendre, mais pourquoi ?

— Zander, il faut qu'on parle. On a vraiment besoin de parler.

— OK, répondit Zander, assieds-toi et je vais te commander un café.

Elle s'assit en face de lui et toucha ses cheveux. Il n'arrivait pas à croire que c'était Ruthann. Il attira l'attention de la serveuse et commanda un autre café, qui arriva rapidement.

— Alors, Ruthann, qu'est-ce qu'il se passe ?

Ruthann but nerveusement une gorgée de son café, puis reposa sa tasse sur la table.

— Zander, est-ce que tu as parlé à la police à propos de la fusillade ?

— Évidemment. J'ai parlé à la police et au FBI, pourquoi ?

— Et que te disent-ils ?

33

— La police de Seattle a transféré l'enquête au FBI, et ils m'ont dit que nous avions interrompu un cambriolage. Il n'y avait pas d'empreintes dans la maison. Un voisin a entendu les coups de feu, sans voir quelqu'un quitter les lieux, mais un autre voisin, en face de l'entrée du domaine, a vu une berline sombre garée le long de la route, et peu de temps après avoir entendu les coups de feu, il a vu la voiture démarrer en trombe. Ils ont pu récupérer le numéro de la plaque d'immatriculation, c'est la seule piste qu'ils ont et ils recherchent le véhicule. Ruthann, de quoi veux-tu me parler ?

Ruthann regarda avec attention autour d'eux avant de parler. Elle se pencha autant qu'il était possible sans tomber de sa chaise et chuchota :

— Je ne pense pas que c'était un cambriolage raté.

— De quoi tu parles ? demanda Zander en parlant un peu fort.

— Baisse la voix, Zander. Ils pourraient *nous* faire tuer.

— Ça n'a aucun sens. Qui voudrait nous voir morts, et pourquoi ?

— Zander, ton père allait signer une proposition de loi qui, si elle était votée, aurait des conséquences très impopulaires. Les lobbyistes ont discrètement passé tout leur temps avec les sénateurs le mois dernier pour essayer de tuer ce projet dans l'œuf, et même si la majorité du Sénat y était favorable, aucun autre sénateur n'osait mettre le nez dans ce dossier de peur des répercussions.

— Quel projet de loi ? demanda Zander en se penchant et en chuchotant à son tour, et pourquoi aucun autre sénateur n'a voulu signer le texte ?

— Disons simplement que si cette loi passe, elle aura un impact majeur sur beaucoup de leurs électeurs ainsi que sur une certaine grande entreprise. Mais je ne veux pas en dire plus. Tout est écrit et en sécurité dans le coffre-fort du bureau de ton père.

Zander ouvrit la bouche et commença à parler, mais Ruthann leva une main pour l'en empêcher.

— Zander, ça ne peut pas être une coïncidence. Ton père a reçu plusieurs appels téléphoniques menaçants, et plusieurs d'entre eux incluaient des menaces de mort. Au départ, il a simplement pris ça pour des électeurs en colère, mais j'ai réussi à le convaincre d'appeler le FBI pour leur demander d'enquêter sur ces appels. J'ai travaillé pour ton père pendant vingt ans, et j'ai reçu toutes les sortes de coups de téléphone que tu peux imaginer. Je sais reconnaître un électeur énervé quand j'en entends un. Ce n'était pas des menaces dans le vide.

— Et qu'a fait le FBI ? demanda Zander

— Jake Elliot, l'agent spécial responsable du dossier, a dit qu'après une enquête rigoureuse, ils ont confirmé que c'était ce qu'ils suspectaient : des menaces en l'air de la part d'électeurs en colère. Seulement un jour, il est venu voir ton père, qui n'était pas là, et j'ai discuté un peu avec l'agent Elliot. Je lui ai assuré que j'avais tout entendu pendant ces vingt ans, et que ces menaces étaient à prendre au sérieux.

— Il t'a écouté ? interrogea Zander d'un ton énervé.

— Il a été poli et il m'a laissé parler, mais au final, il n'a rien fait. En fait, il m'a clairement dit de m'occuper de mes affaires et de les laisser faire leur travail.

— Vraiment ? Je vais en apprendre plus là-dessus, je te le garantis, promit Zander.

— Oh, Zander, j'ai vraiment un mauvais pressentiment sur ce qu'il s'est vraiment passé ce soir-là. Fais attention à toi et surveille tes arrières. Je n'ai aucune confiance en cet agent Elliot.

— Tu penses vraiment qu'Elliot est un ennemi ?

— Je n'en ai aucune idée. Mais tu comprendras mieux en voyant le projet de loi. Je me sens tellement mal, mais c'est à cause de lui que je ne suis pas venue à l'hôpital. Je connais une des infirmières, c'est comme ça que j'avais des nouvelles de ton rétablissement. Elle m'a dit qu'Elliot quittait à peine ton chevet, et qu'il attendait que tu sois conscient pour t'interroger sur ce que tu avais vu lors de cette horrible nuit.

— Elle avait raison, Zander le lui confirma. Son visage est le premier que j'ai vu quand je me suis réveillé, et dès qu'il a été convaincu que je n'avais rien vu, il est parti, et je ne l'ai pas revu depuis.

— Je suis peut-être juste paranoïaque, confessa Ruthann, mais je vais faire un séjour chez ma sœur plus à l'est. Voilà le numéro de téléphone où tu peux me joindre si tu as besoin d'être en contact avec moi, mais s'il te plaît, ne dis à personne où je vais.

Zander plia le morceau de papier et le mit dans son portefeuille. Il attrapa la main de Ruthann. — Merci de m'avoir mis au courant. Je ne sais pas du tout si c'était un cambriolage raté ou pas, mais je veux voir l'homme qui a tué ma famille puni pour ce qu'il a fait.

— Fais quand même attention, déclara Ruthann en se levant. Zander se leva aussi et ils restèrent dans les bras l'un de l'autre, puis Ruthann se retourna et quitta le dîner. Zander paya l'addition et sauta dans le taxi qui l'attendait, le cœur lourd et beaucoup de choses sur lesquelles réfléchir.

LE PREMIER arrêt de Zander après avoir quitté le dîner fut de récupérer son SUV. À sa connaissance, le Range Rover était toujours garé devant la villa de ses parents, et bien qu'il ne veuille pas remuer les souvenirs qui y étaient, il fallait qu'il sache en quoi constituait ce projet de loi qui pourrait bien avoir causé la mort de sa famille. Le taxi s'avança jusqu'au portail ouvert, et Zander serra la poignée de la portière alors qu'un torrent d'émotions le traversait. Il ne s'était pas préparé à l'invasion de souvenirs de cette nuit qui défilaient devant ses yeux. Il retint ses larmes pendant que le taxi remontait l'allée qui menait à la maison. Lorsqu'ils l'atteignirent, sa voiture était exactement là où Darren et lui l'avaient laissée.

La voiture n'avait pas été conduite depuis plusieurs mois, Zander demanda donc au chauffeur de rester quelques minutes, le temps qu'il puisse vérifier que la batterie n'était pas morte. Il ouvrit la portière et fut submergé par l'odeur de l'eau de Cologne de Darren. Il ferma les yeux et inspira profondément en croulant sous le poids imaginaire de dix éléphants sur sa poitrine. Une fois encore, des larmes tentaient de se frayer un chemin. *Il faut que je me ressaisisse, D. Je ne peux pas m'effondrer dès que quelque chose me fait penser à toi.* Il resta immobile jusqu'à ce qu'il regagne un peu de contrôle. Étrangement, les clés étaient toujours sur le tableau de bord, où il les avait laissées la nuit des meurtres, et la voiture démarra sans hésitation. *Eh bien, regarde, D. Si ce n'est pas une publicité pour un fabricant de batteries, rien ne peut l'être.* Il éteignit le moteur, sortit de la voiture et paya le chauffeur de taxi.

À partir de ce moment, chaque pas fut comme une horrible madeleine de Proust. Il marcha jusqu'à l'avancée et s'arrêta. Tout lui revenait à propos de cette nuit, le moindre détail. Comme Darren était attirant. Le beau couple que formaient ses parents. Comme ils avaient été heureux. Il parvint tout de même à mettre un pied devant l'autre et foula le sol de l'avancée, avant d'ouvrir la porte d'entrée avec sa clé. Le bureau de son père était juste à gauche dans l'entrée, il s'encouragea alors à se concentrer pour aller jusque là bas. Lorsque la lourde porte s'ouvrit, il entendit le bruit agaçant de l'alarme. Il rentra le code à quatre chiffres et deux autres bips indiquant que l'alarme était désactivée lui répondirent. Il évita de regarder quoi que ce soit d'autre que la porte du bureau en traversant l'entrée et posa la main sur la poignée. Il la tourna et poussa lentement la porte, puis resta debout à cet endroit. Il balaya la pièce du regard, les baies vitrées laissaient les derniers rayons de soleil de l'après-midi illuminer avec douceur les meubles en acajou.

Les bibliothèques encastrées et le mobilier en cuir noir mis en valeur par les accessoires en cuivre remplissaient la pièce et en faisaient clairement la pièce de son père. Il entra avec hésitation et eut l'impression d'avoir douze ans à nouveau. Son père avait une sérieuse discussion avec lui à cause de la balle de baseball qu'il avait accidentellement envoyée dans la fenêtre du voisin. Il cligna des yeux, et c'était son dix-huitième anniversaire. Son père lui rappelait gravement que l'âge légal pour consommer de l'alcool était de vingt-et-un ans dans l'état de Washington et qu'il ne devait pas boire à sa fête d'anniversaire. Le moment d'après, il avait dix-neuf ans et déclarait à son père qu'il était gay. Papa, on a tellement de souvenirs ensemble dans cette pièce. Mon Dieu, je voudrais tellement que tu sois là pour m'aider à traverser ça. Il avait envie de pleurer, il avait envie de sourire, mais il avait surtout envie de revoir son père assis dans ce fauteuil en cuir noir.

Quand il atteignit le bureau de son père, il s'arrêta et passa sa main sur l'immense meuble ancien. Il en fit ensuite le tour et toucha le cuir noir et doux du fauteuil. Après une seconde d'hésitation, il le tira de sous le bureau et s'y assit. L'odeur du cuir mélangée à celle d'un verre de brandy pas entamé emplit ses narines et réchauffa son cœur. Installé au bureau de son père, sa lèvre inférieure commença à trembler alors qu'il l'imaginait, ses joues brillantes de larmes. *Fais ça une minute à la fois, Zander. Tu peux le faire.* Il aimait son père, mais plus important encore, son père l'avait aimé et accepté, et ça signifiait beaucoup à ses yeux.

Zander respira profondément et alluma la lampe de bureau, éclairant ainsi encore davantage la pièce joliment meublée. Il s'appuya contre le dossier du fauteuil, se frotta les mains et les posa en travers de son estomac. Il regarda les grains de poussière danser dans les rayons de soleil. Dans son esprit, ils étaient aussi tristes que lui.

Il se leva finalement et traversa la pièce jusqu'à l'écran plat niché dans les étagères. Il fit pivoter la télévision et découvrit le coffre-fort de son père. Il attrapa son iPhone et ouvrit un document protégé qui contenait ses mots de passe et ceux de Darren, ainsi que les combinaisons de leur coffre, celui du bureau de son père et celui à bijoux de sa mère. Il rentra le code à six chiffres sur le clavier et le coffre s'ouvrit. Au premier coup d'œil, il y avait plusieurs liasses de billets, des exemplaires des testaments de ses parents, divers certificats d'actions et les clés du coffre-fort à la banque. Comme promis, debout sur la droite se trouvait un dossier intitulé « propositions de loi à venir ». Il récupéra l'argent et le dossier, ferma et verrouilla le coffre, puis remit la télévision en place. Il traversa à nouveau la pièce et allait éteindre la lampe lorsqu'une photo de sa mère et son père posée sur le coin de la crédence attira son regard. Elle datait du soir où son père avait gagné le poste de sénateur et ils avaient l'air heureux. Sa mère était sur son trente-et-un, comme d'habitude, et la façon dont ils souriaient était contagieuse. Il éteignit la lumière et referma la porte derrière lui avant de se diriger vers la porte d'entrée. Il appuya sur le bouton « sortie » de l'alarme et sortit de la maison. Cette fois encore il resta sur l'avancée et respira profondément. Il avait réussi. C'était une petite victoire, et il s'écoulerait un moment avant qu'il ne soit prêt à revenir dans cette maison, mais il avait fait le premier pas. Il grimpa dans le SUV et commença à redescendre l'allée.

IV

Le dernier arrêt de Zander avant de revenir à l'hôtel fut dans un magasin Nordstrom. Il se rendit au rayon homme et prit quelques pantalons en laine, des jeans, des chemises et des sweatshirts. Ensuite, il passa au rayon sous-vêtements pour prendre des chaussettes, des caleçons et des t-shirts. Au rayon chaussures, il acheta des mocassins, des tennis et une ceinture, et sur le chemin de la sortie, il s'arrêta chez Kiehl pour acheter du savon, du shampoing et de l'après-shampoing, ainsi qu'un flacon d'eau de Cologne. *Ça devrait me suffire pour deux semaines, environ.* Alors qu'il traversait le magasin vers le parking, il savait qu'il allait devoir quitter le Four Seasons, mais il n'était pas prêt à penser à l'espace vide qui avait été autrefois leur maison avec Darren. Pas plus qu'il n'était prêt à visiter la tombe de Darren. *D., j'aimerais tellement venir au cimetière pour te voir, mais je ne suis pas encore prêt, j'espère que tu comprends.*

Lorsqu'il passa la porte d'entrée de l'hôtel, il se débattait avec les cintres et les sacs de courses, et en moins d'une minute Andy était à ses côtés avec un chariot. Zander laissa volontiers ses sacs à Andy, et après lui avoir glissé un billet de dix dollars, il lui demanda de les déposer dans sa chambre. Pas vraiment prêt à retourner dans sa suite vide, il s'assit sur un canapé moelleux dans le salon du hall et commanda un verre de pinot noir. Il mit la main dans son sac Coach en cuir, qu'il avait retrouvé sur la banquette arrière de sa voiture, et il récupéra le dossier qu'il avait enlevé du coffre-fort de son père.

Le dossier contenait plusieurs documents qui retraçaient les projets de loi qui attendaient la signature de son père. Il lut le premier document, qui présentait une proposition qui couperait les financements de NPR, la radio publique nationale. *J'aime beaucoup NPR, comme tout le monde, mais ça semble excessif de vouloir tuer un sénateur pour ça.* Il but une gorgée de vin et attaqua le dossier suivant. Il contenait une proposition de financement fédéral et de l'État pour des parcs à chiens dans toutes les villes majeures du pays. *Grande idée, mais, là encore, je ne pense pas que ça vaille un meurtre.* Le dernier document était un texte qui interdirait la vente de tous les produits liés au tabac, ce qui rendrait la consommation et l'utilisation de cigarettes, cigares et pipes illégale aux États-Unis. *Bingo ! Voilà une chose pour laquelle des gens tueraient.*

Zander commanda un autre verre de vin et commença à lire la totalité du rapport. Selon sa lecture en diagonale, 54 pour cent des Américains seraient en faveur d'une interdiction de fumer aux États-Unis, et les plus gros producteurs de tabac, les Big Four, comme on les appelle, pourraient perdre jusqu'à cinq cents milliards de dollars de recettes par an si la loi passait. Waouh, cinq cents milliards de dollars par an. Zander continua sa lecture. En outre, le projet de loi demandait aux producteurs de réduire lentement la quantité de tabac dans les cigarettes dans les cinq années à suivre pour aider les fumeurs à rompre cette habitude potentiellement fatale. *Je me demande comment ils mettraient ça en œuvre. Ç'aurait été l'apocalypse s'ils avaient fait ça brusquement.* La section suivante traitait de certains avantages et inconvénients.

Du côté des avantages, en premier lieu, un pays en bien meilleure santé et avec une meilleure qualité de l'air. L'autre avantage majeur était sous forme d'économies significatives pour le système de santé à travers les indemnisations pour les différents types de cancers et autres maladies majoritairement causées par le tabac.

Quant aux inconvénients, le gouvernement s'inquiétait d'une hausse du chômage après la fermeture des sites de productions, la baisse des revenus générés par les taxes payées par les producteurs de tabac pour le pays, et il était argué que les indemnisations finiraient par augmenter, puisque les gens qui ne fumaient plus vivraient plus longtemps et auraient donc besoin de soins sur une période plus longue.

Il laissa tomber le dossier sur ses genoux et avala la dernière gorgée de son verre de vin. Quelles qu'en soient les conséquences, cette loi, si elle passait, aurait des répercussions significatives sur toutes les personnes impliquées. Mais le plus gros impact serait pour les Big Four. Ruthann aurait-elle raison ? Est-ce que tout cela pourrait être vrai ? Zander prit son téléphone dans sa poche et appela l'agent Elliot.

JAKE ELLIOT était assis dans son bureau lorsqu'il reçut un appel d'un de ses agents, qui lui expliqua qu'ils avaient retrouvé la berline noire garée sur le lieu du meurtre des Walsh et avaient arrêté son propriétaire. Il s'appelait Arlen Wilson, et ils étaient sur le chemin de retour.

Elliot appela le bureau du chef division, Ralston.

— Ralston.

— Chef, c'est Elliot. Il le mit au courant de l'arrivée prochaine d'un de ses agents avec un homme du nom d'Arlen Wilson, dont la voiture et la plaque d'immatriculation correspondaient à la berline sur la scène du meurtre des Walsh.

— Pardon ? dit Ralston avec surprise.

— Excusez-moi, chef, répondit Elliot sur un ton interrogateur.

— Oh, je suis simplement un peu surpris qu'il ait encore été dans les parages après tout ce temps, expliqua Ralston, j'arrive tout de suite.

Lorsque Ralston arriva dans le bureau d'Elliot, Jake commença à le mettre au courant de ce qu'ils savaient sur l'homme et sur ses antécédents. Son téléphone sonna et il regarda qui appela : Zander Walsh.

Il porta l'appareil à son oreille.

— Elliot.

— Agent Elliot, c'est Zander Walsh.

— Bonjour, Zander, qu'est-ce que je peux faire pour vous ?

— J'aimerais passer demain matin pour avoir des nouvelles du dossier et discuter de quelques questions avec vous. Est-ce que dix heures vous conviendrez ?

— Attendez une seconde, dit l'agent Elliot en mettant sa main sur le téléphone, il veut nous rencontrer afin qu'on le mette à jour sur l'enquête.

Le chef fronça les sourcils, mais hocha la tête.

— Désolé, je vérifiais mon emploi du temps. Bien sûr, dix heures, c'est très bien.

— D'accord, parfait, à demain, répondit Zander.

— Au revoir, Zander , dit Elliot avant de raccrocher.

Vérifier son emploi du temps, mon cul. Il vérifiait, ça, oui, mais pas son emploi du temps. Il demandait à quelqu'un d'autre, mais à qui ?

Le lendemain matin, à neuf heures quarante-cinq, Zander se tenait devant l'immeuble Abraham Lincoln sur la Troisième Avenue, là où la division de Seattle du FBI avait élu domicile. Il s'annonça à l'accueil et fut escorté jusqu'au neuvième étage et accompagné à la porte de l'agent Elliot par un agent de sécurité en uniforme. La pièce était petite, avec seulement un bureau et deux chaises supplémentaires, et elle avait l'atmosphère unique des bâtiments gouvernementaux. L'agent Elliot était au téléphone, il faisait des aller-retour derrière son bureau et lui fit signe de rentrer.

— Mais monsieur, c'est mon dossier. J'interroge toujours les suspects, grogna Elliot au téléphone, on n'a jamais vu ça. Pourquoi je ne pourrais pas...

Pendant qu'Elliot parlait avec animation au téléphone, Zander saisit l'opportunité de l'observer. Il avait vu Elliot à l'hôpital, bien sûr, mais il n'avait jamais vraiment pu le regarder réellement. La plus grande partie de son interrogatoire s'était fait alors qu'il était sous antidouleurs, et tout était flou et étrange. Mais maintenant, l'esprit clair, il l'examina vraiment. Elliot semblait avoir entre trente et trente-cinq ans et devait mesurer un mètre quatre-vingt. Ses cheveux bruns et ondulés étaient courts et il avait les yeux d'un profond vert émeraude. Il portait le costume standard du FBI, mais d'après ce que pouvait voir Zander, il était assez bien fait. Il semblait un peu agité, ce qui le faisait retrousser un peu ses lèvres et se creuser les sourcils, mais c'était plutôt mignon. Il remarqua que Darren l'observait et rougit un peu. Après un « Oui monsieur », il raccrocha sèchement.

— Bonjour Zander.

— Agent Elliot, dit-il avec un signe de tête.

— Jake, s'il vous plaît.

— Pardon. Jake, alors.

— Asseyez-vous. Je vous offrirais bien un café, mais je dois vous avertir qu'il est plutôt mauvais.

Zander rit.

— Non merci. J'ai déjà atteint ma limite.

— Vous avez l'air de bien aller, dit Jake avec un sourire à tomber. Comment vous sentez-vous ?

— Il y a de bons jours et de moins-bons-jours, mais globalement, ça va.

— Je suis ravi de l'entendre, dit Jake d'une voix grave, qu'est-ce que je peux faire pour vous ?

— Pour commencer, je voudrais savoir s'il y a du nouveau dans l'enquête.

— Eh bien, il y en a. J'allais attendre de voir si la piste était concluante avant de vous en parler, mais puisque vous êtes là, autant vous mettre au courant.

— J'apprécie l'attention, répondit Zander dont l'intérêt avait été piqué.

— Hier soir, nous avons appréhendé un homme qui conduit une berline noire dont la plaque d'immatriculation correspond au numéro relevé par les voisins de vos parents le soir des meurtres.

— Vraiment ? s'exclama Zander, et… ?

— Son nom est Arlen Wilson, et il a un casier judiciaire long comme mon bras, y compris vol, vol avec effraction et vol qualifié, pour ne citer que quelques extraits. Je ne serais pas surpris que ce soit notre homme.

— Je voudrais lui parler, déclara Zander.

— Je suis désolé, Zander, c'est contre le règlement.

— Le règlement, vous savez ce que j'en fais ? cria Zander en frappant du poing sur le bureau. Cet homme pourrait avoir tué ma famille. Je pense que j'ai le droit de lui poser des questions.

Jake se leva et fit le tour de son bureau pour prendre la chaise à côté de celle de Zander. Il mit son bras autour de ses épaules et tenta de le calmer.

— Il est interrogé en ce moment même, confia Jake. Quand vous êtes arrivé, je parlais au Chef de Département Ralston, qui s'occupe personnellement de l'interrogatoire, mais jusqu'ici Wilson nie avoir été sur le domaine de vos parents et être entré par effraction.

Zander se tourna vers Jake avec des larmes dans les yeux.

— Jake, c'était ma famille.

— Je sais, répondit Jake en baissant la tête. On lui fera avouer ; donnez-nous juste un peu de temps.

Zander hocha la tête.

Jake se releva et retourna derrière le bureau.

— On va continuer à l'interroger vivement toute la journée jusqu'à ce qu'il soit épuisé, et il finira par craquer ; c'est ce qu'ils font tous.

Zander, qui s'était repris, lui dit :

— D'accord, cependant je veux être tenu au courant dès que vous apprenez quoi que ce soit de sa part.

Cette fois, c'est Jake qui hocha la tête en signe d'acquiescement.

— Alors de quoi d'autre vouliez-vous me parler ?

Zander regarda Jake droit dans les yeux.

— Je suis allé chez mes parents hier après-midi et j'ai trouvé un dossier des projets de loi que mon père avait l'intention de signer.

— Qu'est-ce que des lois pas encore votées ont à voir avec le FBI ? demanda Jake.

— Le fait que ces projets ne soient pas encore votés importe peu, expliqua Zander. C'est ce qu'il y a dans l'un de ces textes en particulier qui est important.

— D'accord, je suis intrigué. Qu'est-ce que ce texte a de si important ?

— Qu'est-ce que vous pensez d'une interdiction de la vente de tabac aux États-Unis ?

Jake inspira et se rassit à son bureau.

— Je parierais que vous avez aussi parlé à l'assistante de votre père.

— C'est le cas, effectivement, avoua Zander.

— Et vous pensez que le meurtre de votre famille a quelque chose à voir avec cette proposition de loi ? demanda Jake.

— Je crois que ça le pourrait, indiqua Zander. Ruthann a reconnu que mon père recevait des appels plutôt sérieux et même quelques menaces de mort.

— Et est-ce que Mme Reynolds vous a précisé que le chef Ralston a fait localiser et enquêter sur chacun de ces appels ?

— Elle a dit que vous l'aviez informée que c'était le cas, mais aussi que vous lui aviez demandé de s'occuper de ses affaires lorsqu'elle a voulu en savoir davantage, répondit Zander avec un sourcil levé.

— Écoutez, dit Jake. Elle insistait beaucoup afin que nous passions plus de temps sur ces appels. Quand on a essayé de la convaincre qu'on avait déjà déterminé que ces appels étaient des menaces en l'air de la part d'électeurs en colère, elle a explosé.

— Pourtant au final, elle avait raison et vous aviez tort. Ce n'était pas des menaces en l'air puisqu'il est mort. Ils sont morts !, hurla Zander.

— Zander, ce n'est pas très juste, dit Jake. Nous n'avons aucune preuve qu'un seul de ces appels a pu conduire aux meurtres. Selon le chef, chaque appel a été localisé, chaque personne interrogée et questionnée à nouveau sur ce qu'ils faisaient la nuit des meurtres. Ils ont tous de solides alibis.

— Tout ce que je vois, c'est que mon père recevait des appels menaçants et que selon Ruthann, ce n'était pas le genre d'appels qui arrive fréquemment lorsqu'un sénateur signe un projet de loi impopulaire. Et après ça, il aurait été la personne à signer un texte qui aurait fait s'effondrer une industrie de cinq cents milliards de dollars, et que maintenant, lui, ma mère et mon fiancé sont morts.

— Allons, Zander, le pria, Jake, votre investigation Disney ne fait pas avancer la situation. Écoutez, si Wilson est coupable, on va le prouver. S'il est connecté à un groupe de criminels, on va le prouver. Et s'il a été engagé par un fabricant de tabac, on le prouvera aussi. C'est notre métier, et personne n'est meilleur que nous pour le faire, alors s'il vous plaît, faites-nous confiance pour faire notre travail.

— Investigation Disney, hein ? Je vais vous dire, je vous donne cinq jours, dit Zander. Si vous n'enquêtez pas en profondeur sur cette affaire, je mettrai une équipe de détectives privés sur le coup tellement vite que vos têtes en tourneront.

Jake se redressa une fois encore et s'approcha de Zander.

— Zander, êtes-vous en train de menacer un agent fédéral ?

— Agent Elliot, je vous garantis que ce n'est pas une menace. C'est une promesse que je compte bien tenir, déclara Zander en se levant. J'ai les moyens de le faire, et si je dois dépenser jusqu'au dernier centime que j'ai pour arriver à connaître le fin mot de l'histoire, je le ferai. Quelqu'un va payer. Passez une bonne journée, *Jake*.

Zander attendit que Jake le laisse passer et il sortit du bureau sans rien ajouter. Il marcha directement jusqu'à l'ascenseur comme s'il avait une mission, le regard droit devant lui. S'il avait eu un œil derrière la tête, il aurait sûrement vu l'agent Elliot le fixer pendant qu'il s'éloignait. Il ne montrerait aucune faiblesse, – il ne le pouvait pas, – alors il entretint cette illusion d'avoir le contrôle jusqu'à ce que les portes de l'ascenseur se referment derrière lui. Une fois tranquille dans la cabine vide, il s'appuya contre la paroi et glissa jusqu'au sol. Il laissa tomber sa tête entre ses mains et prit quelques secondes pour se reprendre. *D., est-ce que c'est possible ? Papa, dans quoi est-ce que tu nous as entraînés ?*

Le chemin jusqu'au rez-de-chaussée était court, et lorsque les portes s'ouvrirent devant le même garde en uniforme, il s'était préparé pour ne montrer aucun signe de détresse émotionnelle. Avec un bref hochement de tête, l'agent s'arrêta et Zander passa la porte à tambour seul. La porte automatique détecta sa présence et commença à tourner lentement. Il résista à l'envie de relâcher un peu de sa frustration en poussant la porte de plus en plus fort, de plus en plus vite, jusqu'à ce qu'elles soient hors de contrôle, exactement comme l'avait été sa vie lors de cette terrible nuit. Lorsque la porte s'arrêta, il se trouva face à une des rares journées ensoleillées pour lesquelles Seattle n'est pas réputée. La chaleur était agréable, il tourna son visage vers le soleil et ferma les yeux. Maintenant, il savait pourquoi il était toujours sur cette Terre. *Je promets que je trouverai qui est derrière ça, et ils paieront.*

ZANDER COMPOSA le numéro du bureau de Burton Kelly et patienta pendant que son assistante transférait l'appel.

45

— Bonjour Zander, comment vas-tu ?

— Plutôt bien, répondit-il. J'ai des informations qui devraient être utiles pour l'affaire sur mes parents.

— Oh, dit Burton. De quoi s'agit-il ?

Zander expliqua ce qu'il avait découvert à propos de la loi potentielle et ce qu'il avait appris de Ruthann. Il mit aussi Burton au courant de sa rencontre avec l'agent Elliot. Quand il eut fini de transmettre tous les détails, il y eut un silence au bout du fil.

— Burton, tu es toujours là ?

Burton s'éclaircit la gorge.

— Oui, je suis là. J'essaye juste d'assimiler toutes ces informations.

— Oui, je sais ce que c'est, admit Zander.

— Zander, je dois te dire qu'au premier abord, toute cette idée me semble absurde.

Avant que Zander ne puisse rétorquer, Burton continua.

— On est à la fin du vingtième siècle. Les choses ne se passent plus comme ça, tout simplement. Les grandes entreprises ne font pas zigouiller ou éliminer leurs ennemis comme à l'époque parce qu'ils ne sont pas d'accord avec elles.

— Je peux répondre ?

— Évidemment. Désolé, je me suis un peu laissé emporter, admit Burton.

— Je suis d'accord avec toi, Burton, répondit calmement Zander. Mais la coïncidence est trop frappante et je vais faire mon possible pour mettre ça au clair.

— Zander ! Arrête ça. Je suis ton ami en plus d'être ton avocat et un ami de longue date de tes parents, et je te conseille de laisser tomber cette idée ridicule. Tu ne peux pas te promener en accusant des entreprises américaines de faire tuer les personnes avec qui elles sont en désaccord.

— Pourquoi ? s'énerva Zander. Parce qu'ils pourraient me faire tuer ?

— Bien sûr que non, soupira Burton. Ils pourraient te poursuivre en justice pour diffamation et probablement gagner.

— Écoute, Burton, je me ferai discret. Je vais juste fourrer un peu mon nez là-dedans, et si je ne trouve rien, je laisserai tomber. C'est tout ce que je peux te promettre.

— J'imagine que je n'ai pas vraiment le choix, répondit Burton en raccrochant le téléphone.

V

AUTOUR D'UNE table de conférence dans une pièce peu éclairée, dans une ville non dévoilée, étaient assis des représentants des entreprises du cartel des Big Four, les yeux rivés sur la lumière verte fluorescente d'un haut-parleur.

— *Wilson a été arrêté par le FBI*, déclara l'informateur à travers le haut-parleur du téléphone.

— Quoi ? Bon sang, mais comment c'est possible ? demanda quelqu'un autour de la table.

— Il était censé avoir quitté le pays, à ce stade, ajouta un autre.

— *Il a dit qu'il cherchait sa fille*, expliqua l'informateur. *D'après lui, son ex-femme l'avait cachée en ayant anticipé qu'il voudrait l'emmener à l'étranger.*

— C'est bien notre veine d'engager un tueur à gages qui a un faible pour sa fille, geint une troisième voix.

— Qu'est-ce qu'on fait maintenant ?

— *Avant de discuter de ça, il faut que vous sachiez que Ruthann Reynolds a prévenu Walsh à propos du projet de loi sur le tabac.*

— C'était une simple question de temps. Nous savions qu'il allait le découvrir.

— On ne peut pas la faire taire ?

— *Je ferai en sorte qu'on s'occupe d'elle, mais comme vous le savez peut-être, Walsh est également au courant à propos de Wilson*, ajouta l'informateur.

— Comment a-t-il réagi ?

— *Il voulait lui parler immédiatement*, répondit la voix du haut-parleur.

— J'espère que vous n'avez pas laissé faire ça.

— *Bien sûr que non. Mais il a déclaré que si nous ne résolvions pas l'enquête d'ici cinq jours, il engagerait une équipe de détectives privés pour le faire à notre place.*

— Merde !, dit l'un des Big Four.

— *Et messieurs, laissez-moi vous préciser que Wilson menace de tout balancer si nous ne le sortons pas de là.*

— Alors, sortons-le de là, lui répondit la même voix. Pouvez-vous le faire transférer quelque part pour nous donner une occasion de l'atteindre ?

— *Sans problème*, dit l'informateur. *Il doit être transféré à la prison de Snohomish ce soir à cinq heures quarante-cinq, où il sera détenu jusqu'à ce qu'il y ait de la place pour lui au centre de détention fédéral de SeaTac.*

— Itinéraire ?

— *Le même que d'habitude.*

— On va s'en occuper.

— Faites donc ça, dit quelqu'un en appuyant sur un bouton du haut-parleur pour le déconnecter.

VI

ZANDER N'ÉTAIT même pas arrivé à l'hôtel lorsque son iPhone sonna. Il jeta un œil pour voir qui l'appelait, fronça les sourcils et s'arrêta sur le bord de la route pour répondre.

— Zander à l'appareil.

— Zander, c'est Jake Elliot.

— Qu'est-ce que je peux faire pour vous, agent Elliot ? demanda Zander sur un ton brusque.

— Le chef Ralston m'a dit il y a un petit moment que nous avions notre homme.

L'estomac de Zander se retourna et ses genoux commencèrent à trembler.

— Vous pouvez répéter ?

— On le tient, et selon le chef, il s'est mis à table, s'exclama Elliot.

— Il a avoué les meurtres ?

— Oui, en effet.

— Et… ?

— Il dit que le mobile était le cambriolage, et qu'il travaillait seul, informa Jake avec un soupir. Comme nous le supposions. Il a avoué qu'il avait vu la communication autour du mariage et savait que personne ne serait à la maison pendant que vous seriez au dîner de répétition. Il a aussi dit qu'il comptait visiter les maisons de certains invités la nuit suivante, pendant les festivités.

— Mais rien ne manquait à la maison, rétorqua Zander.

— Je sais, admit Elliot. D'après le chef, Wilson a dit qu'il n'avait pas eu le temps parce qu'il en avait mis plus que prévu à s'introduire dans la maison, et lorsqu'il a réussi, vous arriviez chez vous.

— Quand est-ce que je pourrai lui parler ?

— Zander, nous avons parlé de ça. Tout le monde aura son moment au tribunal.

— Jake, plaida Zander. Je connais beaucoup de gens qui ont de l'influence, et je n'arrêterai pas de les appeler jusqu'à ce que l'un d'entre

49

eux puisse me permettre de voir Wilson. Donc je ferai ça avec ou sans votre aide.

L'agent Elliot soupira.

— D'accord, je vais voir ce que je peux faire, mais je dois en discuter avec le chef avant de pouvoir vous promettre quoi que ce soit. J'escorte le fourgon de la police pour emmener Wilson à la prison de Snohomish assez tôt ce soir, je fixerai un rendez-vous quand je serai sur place, vers, disons dix heures demain matin.

— La prison de Snohomish ? Pourquoi n'est-il pas envoyé dans un établissement fédéral ? le questionna Zander.

— Ils vont l'enregistrer à la prison du comté pendant qu'on fait de la place pour lui à la prison fédérale, à SeaTac.

Zander soupira.

— Merci, Jake, était tout ce dont il fut capable de répondre.

— Et, Zander ?

— Oui ?

— Si j'arrive à vous obtenir cet entretien avec Wilson, taquina Elliot, s'il vous plaît ne vous défoulez pas trop sur lui. Je ne veux pas que les avocats de la défense aient la moindre munition contre nous.

— Compris, répondit Zander avec un petit rire. Je serai là à dix heures précises.

Jake raccrocha le téléphone, ravi que Zander semble si content et reconnaissant.

Le chef Ralston était assis à son bureau lorsque sa ligne fixe sonna.

— Ralston.

— Chef, c'est Jake Elliot.

— Faites court, je suis occupé.

— Monsieur, je viens juste d'avoir Zander Walsh au téléphone, et il souhaiterait rencontrer Arlen Wilson.

— Dites-lui non, répondit-il sèchement.

— J'ai essayé, monsieur. Il dit connaître toutes sortes de gens influents, et qu'il appellera tout le monde jusqu'à ce que quelqu'un lui obtienne une rencontre avec Wilson.

Le chef laissa Elliot énumérer raison après raison pendant au moins vingt minutes avant de finalement céder. Il savait bien sûr qu'il ne prendrait pas le risque d'avoir Walsh réellement dans la même pièce que Wilson à cause de la possibilité que ce dernier n'avoue et commence à pointer du doigt certaines personnes, mais ce n'était pas un problème puisque Wilson n'arriverait pas à destination.

— Punaise, donnez-lui vingt minutes, pas plus.

Le chef prit son temps avec Elliot en se disant que s'il acceptait trop facilement, il aurait pu avoir des soupçons et les choses auraient pu dégénérer.

— Je le ferai, monsieur, lui assura Elliot.

— Je peux retourner travailler, maintenant ?

— Oui monsieur. Désolé monsieur.

Ralston reposa le combiné et sourit. Il était plutôt fier de la façon dont il avait géré la situation et décrocha à nouveau le téléphone pour informer son supérieur des dernières avancées. Il descendit ensuite deux étages jusqu'à la salle d'interrogatoire pour rendre visite à son prisonnier.

Lorsque le garde déverrouilla la porte de sécurité en métal, Arlen Wilson était menotté à la table et n'en avait pas l'air ravi.

— Sortez-moi d'ici, chuchota Arlen entre ses dents.

— Chaque chose en son temps, dit Ralston. On a quelques questions à régler avant que ça n'arrive.

— Je vous promets que si vous ne me faites pas sortir de là immédiatement, je lancerai l'alerte à propos des gens comme vous.

— Et risquer la prison à vie, voire la peine de mort ? Je ne crois pas.

— J'irais peut-être en prison, mais vous me suivrez de près, cracha Arlen. Je veux me barrer *maintenant* !

— Calme-toi et ferme-la, dit Ralston sur un ton agité. Tu vas être transporté à cinq heures quarante-cinq.

— Transporté où ?

— La prison de Snohomish.

— C'est quoi ce délire ? Arlen se leva et commença à appeler un garde en hurlant.

— Tais-toi, grogna Ralston, tu n'iras pas jusqu'à là-bas.

Arlen regarda le chef avec un air interrogateur.

— Qu'est-ce que c'est censé vouloir dire ?

— Ça veut dire que ton fourgon de police va être intercepté par nos amis communs, murmura Ralston. Mais c'est ta dernière chance de quitter le pays, avec ou sans ta fille.

51

— Ma fille a besoin… Je ne quitterai pas le pays sans elle. Alors si vous et vos amis savez ce qui est dans votre intérêt, vous la trouverez et elle m'attendra.

— Tes exigences commencent sérieusement à me gonfler, admit Ralston en donnant un coup de pied dans la table.

— J'en ai rien à foutre de ce qui vous gonfle, souffla Arlen. Vous avez intérêt à trouver ma fille et à la trouver vite, sinon le marché ne tient plus.

— Très bien, dit Ralston en frappant la table du poing avant de se tourner pour partir. Je vais voir ce que je peux faire.

— Faites donc ça.

À cinq heures trente-cinq, le chef Ralston redescendit les deux étages jusqu'à la salle d'interrogatoire pour escorter Arlen Wilson jusqu'au fourgon de la police qui le conduirait jusqu'à la prison du comté, autrement dit sa peine de mort. Quand le garde déverrouilla la porte, Arlen demanda :

— Alors ?

— Alors, quoi ?

— Vous avez trouvé ma fille ?

— Elle sera là quand le fourgon sera intercepté. Ralston glissa deux passeports dans la poche arrière du jean d'Arlen et ajouta :

— Ils vous aideront à quitter les États-Unis. Ne regardez pas en arrière.

Ralston vit un sourire arrogant s'étaler sur le visage d'Arlen. Il n'était pas sûr de ce qui rendait Arlen le plus heureux, l'idée de revoir sa fille, la perspective de quitter le pays, ou le fait qu'il ait obtenu exactement ce qu'il voulait de la part du FBI. Ralston sourit pour lui-même, parce que si Arlen avait pu voir les passeports vierges qu'il venait de mettre dans sa poche, il aurait compris qu'ils ne leur permettraient pas de fuir la ville, et surtout pas le pays.

Ils patientèrent et le garde ouvrit les portes blindées en métal. Ralston détacha les menottes de la table et menotta les mains d'Arlen dans son dos. Il escorta Wilson jusqu'à l'aire de transfert et le mit dans le véhicule désigné pour l'emmener en prison.

Lorsqu'ils atteignirent la zone, Wilson grimpa dans le fourgon, et Ralston ferma la porte après lui. Une fois Arlen correctement entravé, les portes de l'aire de transfert s'ouvrirent, et le véhicule policier sortit sur la Troisième Avenue avant d'attendre.

ELLIOT ÉTAIT déjà garé devant la zone de transfert et il attendait pour escorter le suspect jusqu'à sa prochaine destination. Il n'avait pas été autorisé à l'interroger, mais il s'assurerait que Wilson arrive en prison sans incident. Les portes s'ouvrirent, et le fourgon banalisé sortit avant de prendre la direction de nord-ouest sur la Troisième Avenue. Elliot le suivit alors qu'il tournait à droite sur University Street et prenait l'embranchement vers l'autoroute I-5 en direction du nord. S'ils prenaient l'itinéraire standard, ils y resteraient pour trente à trente-cinq minutes, avant de prendre la sortie à gauche pour Broadway.

Une voiture séparait Jake du fourgon, mais il conservait une vue dégagée alors que ce dernier quittait l'I -5. Jake n'avait aucun moyen de savoir ce qui attendait le véhicule lorsqu'ils approchèrent de la première intersection. Le feu passa au vert et pendant qu'ils accéléraient, Jake vit un camion de livraison arriver en face. Il s'approchait très vite et traversa la ligne centrale en visant directement la voiture devant le fourgon. Elle fit une embardée à la dernière minute et put éviter le camion qui fonçait désormais vers le véhicule banalisé. Jake entendit ce qui ressemblait à deux coups de feu et regarda le véhicule qui transportait Wilson et trois officiers de police dévier sur la droite et se diriger vers une station essence BP. Le camion accrocha le pare-choc de la voiture devant Jake sur la gauche et l'envoya tourner dans sa direction. Il regarda la voiture hors de contrôle se diriger vers lui et le fourgon de la police et heurter une pompe à essence. Avant qu'il ne puisse réagir à l'un ou l'autre, il sentit l'impact violent de la voiture devant lui. Ses airbags se déployèrent et il perdit connaissance.

Lorsqu'il revint à lui, un inconnu frappait sur la vitre de sa portière. Avant qu'il ne puisse reprendre ses esprits, la voiture fut secouée par une énorme explosion et les flammes envahirent son pare-brise.

Il détacha rapidement sa ceinture et essaya d'ouvrir la porte, mais elle était coincée à cause de l'accident. Il essaya de se glisser sur le siège passager et ressentit une douleur atroce dans le pied gauche. Il grimaça, mais se hissa de l'autre côté et hors de la voiture. La personne qui frappait à la vitre avait vu qu'il essayait de rejoindre l'autre côté et était là pour l'attraper lorsque la porte s'ouvrit brusquement et qu'il tomba sur le sol goudronné.

— Vous allez bien ? demanda l'inconnu.

— Je crois que oui, dit Jake. Il sentit cependant du sang couler sur son visage et se sentait un peu faible.

— Peut-être pas tellement, dit-il en s'éloignant de la voiture, je pense que mon pied gauche est cassé.

À ce moment, les sirènes retentirent au loin et Jake essayait encore de comprendre ce qui venait de se passer. Il tenta de tendre le cou pour voir ce qu'il restait du véhicule banalisé et du camion, mais le fourgon était un brasier, et le camion de livraison avait disparu.

— Le fourgon ? demanda-t-il, quelqu'un a survécu ?

— Je n'en ai pas l'impression, dit l'inconnu. J'ai du mal à imaginer que quiconque a pu survivre à cette explosion.

— Et le camion de livraison ?

— Il ne s'est même pas arrêté, ce connard.

— Quelqu'un a-t-il noté la plaque d'immatriculation ?

— Je ne sais pas trop.

Jake attrapa son téléphone et appela le chef Ralston. Quelque chose dans cette histoire ne tournait pas rond.

— Ralston.

— C'est l'agent Elliot. Il y a eu un accident, monsieur, et je crois que Wilson est mort.

— C'est quoi cette histoire ? répondit-il sèchement. Où êtes-vous ?

— Je suis sur les lieux de l'accident, monsieur, expliqua Jake.

— Qu'est-ce que vous faites là-bas ?

— Je suivais le convoi et j'ai tout vu.

Ralston couvrit le combiné de sa main et dit à voix haute :

— Merde.

— Pourquoi suiviez-vous le convoi ? s'enquit Ralston.

— Je voulais juste m'assurer que Wilson arrive sans encombre jusqu'à la prison.

— Super. Maintenant, revenez au bureau, lui ordonna Ralston.

— Je ne peux pas, monsieur.

— Et pourquoi pas ?

Jake expliqua au chef ce qu'il avait vu et son implication dans l'accident, ainsi que sa blessure. Il dit ensuite à Ralston qu'à son avis, ça semblait être une opération montée, et attendit une réponse.

Ralston ne parlait pas, et Jake supposa qu'il réfléchissait.

Puis il dit :

— Punaise ! Je vais mettre quelqu'un d'autre sur le dossier, et vous, allez vous faire soigner, avant de raccrocher.

Les ambulanciers soignèrent la tête de Jake, lui annoncèrent qu'il avait probablement le pied gauche cassé, et commencèrent à le préparer pour l'emmener à l'hôpital. Avant de partir, il montra son badge du FBI et la police lui confirma qu'il n'y avait aucun survivant dans le fourgon et que les corps étaient trop brûlés pour les identifier. Ils confirmèrent aussi que jusque-là, ils n'avaient pas trouvé qui que ce soit ayant noté le numéro d'immatriculation du camion pendant qu'il s'enfuyait. Jake soupira tandis qu'ils soulevaient le brancard jusqu'à l'arrière de l'ambulance. *Quelque chose ne collait pas, là-dedans.*

TROIS HEURES, deux pilules antidouleur et une radio plus tard, le médecin urgentiste confirma une petite fracture qui se traduirait par six semaines dans le plâtre. Pendant que ledit plâtre séchait, Jake décida de passer le coup de téléphone qu'il savait devoir effectuer à un moment ou à un autre. Il composa le numéro de Zander Walsh.

— Zander à l'appareil.

— Bonjour, Zander, c'est Jake Elliot. Désolé d'appeler si tard.

— Pas de problème, j'étais juste en train de lire, répondit Zander. Je ne dors pas beaucoup ces temps-ci, mais je ne m'attendais pas à avoir de vos nouvelles ce soir.

— Je suis à l'hôpital Northwest, expliqua Jake. Il y a eu un accident.

— Quel genre d'accident ? Vous allez bien ?

— Oui, je vais bien, juste un pied cassé, mais…

— Mais, quoi ?

— Arlen Wilson est mort.

— Comment, ça, mort ?

Jake expliqua en détail les évènements qui avaient provoqué la mort de Wilson et de trois officiers de police. Lorsqu'il eut fini, le silence régnait sur la ligne.

— Zander, vous êtes là ?

— Oui, je suis là, pardon. Je suis juste sous le choc.

— J'imagine comment vous devez vous sentir.

— J'en suis ravi parce que je ne suis pas certain de le savoir.

— Essayez de dormir, proposa Jake. Je vous rappellerai demain.

— Non, non, ça ira, protesta Zander. Est-ce qu'il y a quelque chose que je peux faire pour vous ?

Jake parla avant de réfléchir.

— Je sais qu'il est tard, mais si vous pouviez me raccompagner, demanda-t-il un peu honteux. Vous habitez dans le coin ?

— Je suis au Four Seasons pour le moment, en fait. Je n'arrive pas vraiment à retourner à la maison.

— Je vois, ça peut être difficile, dit Jake. Écoutez, je crois que c'est sur Union Street, et c'est trop loin. Je prendrai un taxi.

— Non, ce n'est pas loin du tout, entre dix et quinze minutes de trajet. J'enfile quelques vêtements, je peux être là-bas dans moins d'une demi-heure.

— Je suis navré de vous faire ressortir, dit Jake sincèrement. J'ai été transféré ici il y a huit mois et je passe tellement de temps au travail que je ne rencontre pas beaucoup de gens. Toute ma famille est à Omaha.

— Ne vous torturez pas avec ça, lui dit Zander. Vous avez été plutôt sympa avec moi pendant cette affaire, je pense que je vous en dois bien une.

— Après ça, vous pourrez considérer votre dette comme payée, rigola Jake. Je vous vois dans trente minutes, alors.

— Oui, à tout à l'heure.

Jake ferma son téléphone et pensa à Zander qui devait s'habiller. *Ça veut dire que pendant qu'il était au téléphone, il ne portait rien.* Il sentit soudain comme une vibration dans son entrejambe. *Oh mince, j'ai entendu dire que les antidouleurs pouvaient faire faire et dire des choses bizarres. J'espère que je ne vais pas me ridiculiser.*

Il savait que s'il se laissait aller, il pourrait vraiment apprécier Zander. Ce dernier était tout à fait son genre : grand, bien bâti et très séduisant. Mais mis à part ses qualités physiques, il semblait vraiment être quelqu'un de bien qui avait eu les mauvaises cartes en main. Secouant la tête dans un effort vain de se sortir Zander de l'esprit, il se força à se rappeler que c'était son travail, la carrière qu'il avait choisie. La tête lui tournait encore plus à cause des médicaments, et il s'autorisa à imaginer où il en serait s'il avait choisi l'autre chemin. *Arrête, Jake. Tu as fait ton choix, et tu aimes ton job. Pourquoi revenir là-dessus maintenant ? C'est à cause des antidouleurs. C'est sûrement ça.* Zander refit une apparition dans sa tête. *Alors pourquoi ne pourrais-je pas mélanger un peu travail et plaisir ? Les gens font ça tout le temps.*

Il fut tiré de sa rêvasserie par une jolie tête blonde dépassant du rideau.

— Prêt à rentrer chez vous, M. l'agent du FBI ? taquina Zander.

— Wouah, ça fait déjà trente minutes ?

— Vingt-huit, en réalité, mais qui fait le décompte, lui répondit Zander en riant.

— Ça doit être les médicaments. J'étais dans la lune, admit Jake. Je me sens tellement dans le cirage.

— On va vous ramener à la maison, déclara Zander alors que quelqu'un tirait le rideau et qu'une infirmière se tenait là avec des béquilles et un fauteuil roulant.

— Votre carrosse, dit-elle en souriant avant de lui tendre les béquilles. Ces deux-là seront votre moyen de locomotion pour les six prochaines semaines.

— Ne m'en parlez pas, grommela Jake.

Il vit Zander poser ses yeux un moment sur son pied puis regarder sa blessure sur le front.

— Vous ne vous êtes pas raté avec votre pied, sans parler de votre tête, s'exclama Zander.

— Oui, oh, quand on fait quelque chose autant le faire à fond.

Ils sourirent tous les deux, et Zander aida Jake à s'installer dans le fauteuil. Il posa les béquilles sur les genoux de Jake et lui tendit ses chaussures et son manteau.

— Barrons-nous d'ici, dit-il.

L'infirmière poussa Jake jusqu'à la sortie pendant que Zander ramenait son SUV depuis le parking. Il l'aida à monter dans la voiture et courut autour avant de sauter dedans.

— Alors, où est-ce que vous vivez ?

— J'ai un loft sur les Olympic Hills sur Cedar Street, au soixante-seize pour être exact.

— Je connais l'endroit, admit Zander. Le chemin le plus simple et le plus rapide est de prendre la WA99, c'est ça ?

— Probablement, oui. À cette heure de la nuit, il ne devrait pas y avoir de circulation, confirma Jake. C'est à une dizaine de kilomètres.

— Alors comme ça vous êtes un garçon nourri par les fermes du Nebraska, hein ?

— J'y suis né et j'y ai grandi. Et vous ?

— J'ai toujours vécu à Seattle.

Jake trouva très étrange de parler de lui avec Zander. Ils se connaissaient depuis des mois sans avoir échangé une parole de façon personnelle, et maintenant ils faisaient connaissance l'un avec l'autre à un autre niveau. Sa pause avait su éveiller quelque chose en Zander parce qu'il déclara :

— C'est bizarre, hein, de parler de choses personnelles ?

— Oui, mais pas d'une mauvaise manière, si ?

— Non, pas mauvaise, juste bizarre.

Avant qu'ils ne le réalisent, Zander s'arrêtait devant l'immeuble de Jake. Il se gara devant la porte-cochère et descendit en courant pour ouvrir la porte à Jake. Jake sortit en boitant et s'essaya aux béquilles. Zander était devant lui, et son premier pas le fit chanceler et il tomba droit dans les bras de Zander.

— Désolé, s'excusa Jake. De toute évidence, je n'ai jamais eu de béquilles avant, et les médicaments n'aident pas.

— Vous avez juste besoin d'un peu de temps et d'entraînement, l'encouragea Zander. Croyez-moi.

Jake fit un autre pas et vacilla à nouveau. Zander l'attrapa pile à temps, et cette fois il l'aida à s'appuyer contre une colonne dans l'entrée du bâtiment.

— Laissez-moi garer la voiture, je vous aiderai à monter.

Jake leva une main pour dire non, mais Zander l'interrompit et bondit dans sa voiture avant de partir vers le garage. À son retour, Jake était là où il l'avait laissé, appuyé contre la colonne.

— Allons à l'intérieur, dit Zander avec un sourire chaleureux.

— Je suis vraiment désolé pour tout ça, avoua Jake. Je ne pensais pas que marcher avec des béquilles était si compliqué.

— Ce n'est rien, répondit Zander. C'est sympa que quelqu'un ait besoin de moi, je me sens utile à nouveau.

— Content d'avoir pu aider, dit Jake, et ils rirent tous les deux.

Quand ils atteignirent le loft de Jake, Jake lui tendit la clé et Zander ouvrit la porte. Il passa la tête et jeta un œil à l'intérieur. Le loft était très contemporain et bien décoré.

— Je suis impressionné, dit Zander avec un sourire. Pas mal pour un hétéro.

Jake n'était pas sûr de dire ça à cause des médicaments ou simplement de Zander, mais il répondit :

— Qu'est-ce qui vous fait penser que je suis hétéro ?

Zander, le regard amusé, ne put contenir un sourire.

— Je l'ai simplement supposé.

— Voilà ce qui arrive quand on suppose, dit Jake en fronçant juste un peu les sourcils. Parce que vous avez mal supposé.

— Eh bien, dites donc, roucoula Zander très bas, un agent du FBI gay. Est-ce que vos collègues savent ce qu'ils ont parmi eux ?

— Je ne l'ai dit à personne à Seattle, dit-il en rougissant un peu. Ce n'est vraiment pas leurs affaires, et ce n'est pas le milieu le plus tolérant du monde.

— J'imagine, répondit Zander.

— Si vous pouviez garder mon secret pour vous, j'apprécierais.

— Votre style de vie caché est en sécurité avec moi, le rassura Zander. Maintenant, allons vous mettre au lit afin que je puisse rentrer chez moi.

— Ou pas, souffla Jake à voix basse.

— Puisque vous êtes sous médicaments, je vais prétendre que je n'ai pas entendu ça.

— Entendu, quoi ? interrogea Jake.

— Rien. Où est la chambre ?

— Pas si vite, protesta Jake. Vous pourriez au moins m'offrir un verre d'abord.

— Très drôle, répondit Zander un peu nerveusement.

— C'est là-bas, dit Jake en pointant du doigt. Mais je crois que je peux y aller tout seul.

— D'accord, mon grand, essaye pour voir.

S'appuyant sur sa jambe valide, Jake avança les béquilles devant lui et mit toute sa volonté pour déplacer son poids vers l'avant. Malheureusement, c'était trop de volonté et son corps passa devant les béquilles, il allait chuter à nouveau quand Zander le rattrapa.

— D'accord, peut-être que je ne peux pas.

Zander l'aida à descendre sur le palier et à se rendre dans sa chambre, puis l'assit sur le bord du lit.

— Avez-vous essayé de voir si le pantalon passait par-dessus le plâtre ?

— Merde, je n'ai pas du tout pensé à ça.

— OK, je vais vous laisser une minute pour essayer.

— Vous n'avez pas besoin de partir, dit Jake en riant. Je porte quelque chose sous mon pantalon.

— Bien, dit Zander en croisant les bras.

Jake croisa sa bonne jambe sur l'autre et essaya de retirer sa chaussure droite. Le poids supplémentaire de sa jambe sur son pied cassé eut raison de lui. Il gémit un peu et relâcha sa jambe valide sur le sol.

— J'arrive, dit Zander en se mettant à genoux pour dénouer les lacets de la chaussure de Jake.

Il retira la chaussure et la chaussette avant de reculer pendant que Jake enlevait sa ceinture. La jambe de son pantalon était coincée au-dessus du plâtre, et Zander ne pensait pas que ça passerait, mais si Jake voulait tenter, il le laisserait faire. Une fois la ceinture enlevée et le pantalon ouvert, Jake se tortilla pour le faire descendre jusqu'à ses cuisses. Il retira sa jambe valide du vêtement et essaya de faire passer l'autre jambe du pantalon par-dessus le plâtre, mais le tissu ne semblait pas coopératif. Zander proposa son aide et tira un peu sur le pantalon, mais ça ne passait pas et la jambe était trop étroite pour passer autour du plâtre.

— Je crois qu'il va falloir couper, dit Zander.

— C'est un nouveau costume, geint Jake.

— D'autres suggestions ?

Jake secoua la tête.

— Les ciseaux sont dans la salle de bains, tiroir du haut à droite.

Zander disparut un instant, revint avec les ciseaux et commença à couper la couture latérale, en espérant qu'un bon tailleur serait capable de la recoudre. Lorsque la couture fut complètement décousue, le pantalon tomba en exposant la jambe musclée de Jake.

— Voilà, déclara Zander d'un air plutôt fier. Pas si mal, si je puis dire. Je pense qu'ils pourront le réparer.

— Merci, répondit-il en enlevant l'holster de son épaule et en s'allongeant sur le lit.

— Vos chemise et cravate ?

Jake se redressa et fit glisser sa cravate autour de son cou. Il déboutonna sa chemise blanche et la retira de ses épaules. Zander devait reconnaître que, d'après ce qu'il voyait à travers le t-shirt moulant, Jake était plutôt bien bâti.

— Alors comme ça on fait de l'exercice ? demanda Zander avec un petit rire.

— Un peu, quand je trouve le temps.

— Oh, ça me rassure, admit Zander. Je suis toujours en train de rattraper le coup pour essayer de revenir là où j'en étais, avant le – Zander hésita pendant une seconde – l'accident.

— Vous êtes très bien comme ça, dit Jake tandis que ses paupières tombaient.

Zander souleva les jambes de Jake et les mit sur le lit en faisant attention à ne pas heurter son pied cassé, et il remonta la couverture sur sa poitrine.

Il se rendit dans la salle de bains, fouilla dans l'armoire à pharmacie de Jake pour y trouver du paracétamol, et remplit un verre d'eau avant de le laisser sur sa table de nuit. Il éteignit la lumière et repartit de la pièce sur la pointe des pieds. Il avait atteint la porte lorsqu'il entendit :

— Merci.

— De rien, et appelez-moi si vous avez besoin de quoi que ce soit. Bonne nuit.

Zander redescendit dans l'entrée et passa devant l'ordinateur de Jake ouvert sur son bureau, dans le salon. Il aperçut son nom et s'arrêta. Il y avait un e-mail non lu de la part d'un nom inconnu, mais l'objet en était " Affaire Walsh ". Sa curiosité l'emporta et il approcha sa main pour ouvrir l'e-mail. Il s'interrompit juste avant de frapper la touche Entrée. Qu'est-ce que tu fais imbécile ? Tu ne peux pas lire les e-mails de quelqu'un d'autre, surtout un agent du FBI. Dégage d'ici. Zander fit demi-tour et rejoint la porte. La main sur la poignée, il marqua une pause, inspira profondément, ouvrit la porte, et s'en alla.

VII

PERDU DANS ses pensées, Zander conduisit jusqu'à l'hôtel. À chaque faisceau de lumière de phares en face, une autre question venait le hanter. Ses pensées étaient désordonnées. *Je me demande ce qu'il y avait dans cet e-mail. Pourquoi Jake m'a-t-il demandé mon aide ? On n'a jamais eu autre chose qu'une relation professionnelle. Pourquoi ne lui fais-je pas confiance ? Je me demande ce qu'il y avait dans cet e-mail. Il n'avait vraiment personne d'autre à appeler ? Il doit bien avoir des amis au FBI qu'il aurait pu appeler. Je me demande ce qu'il y avait dans cet e-mail. Quand est-ce que cette relation est devenue personnelle ? Il est gentil, alors pourquoi ai-je l'impression qu'il n'est pas aussi franc qu'il le paraisse ? Et pourquoi a-t-il toujours l'air de me cacher quelque chose ? Je n'ai rien de concret à lui reprocher, mais j'ai vraiment l'impression qu'il y a quelque chose de louche. Je me demande ce qu'il y avait dans cet e-mail. Et... Si l'on devient amis... Amis ? Qui a parlé d'amis ? J'ai des amis. Je n'en ai pas besoin d'un nouveau. En plus, Darren est... était mon meilleur ami. Et il n'est plus là.*

Sur l'I-5, les sorties défilaient une par une tandis qu'il essayait de mettre le doigt sur un incident en particulier qui l'aurait empêché d'accorder sa confiance à Jake. Quand il s'était réveillé à l'hôpital, Jake était là. Il se souvenait de la main de celui-ci posée sur sa jambe, essayant de le calmer jusqu'à ce que les docteurs arrivent, mais rien n'avait semblé étrange. *Y avait-il quoi que ce soit de bizarre pendant les conversations qu'ils avaient eues à propos du soir des meurtres ?* Rien ne lui vint à l'esprit. *Il doit y avoir quelque chose.* Et lors de sa visite au bureau de Jake lorsqu'il avait appris à propos d'Arlen Wilson ? Peut-être, mais Jake avait fait de son mieux pour le réconforter. Les menaces de mort ! Jake ne lui avait rien dit à propos des menaces de mort et du projet de loi sur le tabac. *Est-ce que ça pourrait avoir tout déclenché ? Jake semble pourtant réellement soucieux de mon bien-être et motivé pour attraper l'homme responsable des meurtres. Pour qui garderait-il des informations sur une législation en cours de validation ? En surface, il a l'air d'un homme bien et attentionné, mais...*

— Arrête, Zander, se dit-il à haute voix. Tu te montes la tête. Tout ce que tu as fait, c'est le raccompagner chez lui. Ne cherche pas plus loin.

Soudain, Zander réalisa qu'il conduisait sur l'I-5 depuis un bon moment. Il se redressa sur son siège pour se reprendre et il comprit qu'il était tellement plongé dans ses pensées, qu'il avait dépassé la sortie pour rejoindre l'hôtel.

— Fais attention, idiot, grommela-t-il, tu as dépassé ta fichue sortie.

Zander prit la prochaine, et fit le tour pour reprendre la bretelle d'entrée dans la direction inverse.

Vingt-cinq minutes plus tard, il était de retour à l'hôtel. Il se déshabilla et se glissa sous les draps, avec l'espoir de dormir un peu. Mais comme beaucoup de nuits, les cauchemars habituels semblaient tenir le sommeil éloigné. À cinq heures du matin, fatigué d'essayer de se concentrer sur le livre qu'il lisait, il sortit de son lit et enfila sa robe de chambre avant de commander un pichet de café au service de chambre. En attendant son café, il sortit marcher sur le balcon, le regard au loin, cherchant les prémices du prochain lever de soleil dans le ciel. Ses pensées dérivèrent en allant de Darren et ses parents à Jake Elliot, puis à Arlen Wilson. *D., tu t'en rends compte ? On a finalement attrapé l'homme qui vous a tués, et maintenant il est mort dans un accident de voiture. Ça me semble si injuste. Mon Dieu, tu me manques. Je t'aime tellement. Quand est-ce que cette douleur va disparaître ?* Il avait fantasmé tant de fois au cours des derniers mois sur la façon dont il tuerait la personne responsable de la destruction de sa vie, mais maintenant que l'homme était mort, il ne savait pas trop comment il se sentait. Bien sûr, il avait voulu qu'il paie, mais mourir dans un accident de voiture n'était pas ce qu'il avait en tête. L'espoir de Zander de dire en face à Wilson à quel point il le haïssait et à quel point il voulait lui faire ce que lui avait fait à sa famille n'avait plus lieu d'être. Il n'aurait jamais cette opportunité de tourner complètement la page.

Il fut tiré de ses pensées en sursaut par le bruit léger des coups à la porte. Il attrapa un billet de cinq dollars dans son portefeuille et ouvrit la porte. Il se mit sur le côté pour laisser passer le chariot jusque dans la chambre. Le portier lui versa sa première tasse de café puis repartit après que Zander lui mit le billet dans la main. Zander prit la tasse avec l'intention de retourner sur le balcon lorsque son iPhone sonna. Quatre mois s'étaient écoulés depuis les meurtres et pourtant, il regardait encore son écran en s'attendant à voir apparaître le nom de Darren et son visage souriant. À la place, il vit le nom de Jake Elliot.

— Ce n'est même pas encore l'aube. Qu'est-ce que vous faites debout ? demanda Zander en guise de bonjour.

— J'ai un pied cassé, vous vous souvenez ?

— Oui, je me souviens, répondit Zander en riant. Comment ça va ?

— J'ai connu mieux.

— Ça fait très mal ?

— Je dirais, probablement six sur une échelle allant jusqu'à dix, confessa Jake. Quand je me suis réveillé, c'était vraiment un huit, mais quelqu'un a été assez gentil pour laisser du paracétamol et un verre d'eau sur ma table de nuit.

— Sûrement la fée des médicaments, dit Zander à travers un sourire.

Jake rit.

— J'espère pouvoir vous rendre la pareille un jour.

— Pas la peine. Je suis content d'avoir pu aider.

Jake soupira.

— Depuis que je suis ici, je n'ai pas vraiment pris le temps de former des amitiés, avoua-t-il. Le travail est intense et quand je ne travaille pas, je suis trop fatigué pour avoir une vie sociale. Le travail, le sport et les fast foods semblent dévorer ma vie en ce moment.

— Ça m'a l'air d'une combinaison fatale.

— Ça peut l'être, admit Jake, mais j'imagine que ce pied va m'obliger à ralentir pour un moment.

— Ce n'est probablement pas si mal, ajouta Zander. Vous avez besoin de quelque chose ?

— Pas vraiment. Je vais essayer d'aller au supermarché et acheter des vivres puisque je vais rester à la maison quelque temps.

— Je crois que vous déplacez avec des béquilles dans un supermarché pourrait être une très mauvaise idée, dit Zander. Si vous me dites ce dont vous avez besoin, je ferai vos courses et je vous amènerai tout ça un peu plus tard. Qu'est-ce que vous en pensez ?

— Je ne peux pas vous en demander autant. Vous avez déjà fait beaucoup.

— Ce n'est pas un problème du tout, lui assura Zander. Je n'ai qu'un seul rendez-vous aujourd'hui, avec mon avocat, et ce n'est pas avant trois heures, cet après-midi.

— Vous êtes sûr que ça ne vous dérange pas ?

— Sûr. Maintenant, dites-moi ce qu'il vous faut.

Zander recopia rapidement la liste pendant que Jake faisait mentalement l'inventaire de ce qui lui restait au frigo. Quarante-cinq minutes plus tard, Zander était habillé et sortait de la suite.

LES DEUX bras chargés de courses, Zander était à la porte de l'appartement de Jake et avait des difficultés à tourner la poignée. Il venait d'y arriver et de pousser la porte avec l'épaule lorsqu'il entendit depuis le couloir :

— Allez-y, entrez.

— Heureusement que je suis bien intentionné, plaisanta Zander.

— Vous oubliez que je suis armé, s'écria Jake en réponse.

— Ça ne me regarde pas, mais je crois que vous marquez un point, accorda Zander. Laissez-moi mettre ça au frigo et je viens vous dire bonjour.

— Prenez votre temps. Ce n'est pas comme si j'allais partir de toute manière.

Zander posa les sacs sur le plan de travail de la cuisine et lança un regard à l'ordinateur de Jake, toujours ouvert sur le bureau. Les bulles sur l'écran rebondissaient de haut en bas comme un vieux générique d'émission de télévision. À travers les bulles, il pouvait voir que l'e-mail n'avait toujours pas été ouvert, il fut à nouveau tenté de l'ouvrir.

Il déballa les courses en rangeant les produits périssables dans le réfrigérateur. Il empila soigneusement tout le reste sur le plan de travail et plia les sacs de papier qu'il laissa au même endroit, tout ceci en regardant fixement l'ordinateur. Tant pis, je ne peux plus supporter cette incertitude plus longtemps.

Il marcha jusqu'au bureau et mit son doigt sur le touchpad de l'ordinateur. Les bulles s'immobilisèrent avant de disparaître de l'écran. Il plaça le curseur sur l'e-mail et tapota le touchpad. L'e-mail s'ouvrit. « *Seulement trois groupes de reste humain trouvés dans le fourgon de la police. Wilson est porté disparu. On vérifie les fichiers dentaires pour l'identification. J'appellerai quand on aura les résultats.* »

Zander sursauta en entendant Jake.

— Qu'est-ce qui prend autant de temps, là-bas ?

— J'ai presque fini. Je mets les dernières affaires dans le frigo.

— Vous pourriez m'amener mon ordinateur en venant ? demanda Jake. Que je puisse au moins travailler un peu depuis mon lit.

— Pas de problème, cria Zander, qui se sentit coupable en marquant l'e-mail comme non lu.

Il débrancha l'ordinateur, essaya d'effacer la honte sur son visage et porta l'appareil jusque dans la chambre. Zander s'arrêta en pénétrant dans la pièce. Jake était assis sur son lit, torse nu, et portait un pantalon de sport court, tandis que sa jambe reposait sur un oreiller.

— Où est-ce que je le branche ? demanda-t-il en montrant l'ordinateur.

— Il y a une prise juste à côté de la table de chevet, indiqua Jake.

Zander brancha l'ordinateur à la prise puis le posa à côté de Jake, sur le lit.

— Je suis désolé, je n'ai pas pu m'empêcher de constater qu'il y avait un e-mail avec mon nom en objet, précisa Zander.

— Ah oui, dit Jake en consultant sa boîte de réception. Vous avez raison.

— C'est à propos de mon affaire ? demanda Zander en essayant d'avoir l'air aussi innocent que possible.

— Je ne sais pas, voyons ça.

Pendant que Jake lisait l'e-mail, Zander vit l'expression de son visage passer de la curiosité à une autre émotion en un clin d'œil.

— Alors ? demanda Zander.

— Oh rien d'important, répondit Jake. Juste encore de la paperasse à faire. Ça me donnera quelque chose à faire pendant que je suis immobilisé.

Jake ferma l'ordinateur brusquement.

Pourquoi est-ce qu'il me ment ? Peut-être qu'il ne veut pas m'inquiéter avant de savoir avec certitude.

— Zander ?

— Oui.

— Vous étiez dans la lune pendant une minute.

— Pardon, dit Zander. Vous avez bien dormi ?

— Pas tellement. Je ne savais pas qu'un os brisé pouvait faire si mal.

— Vous avez eu une ordonnance pour des antidouleurs ?

— Non, mais le cabinet du médecin est justement en train d'appeler la pharmacie à ce sujet.

— Vous avez besoin que j'aille les récupérer pour vous ? demanda Zander.

— Ils livrent, mais merci beaucoup pour tout ce que vous avez fait.

— Aucun souci. Je vous prépare quelque chose à manger ?

— Ça va aller, merci. Je n'ai pas beaucoup d'appétit et en plus, il faut que je sorte de ce lit et que je commence à m'habituer à utiliser ces béquilles.

— Vous voulez de l'aide ?

— Je crois que je préfère me ridiculiser en privé, dit Jake avec un petit rire. Si vous voyez ce que je veux dire.

— Bon, je vais vous laisser vous reposer, alors.

— Vous devez déjà partir ? demanda Jake, un peu déçu.

— J'ai rendez-vous avec mon avocat et je dois repasser à l'hôtel pour récupérer des papiers que j'y ai laissés.

— Oh, c'est vrai. Vous en aviez parlé au téléphone. C'est à propos de l'affaire ?

— En quelque sorte, dit Zander. Les parents de Darren, à qui il ne parlait plus, se sont enfuis avec les restes de Darren quelques jours après la fusillade, et les ont enterrés à l'encontre de ses dernières volontés. Nos testaments avaient des instructions très précises à propos de ce qui devait être fait de nos restes en cas de mort prématurée, et ils ont choisi de les ignorer.

— Je suis désolé, ça doit vraiment être atroce.

— Ça l'est, et la chose la plus difficile, c'est de savoir que Darren voulait être incinéré et qu'ils l'ont enterré afin que cela convienne à leur propre religion.

— Ils ont le droit de faire ça ?

— Oui, et ils l'ont fait, mais ça ne veut pas dire qu'il restera là-bas.

— J'imagine que c'est un combat difficile, ajouta Jake. Vous savez où il est enterré ?

— Oui, mon avocat l'a découvert. Mais je ne supporte pas de le savoir sous une pierre tombale. Je sais que ce n'était pas ce qu'il voulait, et aussi bien pour lui que pour moi, je dois au moins m'assurer que ses dernières volontés sont respectées.

— Je comprends complètement, et si je peux aider, dites-le-moi, proposa Jake.

— Merci, ça me touche.

Zander se dirigea vers la porte puis s'arrêta.

— Vous êtes sûr qu'il n'y a rien que je peux faire avant de partir ?

— Non, c'est bon. Bonne chance pour votre rendez-vous.

— Merci, répondit Zander en quittant la pièce.

— Zander !

Zander revint sur ses pas et passa la tête dans la chambre.

— Oui ?

— Je peux vous appeler plus tard ?

— Bien sûr.

JAKE ÉCOUTA les pas de Zander s'éloigner dans le couloir. Lorsqu'il entendit la porte d'entrée se fermer, il ouvrit son ordinateur et relut l'e-mail.

Mais comment ça se fait ? Il a dû s'échapper pendant l'accident, mais le feu était tellement puissant, je n'arrive pas à imaginer qu'on survive à ça. Mon Dieu, j'espère qu'ils se trompent. S'il est vivant, Zander a le droit de savoir, mais pas avant qu'on en soit certain. Il referma doucement l'appareil et entendit au même moment quelqu'un frapper à la porte. Il se traîna jusqu'au bout du lit et se leva en attrapant ses béquilles. Il avait fait ça plusieurs fois pendant la nuit quand il avait eu besoin d'aller aux toilettes et devait admettre qu'il s'améliorait à ce petit jeu. Il prit son portefeuille sur la table de nuit et se dirigea vers la porte lorsque les coups retentirent une deuxième fois. Cette fois, ils vinrent accompagnés d'une voix :

— Pharmacie du pacifique.

— J'arrive, cria Jake vers la porte à travers le couloir.

Il ouvrit la porte à un ado aux cheveux châtain clair avec un sac à dos qui ne devait pas avoir plus de seize ans.

— Jake Elliot ? demanda l'adolescent.

— En chair et en os.

— Ça fait dix dollars à votre charge.

Jake fouina dans son portefeuille pour en sortir un billet de dix et un autre de cinq dollars. Il signa pour l'ordonnance et referma la porte. En se tournant, il aperçut son reflet dans le miroir de l'entrée et ne put retenir un rire. Toujours sans rien de plus que son pantacourt de sport, il était presque littéralement *en chair et en os*.

En s'appuyant sur sa bonne jambe et sur la béquille de l'autre, il ouvrit le sac pour voir ce que le médecin lui avait prescrit. Il n'avait jamais pris plus fort que du paracétamol ou de l'aspirine et était un peu nerveux en pensant à ce qu'il allait ressentir en prenant ces médicaments. *Ibuprofène 800 mg. Un comprimé trois fois par jour si besoin.*

— Pas trop dur, je devrais y arriver, se dit-il à haute voix.

Il se fraya un chemin jusqu'à la cuisine et s'arrêta net. Pris d'une vague d'embarras en voyant ses courses soigneusement rangées sur le plan de travail, il venait de se souvenir qu'il n'avait même pas demandé à Zander combien il lui devait pour les achats. Il nota mentalement qu'il devait lui demander pardon en l'appelant cet après-midi. En équilibre sur ses béquilles, il ouvrit le frigo pour prendre une bouteille d'eau et constata que le reste des courses était bien rangé. Il sourit, attrapa son eau, et referma la porte. Il venait juste d'atteindre son lit et de s'installer confortablement lorsque son portable sonna.

— Elliot à l'appareil.

— Il n'est pas mort, lui dit Ralston.

— Merde, dit Jake en tournant la tête dans la direction opposée. Qu'est-ce que vous voulez faire, alors ?

— Ne partagez pas cette info, ordonna Ralston.

— Mais Zander a le droit de savoir.

— Oh, c'est Zander, maintenant ?

— Désolé, monsieur, je voulais dire Walsh.

— Vous avez quelque chose à me dire, agent Elliot ?

Rougissant un peu, Jake dit :

— Euh, non, monsieur, continuez.

— Comme je le disais, si Walsh le découvre, il va se mettre dans tous ses états, lui rappela Ralston. On va recevoir des œufs si lui et ses détectives privés trouvent Wilson avant nous.

— Mais monsieur…

— Il n'y a pas de mais. Faites tout ce que vous avez à faire pour éloigner Walsh de nos affaires, et je veux bien dire tout. S'il faut que vous jouiez au docteur avec lui, faites-le. Il paraît que c'est votre truc, de toute façon.

— Monsieur, je ne pense pas que ce soit…

— Je me fiche de ce que vous pensez. Vos ordres sont de vous rapprocher de lui, de gagner sa confiance, et de tout me rapporter. Je veux savoir tout ce qu'il va faire avant qu'il ne le fasse. Est-ce que je me suis bien fait comprendre ?

Choqué et atterré, Jake était à court de mots. « Je comprends, monsieur » fut tout ce qu'il parvint à dire, sachant déjà que pour la première fois de sa carrière, il n'allait pas suivre des ordres directs.

— Au fait, comment vous sentez-vous ? demanda Ralston.

— Je survivrai monsieur. Merci de vous en inquiéter.

— Tenez-moi au courant.

— Oui, monsieur. Au revoir, monsieur.

Jake était de moins en moins sûr que tout soit en règle dans cette affaire, et toute cette situation commençait à le rendre nerveux. Il retourna dans sa chambre, sortit son bloc-notes, et coucha quelques pensées et questions sur le papier. *Qui connaissait l'itinéraire utilisé pour le transfert de Wilson ? Qui voudrait voir Wilson mort, à part Zander ? Qui tuerait trois officiers de police pour atteindre Wilson ? Pourquoi sa mort était-elle gardée secrète au lieu d'être dans tous les médias ? Est-ce que Zander pourrait avoir raison ? Cette proposition de loi pourrait-elle avoir quelque chose à voir avec les meurtres ?*

VIII

ZANDER ÉTAIT assis dans la salle d'attente du bureau de Burton Kelly à deux heures quarante-cinq pour son rendez-vous de trois heures. Ses attentes augmentaient sur deux fronts. Bien sûr, il était anxieux à propos de l'avancement sur l'affaire des Jordan et des restes de Darren, mais il attendait également des nouvelles de Jake concernant ceux de Wilson. C'était l'occasion pour Jake de gagner une crédibilité qui lui faisait défaut, et Zander ne savait pas pourquoi c'était si important à ses yeux, mais il voulait faire confiance à Jake. Ce qu'il ferait allait faire ou défaire leur amitié.

— Vous pouvez entrer, lui dit la secrétaire âgée en montrant la direction du bureau de Burton. Vous désirez boire quelque chose ?

— Non merci, répondit Zander en passant devant elle avant d'ouvrir la porte. Burton était assis derrière son immense bureau en acajou et avait l'air encore plus vieux qu'à l'hôpital.

— Bonjour, Burton, dit Zander en tendant la main par-dessus le bureau.

— Zander, content de te voir, fiston.

Burton lui fit signe de s'asseoir.

— Installe-toi et mets-toi à l'aise. Est-ce qu'Elizabeth peut t'apporter quelque chose à boire ?

— Non merci, elle l'a déjà proposé, répondit Zander en s'asseyant dans le fauteuil qui faisait face à Burton et en croisant les jambes.

— As-tu des nouvelles à me donner ?

— J'en ai, effectivement.

Zander leva un sourcil.

— Et... ?

— L'avocat des Jordan a demandé une médiation du juge à la dernière minute hier après-midi, pour essayer de faire un marché. Je pense qu'ils savent probablement qu'on les tient.

— Comment s'est passée la médiation ?

— Ils sont d'accord pour t'autoriser à redevenir l'exécuteur testamentaire et à gérer les biens de Darren si tu laisses reposer sa dépouille là où elle est.

— Certainement pas, répondit Zander sèchement.

— C'est ce que j'ai dit à leur avocat.

— Et qu'est-ce qu'ils ont répondu ?

— Il a dit que les Jordan étaient prêts à faire durer ça pendant des années au tribunal et à t'affronter à la moindre occasion.

Zander se leva et commença à faire les cent pas.

— C'est ce qu'on va voir.

— Calme-toi, fiston, prévint Burton. J'ai expliqué au juge que les parents de Darren ne lui parlaient plus depuis qu'ils avaient appris qu'il était homosexuel, et que tes parents étaient devenus, dans les faits, ses parents d'adoption. Finalement, tes parents ont été ceux qui l'ont aimé et soutenu quand les siens ne pouvaient pas accepter ses préférences sexuelles.

Zander arrêta de faire les cent pas et se rassit. Il devait admettre qu'il était touché que Burton le défende ainsi.

— Merci, Burton, dit Zander, cela signifie beaucoup pour moi.

— Pas besoin de me remercier. C'est mon travail et c'est ce pour quoi tu me paies.

— Alors qu'est-ce qui va se passer ensuite ?

— Le juge m'a demandé un exemplaire de ton dossier médical pour s'assurer que tu es en état de t'occuper des biens, et il m'a demandé un exemplaire du dernier testament de Darren.

— C'est bon signe, non ?

— C'est signe qu'il réfléchit à t'accorder à nouveau le statut d'exécuteur.

Zander soupira et pencha la tête. Lorsqu'il la releva, Burton le regardait étrangement.

— Quand le sauront-ils ?

— D'ici demain, en fin de journée, indiqua Burton.

— Je parie qu'ils regrettent d'avoir appelé une médiation, maintenant, ajouta Zander.

— Tu as sûrement raison, mais ce qui est fait est fait, et ils ne peuvent pas revenir en arrière.

— Un point pour nous, déclara Zander en se redressant.

Burton avait l'air de vouloir dire quelque chose, mais il hésitait.

— Il y a autre chose ? s'enquit Zander.

— Je voulais te demander comment avançait ton investigation sur les meurtres, répondit Burton.

— Beaucoup de choses se sont passées ces derniers jours, l'informa Zander.

Burton écouta attentivement Zander qui le mettait au courant à propos d'Arlen Wilson et de ce qui s'était passé depuis son arrestation et ses aveux. Il faillit laisser de côté le dernier développement concernant l'accident, mais se dit qu'il lui devait la vérité. Il lui avoua donc avoir lu l'e-mail sur l'ordinateur de Jake et l'avoir marqué comme non lu, conservant l'information pour lui en attendant de voir si Jake allait lui dire. Avant qu'il ne conclue, Burton regarda sa montre et se leva.

— Zander, je suis navré, mais tu vas devoir m'excuser. J'ai un autre rendez-vous qui m'était sorti de la tête. Tiens-moi au courant, et je t'appelle demain dès que j'ai du nouveau de la part du juge.

Burton jeta quelques papiers dans sa mallette, la ferma brusquement et prit son manteau sur le dos de la porte.

— Je te raccompagne, insista-t-il.

Zander eut le sentiment que Burton ne voulait pas le laisser seul dans son bureau de peur qu'il ne décide de lire ses e-mails, alors il le suivit en dehors du bureau et dans le couloir jusqu'à l'ascenseur.

L'ascenseur sonna et les portes s'ouvrirent lentement.

— Vas-y, j'ai besoin d'aller aux toilettes avant de partir.

— Je suis déjà en retard, donc si ça ne te dérange pas, je vais effectivement y aller. On se parle demain, Zander, dit Burton alors que les portes se fermaient.

Zander tourna en direction des toilettes et s'arrêta à la fontaine à eau pour boire un peu. *C'était bien abrupt.* Il rentra dans la pièce, et quelques minutes plus tard, il reprit le chemin des ascenseurs puis attendit l'ouverture des portes.

Je me demande, si et quand j'aurai des nouvelles de Jake.

DEPUIS LE coup de fil à propos de Wilson, Jake ne tenait pas en place. Il avait essayé de faire une sieste, mais c'était vain. Il se tourna et se retourna tant et si bien que son pied lui fit à nouveau mal, alors il avala un autre comprimé contre la douleur tandis qu'il luttait avec ses pensées. Il y avait trop de choses qui ne collaient pas dans cette affaire, et il sentait que le chef était dedans jusqu'au coup. Il savait que Zander avait le droit de savoir que Wilson était vivant, mais il avait l'ordre de ne pas lui dire.

Il réalisa soudain qu'à un moment pendant l'enquête, il avait dépassé la limite et avait commencé à s'investir émotionnellement dans cette affaire, ce qui en soi pourrait valoir un suicide professionnel. Mais il était trop tard, à présent, et il savait ce qu'il avait à faire, carrière ou pas. Il avait toujours des difficultés à décider ce qu'il dirait à Zander, mais si les rôles étaient inversés, il voudrait savoir toute la vérité. Il regarda sa montre pour la énième fois et décida qu'il était temps de passer à Zander l'appel qu'il lui avait promis.

ZANDER ÉTAIT dans le parking, à mi-chemin vers le Range Rover, quand la sonnerie de son téléphone retentit. Il regarda qui l'appelait. Son estomac se retourna et soudain ses genoux lui semblèrent faibles. Il décrocha d'une main tremblante.

— Jake, dit-il. Comment va votre pied ?

— Plutôt douloureux, mais je survivrai. Comment s'est passé le rendez-vous ?

— Bien, lui répondit Zander, mais...

Avant que Zander puisse finir sa phrase, Jake l'interrompit.

— J'ai du nouveau.

Zander se figea et inspira. C'était le moment de vérité, celui qui l'avait tracassé.

— C'est-à-dire ?

— Vous savez, l'e-mail que vous avez vu plus tôt sur mon ordinateur, celui avec votre nom en objet ? expliqua-t-il.

— Oui.

— Eh bien, bredouilla Jake. Je..., euh, n'ai pas été complètement honnête avec vous en vous parlant de ce qu'il contenait.

— Comment ça ? demanda Zander

— Le mémo n'était pas à propos de la paperasse. C'était un e-mail m'informant qu'Arlen Wilson pourrait avoir survécu à l'accident et être encore en liberté.

— Et vous ne pensiez pas que c'était quelque chose que je devais savoir ?

— Vous avez absolument raison. J'aurais dû vous le dire, mais je ne voulais pas vous bouleverser avant d'être sûr.

Zander sourit. Il était si soulagé que Jake lui dise la vérité.

— Zander, vous êtes là ?

— Je suis là, murmura-t-il. Et vous en êtes sûr ?

Zander entendit Jake soupirer.

— Il est vivant.

— Comment est-ce possible ? interrogea Zander. Vous avez dit qu'ils avaient été trop brûlés pour les identifier.

— Personne n'aurait dû survivre à cette explosion et la fournaise qui a suivi, réitéra Jake. Il a dû s'échapper juste après l'accident et juste avant l'explosion. Malheureusement, j'étais inconscient et je ne sais pas combien de temps s'est écoulé entre les deux.

— Vous en êtes sûr ? demanda Zander à nouveau.

— Personne n'est complètement sûr, mais les fichiers dentaires correspondaient aux trois officiers chargés du transfert. Ce qui laisse Wilson comme survivant.

— Et que va-t-on faire à propos de sa disparition ?

— La première chose que vous allez faire est de garder ça pour vous. C'est une information classée secrète, et si mon supérieur savait que je vous disais ça, cette petite indiscrétion pourrait me coûter mon poste.

— Mais…

— Écoutez, on a des hommes sur le terrain en ce moment même, et dès que je serai rétabli, on pourra travailler ensemble là-dessus.

— Ensemble ! Pourquoi ce revirement ? demanda Zander. La dernière fois que j'ai demandé à être impliqué, vous avez dit, et je cite, « votre enquête Disney ne va pas nous aider ».

— Je sais, et j'en suis désolé, continua Jake. Je pense que vous avez vécu des choses atroces, et que vous méritez une pause.

— Merci, dit Zander. Mais je n'ai pas été complètement honnête avec vous non plus.

— Oh ?

Zander marqua une pause pour s'encourager avant de continuer.

— J'ai regardé cet e-mail avant de vous amener l'ordinateur dans la chambre, avoua-t-il.

— Ohhh, vraiment !

— Je sais, admit Zander. C'était une mauvaise idée pour plusieurs raisons.

— Punaise, oui, c'était une mauvaise idée. Sans oublier un crime fédéral.

— Allez, Jake, mettez-vous à ma place. Vous allez me faire croire que si la situation était inversée, vous n'auriez pas fait la même chose ?

— Je n'admets rien du tout, mais, bon, si l'on devient amis, et je le souhaite, on va devoir se faire confiance mutuellement.

— Je promets que je ne fouinerai plus.

— On ne fouine plus, et on ne garde plus de secrets, ajouta Jake.

Il y eut un silence à l'autre bout de la ligne qui sembla durer une éternité, mais en réalité pas plus de dix secondes.

— Laissez-moi me rattraper. Qu'est-ce que vous dites d'une visite dans une heure et d'un dîner ? proposa Zander.

— Ce serait bien. Je vous vois dans une heure, alors.

JAKE DÉCIDA qu'il devait prendre une douche, mais ne se pensait pas capable de le faire sans mouiller son plâtre, alors il se contenta d'un bain et accrocha sa jambe hors de la baignoire. Pendant qu'il trempait, il eut encore un peu de temps pour réfléchir à l'affaire. Devrait-il partager de ses soupçons avec Zander ? Après tout, ce n'était que ça, des soupçons. Il n'avait aucune preuve concrète, mais il savait que Zander avait le droit d'être au courant. L'homme avait perdu toute sa famille en une nuit. Finalement, il décida de garder ça pour lui encore un peu, seulement jusqu'à ce qu'il puisse enquêter davantage.

Lorsqu'il fut propre et frais à nouveau, il mit un autre survêtement et un t-shirt, se coiffa, mit un peu d'eau de Cologne sur son visage non rasé, et s'examina dans le miroir. *Mince, je ne ressemble à rien.*

Il entendit alors des coups frappés à la porte.

— J'arrive ! cria-t-il dans le couloir.

Avec chaque pas, il s'améliorait avec ses béquilles, et cela ne lui prit que quelques minutes pour se rendre jusqu'à l'entrée. Il appuya son front sur la porte et demanda pardon pour son manque d'honnêteté. Il se redressa et plaça sa main sur la poignée puis ouvrit la porte.

Jake eut le souffle coupé. Les yeux bleus éclatants de Zander scintillaient comme des étoiles, ses cheveux blonds étaient encore un peu humide de ce que, Jake devinait être une douche toute récente, et il dégageait une odeur merveilleusement sucrée, épicée, et boisée à la fois. Il portait un pull en laine bleu royal avec un Jean et des chaussures de conduite marron.

Avant que Jake ne parle, Zander prit une pose de fierté, les mains sur la poitrine.

— Waouh, regardez-moi ça, s'exclama-t-il, vous vous débrouillez plutôt bien, maintenant. Peut-être que c'est vous qui devriez me préparer le dîner.

— Ha ha, rit Jake en se déplaçant pour laisser rentrer Zander. Tu es splendide, dit Jake avant de rougir. Désolé, je n'aurais pas dû dire ça.

Zander eut l'air surpris et pris de court, mais répondit :

— Merci. Et *toi*, tu sens bien meilleur que lors de ma dernière visite. Et tu as des vêtements, donc il y a du progrès.

— Mais tu es un vrai comique, répliqua Jake. Tu sais, il n'y a pas si longtemps, des mecs passaient beaucoup de temps à me faire enlever mes vêtements, et te voilà ravi que j'en aie enfilé. Ça blesse mon ego.

— Désolé, rigola Zander. Que faut-il faire pour avoir à boire, ici ?

— Il y a le choix entre de la bière et du vin.

— Une bière, ce serait super, dit Zander. Mais je peux me servir. Tu en veux une ?

— Oui, allez, pourquoi pas. Peut-être que je pourrai être pompette avec une bière et mes antidouleurs.

— Au verre ou à la bout… Zander s'arrêta à mi-chemin vers la cuisine. Tu crois que c'est une bonne idée ?

Jake rit.

— Je plaisantais. C'est seulement de l'ibuprofène et ça ne peut pas me faire de mal. Il y a des chopes dans le congélateur.

Zander fit encore ce sourire éblouissant, et Jake s'y perdit une fois encore.

Reprends-toi, Elliot. Tu agis comme un adolescent en manque d'amour.

Zander ramena Jake sur Terre en lui tendant sa chope glacée. Les deux hommes se tenaient debout dans la salle à manger sans vraiment savoir quoi dire.

— Assieds-toi, proposa Jake en faisant un geste vers le salon.

Cette fantastique odeur emplit les narines de Jake quand Zander passa devant lui. Il commença à boiter vers le salon, essayant de rester stable avec sa bière, mais dès qu'il essaya, sa béquille droite se prit dans le pied de la table basse. Il bascula en avant, et la chope, ainsi que la bière qu'elle contenait, partit dans la direction opposée. Le liquide mousseux atterrit sur le dos de Zander tandis que Jake atterrissait sur le sol. Pendant qu'il tombait, Jake entendit un couinement d'écolière et vit tout ce qui se passait au ralenti.

Zander se cambra alors que la bière trempait sa chemise, réalisa ce qu'il se passait et tenta de façon chevaleresque d'amortir la chute de Jake. Au même moment, la bière de Zander s'envola et atterrit à moitié sur lui et à moitié sur le tapis. Il entendit Zander dire son nom, mais ne bougea pas jusqu'à ce qu'il sente des mains sur son dos qui essayait de le faire se retourner. Ses épaules commencèrent à s'agiter de haut en bas et il se mit à rire si fort qu'il était incapable de parler.

— Ça va ? demanda Zander avec un sourire manifestement nerveux. Jake acquiesça et Zander commença à rire aussi. Il leur fallut deux bonnes minutes pour s'en remettre suffisamment et essayer d'avoir une conversation.

Zander se releva et tendit la main, et Jake se laissa aider pour l'imiter.

— Regarde-nous, dit Jake en riant encore.

— Sérieusement, dans deux minutes, on va sentir la brasserie.

— Je vais nous chercher des vêtements secs, proposa Jake. Ensuite, j'irai rincer ton pull.

— Je veux bien un sweatshirt, mais ne t'inquiète pas pour le pull. Le pressing s'en occupera.

Jake se dirigea tant bien que mal dans la chambre et revint quelques minutes plus tard avec un sweatshirt propre et sec sur le dos et un autre pour Zander dans les mains.

Il s'arrêta en voyant Zander debout et torse nu dans son salon. Si Zander ressemblait à ça maintenant, il osait à peine imaginer ce à quoi il ressemblait avant les meurtres. Ses larges épaules musclées et sa poitrine amenaient une taille en V, et ses abdominaux étaient plats et bien fermes.

Répétant les mots que Zander avait utilisés avec lui en l'aidant à se mettre au lit, Jake demanda :

— Alors comme ça, *tu* fais de l'exercice ?

— Très drôle, dit Zander, l'air un peu embarrassé, ça prend plus longtemps que ce que j'aurais voulu de me remettre en forme.

— Tu es très bien, si ça ce n'est pas être en forme, rappelle-moi de ne plus jamais enlever mon t-shirt devant toi.

Jake sourit et Zander rougit un peu, prit le sweatshirt et l'enfila. Je vais chercher de l'eau gazeuse et nettoyer le tapis si tu nous prends une autre bière. Tu me confierais deux autres bières ?

— Après réflexion, reste sur le canapé, je m'occupe de tout.

Jake fit ce qui lui était demandé, et en un rien de temps, Zander avait nettoyé le tapis et leur avait pris deux autres bières.

— Le chef m'a dit qu'il suivait toutes les pistes, et les autorités locales et de l'État ont été alertées et participent aux recherches.

Ils discutèrent encore quelques minutes de l'accident et de la fuite de Wilson, avant d'être interrompus par l'estomac de Jake qui grognait comme un ours brun.

Saisissant la situation, Zander se leva après avoir bu ce qu'il restait de sa bière.

— Allons voir ce que je peux nous préparer comme dîner. Des préférences ?

Finalement, Zander prépara des pâtes Primavera avec du pain français chaud, accompagné d'une bonne bouteille de Chardonnay. Jake mangea comme s'il s'agissait de son dernier repas, ce qui rendit Zander très content. Ils finirent sur le canapé à regarder un match des Hawks et profiter de la compagnie l'un de l'autre.

Vers onze heures, Zander se leva.

— Je crois que je vais devoir retourner dans ma chambre vide avant qu'il ne soit trop tard.

— Vraiment, déjà ?

Zander se rassit sur le bord du canapé.

— Oui, mais, c'était vraiment très bien de passer du temps avec toi. Je n'ai pas fait ça depuis… Eh bien depuis que j'ai quitté l'hôpital.

Jake tendit la main et la posa sur la jambe de Zander.

Zander puisa de la force dans le réconfort du contact de la main de Jake.

— Tu sais, la partie la plus difficile, c'est de se sentir seul. Je rentre tous les soirs dans une chambre vide parce que je n'ai pas la force de retourner dans ma maison vide également, admit Zander. Qu'est-ce que ça dit de moi ?

— Ça dit que tu es un homme qui fait face à une perte terrible et que tu fais aussi bien que tu peux, présuma Jake. Je ne connais personne qui pourrait traverser ce que tu as traversé en restant aussi maître de lui que toi.

— Tu crois que je suis maître de moi ? dit Zander en essuyant une larme.

— Laisse-moi terminer, demanda Jake. Mais, plus longtemps tu attends, plus dur ce sera de recommencer à vivre.

Zander ouvrit la bouche pour protester, mais Jake leva une main.

— Tu n'as pas envie de rester seul, c'est simple, ne pars pas. Je t'apprécie beaucoup, Zander, et je n'aime pas rester seul non plus. Pourquoi ne pourrait-on pas être seuls ensemble ?

Zander regarda la main de Jake, posée sur sa jambe.

— Il est trop tôt, les blessures sont trop fraîches, avoua-t-il. J'apprécie la proposition, et peut-être qu'un jour je l'accepterai, mais pas maintenant.

Repoussé, Jake essaya de retirer sa main. Zander la saisit et la serra. Jake ne comprenait pas pourquoi, mais il était hypnotisé par l'anneau sur son doigt. Il le tourna encore et encore tandis que Zander le regardait avec confusion.

— Jake, tu as l'air d'un homme très bien, et j'espère qu'on deviendra de vrais amis, mais c'est tout ce que nous pouvons être pour l'instant. J'ai besoin de temps, beaucoup de temps.

Jake fixa les magnifiques yeux bleus de Zander.

— Je comprends. Je n'insisterai pas, promit-il. Mais, ne me repousse pas hors de ta vie.

— Marché conclu. Maintenant, laisse-moi partir avant que je ne change d'avis.

Jake relâcha la main de Zander et le serra dans ses bras. Zander se raidit d'abord, puis Jake sentit qu'il se relaxait après qu'il lui frotta le dos. Jake finit par le libérer et ils se levèrent. Il raccompagna Zander jusqu'à la porte et l'embrassa sur la joue.

— Si jamais, tu as besoin de parler ou si tu veux simplement quelqu'un au bout du fil, appelle-moi.

Zander sourit.

— Je le ferai. Merci.

Jake ferma la porte derrière lui et posa son front sur la surface plane et froide. *Qu'est-ce que tu fais, Elliot ? Tu te prépares pour sauter dans le vide ?*

IX

ZANDER FIT glisser la carte dans le verrou sur la porte de sa suite et la
poussa. L'obscurité et le silence envahirent ses sens. Pas d'odeur d'un dîner
mijotant sur le feu, pas de CNN en fond sonore, mais plus marquant, pas
de Darren avec un verre de vin lisant le journal en attendant son arrivée. Il
laissa ses clés de voiture et son pull taché sur la table de l'entrée et alluma
la télévision ainsi que toutes les lumières de la suite. Quand elles brillèrent
toutes et que les échos de CNN se firent entendre, il ouvrit les rideaux
qui séparaient la suite du monde vivant et fourmillant à l'extérieur. Il se
tint devant la vitre, le regard perdu sur Seattle, pendant près d'une heure,
imaginant et souhaitant être à un autre moment à un autre endroit.

Maman, Papa et Darren sont morts, mais bon sang, je suis toujours
vivant. Mais pourquoi je ne me sens pas vivant ? Sa lèvre inférieure
commença à trembler et les larmes brûlèrent ses yeux, mais il cligna des
yeux pour les repousser. Il inspira profondément et expira doucement.
Je dois trouver un moyen de tourner la page. Je ne peux pas rester ici
indéfiniment à éviter la réalité. Jake a raison. Plus longtemps j'évite de
vivre, plus dur ce sera quand je n'aurai plus le choix. À cet instant, il sut ce
qu'il avait à faire. *Demain, D., je rentre à la maison.*

ZANDER SE réveilla tout habillé sur le canapé, le soleil s'infiltrant par les
fenêtres et CNN toujours sur l'écran de la télévision. Pour la première
fois depuis les meurtres, il avait dormi la nuit entière. Avec un sens de
l'empressement retrouvé, il commanda un café et du jus de fruit, et se
doucha en attendant son petit-déjeuner. Lorsque l'heure de ranger ses
affaires vint, il mit tout ce qu'il pouvait dans son sac de sport, et le reste
dans des sacs de shopping, avant d'appeler la loge pour que son ami Andy
vienne avec le chariot à bagages. Trente minutes plus tard, il était en route
vers son penthouse sur la Seconde Avenue à la vue imprenable.

Il était rempli d'émotions contradictoires lorsque le portier de son
penthouse s'avança vers la voiture et le reconnut.

— Monsieur Walsh, c'est un plaisir de vous revoir.

— Merci, John, répondit Zander. Ça fait longtemps.

— Je suis vraiment désolé pour M. Jordan, le Sénateur et Mme Walsh. Je vous présente mes condoléances.

— Merci John. Je vous remercie de votre intérêt. Est-ce que vous pourriez appeler quelqu'un pour m'aider avec mes bagages ?

— Certainement, monsieur. Je les fais monter immédiatement.

Zander fit un signe de tête, entra dans son immeuble et se dirigea vers les ascenseurs. Il pénétra dans une cabine sur le départ et rentra le code du penthouse sur le clavier, inspira, et ferma les yeux. Les portes se fermèrent et il écouta l'ascenseur sonner alors qu'il passait chacun des trente-huit étages sans s'arrêter. Lorsque la cabine ralentit et s'arrêta finalement, il ouvrit les yeux et regarda dans l'entrée de l'appartement que lui et Darren avaient partagé pendant ces trois dernières années. L'air renouvelé de l'ascenseur rafraîchit un peu l'odeur de renfermé piégée dans le penthouse depuis les derniers mois. Il sortit précautionneusement de l'ascenseur et les portes se refermèrent avec un écho qui s'imprima sur ses tympans. C'était le milieu de la matinée, et bien que le soleil inondât la pièce à travers les baies vitrées, le penthouse semblait plus sombre que dans son souvenir. Il n'arrivait pas à déterminer si la morosité qu'il ressentait venait de lui ou du penthouse, mais il savait qu'il fallait continuer à avancer.

En pénétrant dans les lieux et en balayant tout du regard comme si c'était la première fois qu'il était là, sa mâchoire se crispa et il se figea, incapable de bouger, lorsqu'il tomba sur les tennis de Darren près du placard de l'entrée. Son cœur rata un battement avant de battre à toute vitesse à la simple vue de deux chaussures de course, l'une à l'endroit et l'autre sur le côté, comme si Darren venait tout juste de les enlever. *Oh, mon Dieu, D.* Son premier instinct fut de se retourner et de s'enfuir, mais il refusa d'abandonner et fit de son mieux pour se calmer, comme s'il était un enfant qui se réveillait d'un cauchemar. *Tu peux le faire.* Sa respiration finit par reprendre son rythme et il se força à se mouvoir à nouveau.

Après cela, il aperçut les clés de Darren sur la table de l'entrée, et sa gorge se serra. Partout où il regardait, quelque chose lui rappelait Darren. Il tourna vers la gauche et traversa le cellier vers la cuisine. Deux verres à cocktail vides dans l'évier depuis la soirée précédant les meurtres déclenchèrent les larmes qui lui brûlaient les yeux. Il s'arrêta net, s'appuya au comptoir de la cuisine et respira profondément pendant que les larmes coulaient sur son visage. La douleur et la solitude dévoraient chaque souffle qui suivait, mais là encore, il se força à continuer. Il passa de la cuisine à la salle à manger, puis à travers l'entrée, au salon. Tout était tel qu'ils l'avaient laissé cette nuit. Avec bien plus de poussière, mais au même endroit.

Son arrêt suivant fut celui qu'il craignait le plus : leur chambre. Il entra dans la pièce, et eut une vision : Darren dans son costume Armani, en difficulté avec sa cravate et nerveux comme un adolescent le soir de son premier bal de promo. Il se rappela comme ils avaient été heureux ce soir-là, et la douleur était presque trop lourde à porter. Il savait que s'il ne bougeait pas immédiatement, il ne bougerait plus jamais. Alors il continua jusqu'à la salle de bain, où la serviette de Darren était encore sur l'évier et un boxer sale traînait sur le sol à côté de la douche. Il se pencha et le ramassa, tenant le coton dans ses mains. Le besoin de sentir la présence de Darren le submergea et sans réfléchir, il amena le sous-vêtement à son visage et inspira profondément. À cet instant, rien d'autre n'avait d'importance à part les effluves uniques de Darren qui remplissaient ses sens. Il savoura l'odeur en sanglotant doucement dans le coton, et dans sa tête, il répétait en boucle *mon Dieu D., tu me manques tellement*.

Il fut interrompu par la sonnerie qui indiquait l'arrivée d'un ascenseur. Faisant de son mieux pour se remettre de ses émotions alors qu'il pliait soigneusement le boxer et le posait sur le vanity, il retourna jusqu'à l'entrée pour répondre à l'ascenseur. Il récupéra ses bagages de fortune, donna un pourboire au concierge, et retourna dans sa chambre. Il défit ses sacs, se servit un verre de vin, puis décida de se faire couler un bain.

Revenir dans leur maison rendait le rêve qu'il avait fait à l'hôpital plus crédible que jamais. Pendant que la baignoire se remplissait, il s'approcha du coffre caché dans le placard et tapa la combinaison pour l'ouvrir. Les deux boîtes Tiffany étaient toujours là, précieusement entourées de ruban blanc, là où ils les avaient laissées. Il retira les deux boîtes et les ouvrit l'une après l'autre. Elles étaient toutes les deux vides. Il sourit, remit les boîtes dans le coffre, puis le referma et verrouilla la porte.

Se sentant à vif et vidé de son énergie, il se mit dans la baignoire et laissa l'eau chaude soulager le stress émotionnel et physique qui menaçait de l'engloutir. Zander sirotait son verre de vin dans la large baignoire, les larmes coulant sur son visage en se rappelant Darren à chaque endroit où il posait les yeux. Après avoir bloqué ces souvenirs pendant des mois, sentir sa présence tout autour de lui était une sensation bienvenue qui, à sa surprise, commença à le réconforter. Il réalisa que Darren ne quitterait jamais complètement sa vie. Ils avaient partagé de grandes années, et personne ne pourrait lui prendre ces souvenirs. Ses pensées étaient soudain très rassurantes, et il réalisa que ça devait être les premiers signes de cicatrisation, de l'acceptation de sa nouvelle vie. La douleur lui sembla un peu moins puissante, loin d'être absente, mais un peu moins forte.

Il termina son vin, vida la baignoire, et enfila le peignoir de Darren, son odeur l'enveloppant une fois encore. En se disant que si quelqu'un le voyait, il l'enverrait se faire soigner, il fouilla encore dans le panier à linge et en sortit un t-shirt que Darren avait porté le jour de sa mort. Zander marcha jusqu'au lit, enleva le peignoir et s'assit au bord avec le t-shirt entre les mains. Le soulevant jusqu'à son visage, il fut une nouvelle fois entouré de l'odeur de Darren. Il la respira jusqu'à ce qu'il ne puisse plus la distinguer, puis enfila le t-shirt avant de se glisser sous les draps.

Dans le lit qu'ils avaient partagé pendant des années, la présence de Darren était bouleversante. Se mettant en boule du côté de Darren, il s'enfonça dans les couvertures et savoura la sensation. Il sentait la présence de Darren partout et son entrejambe commençait à réagir. Il n'avait pas ressenti le désir ou le besoin de se masturber depuis cette horrible nuit, mais un sentiment d'amour et de bien-être l'enveloppait et le dévorait.

Il ferma les yeux et dans son esprit, il chevauchait la taille de Darren, faisant courir ses doigts sur son imposant torse et sur ses épaules. Il posa ses lèvres sur celles de Darren, qui ouvrit la bouche pour lui. Leurs langues se balançaient comme des palmiers sous une douce brise d'été, dansant et savourant l'arôme unique l'une de l'autre. Zander longea le torse avec sa langue, passant entre les pectoraux de Darren, jusqu'à sa taille étroite, et utilisa ses mains pour caresser ses cuisses. Darren se cambra et gémit lorsque la langue de Zander entoura le bout de son pénis d'une façon dont Zander savait qu'elle rendait son amant fou. Darren se raidit lorsque Zander engloutit son membre en un seul long et lent mouvement, prenant la chair jusqu'à la racine, s'arrêtant seulement lorsqu'elle fut aussi loin que possible dans sa gorge sans l'avaler entièrement. La main de Zander se fraya un chemin jusqu'à son propre pénis en érection et le caressa tout en allant et venant autour de celui de Darren. Il se cambra et gémit encore, puis explosa dans la bouche de Zander, vidant ses testicules à chaque mouvement de va-et-vient. Zander savoura jusqu'à la dernière goutte de l'essence de Darren tandis qu'il épuisait son pénis encore un peu dur.

Zander ouvrit les yeux et il était à nouveau seul dans leur lit. Sa main était autour de son pénis et couverte de son propre sperme. Physiquement, il était seul, mais émotionnellement, Darren était avec lui. Il sortit du lit, se nettoya et mit un pantalon de pyjama. De retour au lit, il se remit du côté de Darren et s'endormit rapidement.

Il se réveilla avec la sonnerie son iPhone, et bien qu'il eut l'impression de n'avoir dormi qu'une ou deux minutes, c'était la fin de l'après-midi. Il attrapa l'appareil, vérifia qui l'appelait et décrocha.

— Bonjour Burton.

— Zander, je ne te dérange pas ?

— Pas vraiment, j'étais juste en train de me reposer.

— Tu veux me rappeler plus tard ? demanda Burton.

— Non, c'est bon ? Tu as des nouvelles pour moi ?

— Oui. Le juge t'a à nouveau accordé le statut d'exécuteur des biens de Darren.

Zander sourit et remercia mentalement Darren depuis leur lit.

— C'est une très bonne nouvelle, accorda Zander. Quand est-ce que je pourrai faire déplacer sa dépouille ?

— Eh bien, ça va prendre plus de temps, expliqua Burton. Exhumer un corps n'est pas pris à la légère par les tribunaux, surtout si quelqu'un le conteste.

— Alors que va-t-il se passer, maintenant ?

— On va faire une requête auprès du tribunal pour l'exhumation, en argumentant que ses dernières volontés n'ont pas été respectées. Je vais soumettre un exemplaire de la dernière version de son testament avec la requête, et l'on devrait avoir une date d'audience dans les quarante-cinq jours.

— Est-ce que ce changement m'autorise à visiter la tombe de Darren jusqu'à ce que ce soit réglé ?

— Oui, tu es libre d'y aller quand tu le souhaites. Je t'enverrai l'adresse par e-mail, avec l'emplacement de sa tombe au cimetière.

— Merci Burton. J'apprécie tout ce que tu fais.

— Je t'en prie. Au fait, comment se sont passées les choses avec Jake Elliot et l'accident de Wilson ?

Zander était certain de pouvoir faire confiance à Burton, il partagea donc le peu d'informations qu'il avait.

— Wilson est vivant et il a disparu. Et Jake m'a mis au courant une fois qu'il en a été sûr, donc je me suis inquiété pour rien, reconnut Zander.

— Content de l'entendre, répondit Burton. J'ai toujours pensé que cette histoire de conspiration des Big Four était ridicule.

— Je n'irais pas jusque-là. Mais sans Wilson, il n'y a pas de preuve, donc il va falloir attendre et voir ce qu'il se passe.

— Comme tu veux, conclut Burton, mais je pense que tu perds ton temps.

— Je comprends, Burton. Merci d'avoir appelé.

Zander raccrocha et s'étira. Il se sentait plus reposé à ce moment qu'il ne l'avait jamais été depuis les meurtres. Son esprit dériva vers Jake. Zander ne lui avait pas parlé depuis la veille au soir, et il espérait qu'il allait bien. Il décida de l'appeler.

JAKE AVAIT erré dans son loft toute la journée, en essayant de décider quoi faire. Il avait passé quelques appels, et personne ne savait quoi que ce soit sur la progression de l'enquête, ou s'ils savaient, ils ne voulaient pas en parler. Cette affaire était hermétique, et cela le dérangeait beaucoup. Si les hypothèses de Zander s'avéraient justes, et il ne disait pas qu'elles l'étaient, Zander méritait de savoir que les meurtres de sa famille avaient été prémédités. Mais quelqu'un devait avoir donné l'ordre. Il se dit que si les meurtres étaient un assassinat, les Big Four auraient sûrement été derrière le coup, mais ils étaient trop malins pour s'impliquer directement. Donc quelqu'un d'autre avait donné l'ordre. Peut-être quelqu'un qui avait aussi à perdre si cette loi passait. *Mais, qui ? Où commencer ? Trouver Wilson est la seule option.*

Son téléphone portable sonna, et il vit le nom de Zander sur l'écran.

— Salut, Zander, j'allais justement t'appeler.

— Tout va bien ? demanda Zander. Comment vont tes blessures ?

— Mon pied va mieux et les points de suture sur mon front me démangent, mais sinon, je vais bien. Merci de demander.

— Content de l'entendre. Je viens de parler à mon avocat et j'ai de bonnes nouvelles.

— Eh bien, arrête d'entretenir le suspense.

— Le juge m'a désigné à nouveau comme exécuteur testamentaire de Darren, donc je peux légalement faire exhumer son corps et le faire incinérer comme il le souhaitait.

— C'est super, Zander. Félicitations.

— Tu veux m'aider à fêter ça ?

— Bien sûr, tu es où ? demanda Jake.

— À la maison, pourquoi ?

— Je peux venir ? J'ai vraiment besoin de te parler de quelque chose, et je ne veux pas le faire au téléphone, avoua-t-il.

— Oui, bien sûr, mais comment tu vas venir sans voiture ?

— L'agence m'en a laissé une aujourd'hui, et j'ai vraiment besoin de sortir de cet appartement.

— D'accord. Tu sais comment te rendre ici ?

— Je suis allé au Four Seasons quelques fois. Je pense que je peux trouver l'endroit.

— En fait, je suis dans mon appartement, clarifia Zander. Je suis revenu hier, j'en avais assez de m'apitoyer sur mon sort.

— Waouh, c'est bien, répondit Jake. Je suis sûre que ça n'a pas été facile. Je suis vraiment fier de toi.

— Merci.

— Alors où est-ce que je dois aller ? demanda Jake.

— Mille cinq cent vingt et un sur la Seconde Avenue. Je préviendrai le portier de ton arrivée, mais quand tu seras dans l'ascenseur, tape 2125 sur le clavier et il te conduira directement jusqu'au penthouse.

Jake siffla.

— Penthouse, hein ?

Zander rit.

— Dépêche-toi de venir.

ZANDER SORTAIT tout juste de la douche lorsque la sonnerie de l'ascenseur retentit. Il enroula une serviette autour de sa taille et se dirigea vers l'entrée. Il appuya sur le bouton permettant aux portes de s'ouvrir et se trouva face au visage souriant et séduisant de Jake. Il était appuyé contre la paroi de la cabine en essayant de poser.

— Tu fais ça pour me rendre fou ?

— Quoi, donc ? l'interrogea Zander.

Au départ, Jake ne répondit pas, mais Zander le vit le regarder de la tête aux pieds. — Te promener à moitié nu, répondit-il avec un petit rire.

— Oh, désolé, je sortais juste de la douche quand l'ascenseur a sonné.

— Oh, génial, tout ce dont j'avais besoin était de t'imaginer une fois de plus sans vêtements.

— Comment, ça, une fois de plus ? demanda Zander en levant un sourcil. Oh, peu importe, entre. Il y a de la bière au frigo, et du vin, aussi. Sers-toi. Le blanc est dans le réfrigérateur à vin sous l'évier du bar, et le rouge est derrière le coin dans la cave à vin, cria-t-il en retournant dans le couloir pour rejoindre sa chambre.

JAKE ÉTAIT toujours figé. Comment puis-je discuter avec lui si je deviens débile chaque fois que je le vois torse nu ?

Jake se força à s'éloigner de l'ascenseur et regarda autour de lui. Bel endroit. Il trouva la cuisine et ouvrit une bière.

— Tu veux quelque chose ? s'écria-t-il, à destination de Zander.

— Oui, je veux bien une bière. J'arrive dans une seconde.

Jake mit les deux bières dans les poches de son sweatshirt et trouva le salon. Il posa ses béquilles contre un fauteuil et se laissa tomber sur le canapé.

Zander arriva au coin du couloir.

— Je vois que tu as trouvé le salon.

Jake sourit et il perdit toute volonté de se mouvoir ou de parler à la vue de Zander debout, pieds nus, qui portait un jean et un t-shirt vert émeraude à col en V,

lorsqu'il fut capable de bouger ses lèvres, il dit :

— Oui, tout seul.

— On dirait que tu te débrouilles bien mieux, dit Zander.

— Je m'habitue enfin à avoir trois jambes, mais oui, je crois que je me suis amélioré.

— Alors, il y a vraiment quelque chose dont tu voulais me parler, ou tu voulais simplement t'échapper de ton appartement ?

— Un peu des deux, mais il faut vraiment qu'on parle.

— À propos de l'affaire ?

— Malheureusement, avoua Jake.

Jake tendit sa bière à Zander et tapota le canapé à côté de lui.

— Voilà le topo, entama Jake, je pourrais me mettre dans une situation très délicate ou même perdre mon travail pour t'avoir parlé de ça. Et, permets-moi d'être très clair. La majorité de ce que je vais dire n'est que de la spéculation. Néanmoins, je pense que tu as le droit d'être au courant.

Zander se redressa et croisa ses jambes, son pied nu sur son autre genou.

— Jake, jamais je ne te demanderais de mettre en danger ton travail pour moi. Par contre, si tu décides de le faire, et que tu me demandes de garder ça entre nous, je te donne ma parole que je le ferai. Mais je dois te dire que tu as vraiment aiguisé ma curiosité.

Jake commença à faire rebondir son genou et ses mains tremblaient. Il avait beaucoup à dire à Zander, mais il ne savait pas vraiment par où commencer.

— Jake ! s'exclama Zander d'un ton alarmé. Tu commences à me faire peur.

Jake regarda Zander droit dans les yeux.

— Je crois que ta théorie sur le lien entre les Big Four et les meurtres pourrait ne pas être très loin de la vérité, avoua-t-il avant de prendre une profonde inspiration et d'essuyer la sueur qui commençait perler sur son front du revers de sa manche.

Zander s'immobilisa. Il ressemblait au légendaire cerf devant des phares.

— Tu peux répéter ça, s'il te plaît ?

— Tu m'as bien entendu, le rassura Jake. Écoute, on ne peut pas mettre la charrue avant les bœufs. Je n'ai aucune preuve, mais les choses ne collent pas.

— Quelles choses ?

— Pour commencer, le chef agit de façon très étrange et secrète, et il m'a dit de ne pas te prévenir que Wilson était vivant.

Zander leva un sourcil.

— Il a dit qu'il ne voulait pas que tu bousilles l'enquête, mais je pense que c'était plus que ça. Et la façon dont Wilson a failli être tué, continua-t-il. J'ai vu ce camion de livraison traverser la ligne centrale et aller droit sur le fourgon. Il m'a semblé que le camion savait exactement où le percuter pour l'envoyer jusqu'à la station essence. Et ce que je ne t'ai pas dit, c'est qu'il y a eu deux bruits très forts qui ressemblaient beaucoup à des coups de feu tirés juste avant l'accident. Donc je parie que si les experts font leur travail, ils trouveront au moins une blessure par balle dans ce qu'il reste du corps de l'officier qui conduisait le fourgon.

Zander regarda Jake tandis qu'il buvait nerveusement une gorgée de bière.

— Je réfléchis à cent à l'heure. Je veux dire, je me sens mieux maintenant que je te l'ai dit, mais en m'entendant le dire à haute voix, ça semble plus réel.

Il tremblait maintenant davantage, et Zander le vit blêmir. Il s'approcha de Jake et mit ses bras autour de lui pour le rassurer.

— Hé, Jake, ça va aller, murmura-t-il, on va démêler tout ça ensemble.

Jake ferma les yeux et se relaxa au contact de Zander.

— Je ne sais plus à qui m'adresser ou faire confiance, souffla Jake. En tout ce temps au Bureau, je n'avais jamais autant manqué d'assurance.

Zander se détacha de lui et le regarda dans les yeux.

— Sérieusement, Jake, il faut que tu te calmes avant de faire une attaque. Je ne suis pas au FBI, mais nous sommes tous les deux plutôt intelligents, et je suis sûr qu'on parviendra à comprendre tout ça sans trop attirer l'attention sur nous.

Jake hocha la tête.

— Je m'occupe du Bureau, je laisserai traîner mes yeux et mes oreilles et je verrai ce qu'il en ressort.

— Et je fouinerai dans les coulisses pour voir ce que je peux découvrir, ajouta Zander.

— Notre meilleure chance est de retrouver Wilson, conclut Jake, si l'on trouve Wilson, on aura des réponses.

— Je vais mettre des gens sur le dossier dès demain. S'il est vivant, on le trouvera. Les gens ne disparaissent pas comme ça, tu sais.

— Certains, si, répondit Jake. Mais il faut que l'on fasse ça très discrètement, ou l'on se fera prendre, dit-il avec inquiétude. Si notre impression est la bonne, nos vies pourraient être en danger.

— Je vois, lui assura Zander.

— Non, Zander, il faut que tu fasses plus que voir, tu dois me promettre que tu ne parleras de ça à personne, pas une seule.

— Qu'est-ce que je dis aux détectives ?

— Dis-leur que tu fais une enquête secrète et indépendante sur les meurtres de ta famille, mais qu'ils doivent éviter le FBI, sans quoi ils ne seront pas payés. Tout doit se faire dans l'ombre. Et Zander, il y a autre chose.

— Autre chose ? s'étonna Zander.

— Je ne sais pas comment, mais le chef a découvert que j'étais gay et il m'a dit que je devais gagner ta confiance, pour t'éloigner du FBI et pour que je puisse les informer de tes actions. Je crois que les ordres exacts étaient de jouer au docteur avec toi.

Là encore, Zander ne trouva pas les mots.

— Mais quel genre d'opération mène-t-il, là ? Et pour couronner le tout, il te prostitue ?

Jake regarda ses pieds, puis releva la tête vers Zander.

— On peut dire ça comme ça, mais c'est la meilleure partie.

Zander sourit et rougit, puis il donna un petit coup de genou dans celui de Jake.

— Mais écoute ça. Je n'ai pas entendu parler de l'accident ni aux infos locales ni aux infos nationales, aucun avis de recherche n'a été délivré concernant Wilson, et je parie que personne ne le cherche officiellement. Ils veulent que cette affaire passe sous le tapis, et je n'arrive pas à comprendre pourquoi.

— On va élucider l'affaire, lui assura Zander.

— Mais Zander, tu dois m'écouter, supplia Jake. Laisse-moi m'occuper du FBI et s'il te plaît reste en dehors de cette enquête. Et pitié, surveille tes arrières.

Zander hocha la tête.

— Je ferai croire au chef que je te *distrais*, pendant qu'on travaille tous les angles qu'on peut.

— Est-ce que je peux parler à mon av…

— Non ! s'écria Jake. On n'a aucune idée à qui l'on peut ou ne peut pas faire confiance.

— OK, OK ! Ne t'excite pas. Je n'en soufflerai pas un mot à quiconque. Et Jake… merci !

— Si Ralston est mêlé à ça, on va découvrir ce que c'est et dénoncer ce salaud et tous ceux qui sont impliqués, promit Jake. Il n'y a rien que je déteste plus qu'un policier corrompu, ou comme ici, un agent du FBI.

— Tu n'as aucune idée de ce que cela signifie pour moi.

— Je pense que si, lui répondit Jake.

Pendant des heures, ils continuèrent à discuter de leur plan d'attaque et de la façon dont ils allaient mener leur enquête. À la première heure le lendemain, ils achèteraient tous les deux des téléphones portables prépayés. Ils se mirent aussi d'accord pour laisser Ralston deviner leur relation en ayant leurs conversations personnelles sur les téléphones qu'ils avaient déjà pour nourrir l'histoire selon laquelle Jake suivait les ordres et « occupait » Zander. Mais la chose la plus importante sur leur agenda était de trouver Wilson. Ils savaient que le temps jouait contre eux, et ils avaient besoin de le retrouver avant Ralston, sinon il y passerait. Ils prévoyaient de déjeuner ensemble à midi au Café Zumzum pour échanger leurs nouveaux numéros et se mettre au courant des avancées faites pendant la matinée. Au bout d'un moment, les deux hommes furent épuisés et abandonnèrent pour la soirée. Zander raccompagna Jake jusqu'à l'ascenseur. Ils s'étreignirent et confirmèrent à nouveau leur rendez-vous du lendemain, puis se dirent au revoir.

Les rues du centre-ville de Seattle étaient plutôt calmes alors que minuit approchait, Jake fit donc un détour pour rentrer chez lui. Il n'était pas prêt à aller se coucher ou à traîner dans son appartement vide et à réfléchir, alors il se contenta de continuer à conduire. Il remontait une rue, en descendait une autre, pendant que son cerveau faisait des heures supplémentaires. Est-ce qu'un homme sur qui j'ai pu compter pendant huit mois pourrait en fait être un ennemi ? Ralston lui avait été très recommandé quand on avait offert à Jake sa promotion et sa mutation à Seattle. Ces huit derniers mois, il n'avait vu aucun signe de méfaits. Il fallait pourtant admettre qu'il n'en avait pas vraiment cherché, non plus. Au cours de sa carrière, il avait pris l'habitude de ne pas se mêler aux autres, de suivre les ordres et de se contenter de faire son travail.

Maintenant, en repensant au peu de temps qu'il avait passé ici, le chef lui apparaissait, non seulement ne pas avoir présenté d'indices sur d'éventuels méfaits, mais, il avait fait exactement le contraire. Il se dépassait toujours afin que tout le monde sache qu'il suivait la procédure à la lettre. *Est-ce que ça pourrait être une couverture, une mise en scène, pour ainsi dire ?*

Plus il y pensait, plus il était mal à l'aise. Il se remémora donc les actions de Ralston depuis le début de l'affaire. La première chose qui lui vint à l'esprit fut l'ordre de ne pas quitter l'hôpital tant qu'il n'avait pas déterminé ce que Zander avait vu ou non la nuit des meurtres. La procédure habituelle voulait que les médecins notifient le FBI lorsque le patient était réveillé et capable de parler, et quelqu'un était envoyé sur place pour l'interroger. De plus, les ordres avaient été de n'autoriser personne d'autre que ses médecins à lui parler jusqu'à ce que Jake obtienne des réponses à ses questions. Sur le moment, il avait pensé que ce comportement inhabituel était dû au fait que le père de Zander avait été sénateur et que c'était une affaire importante.

Une autre chose qui lui avait paru étrange était le choc et la colère de Ralston lorsque Wilson avait été arrêté. Il avait ensuite été formel en interdisant à quiconque d'autre que lui d'interroger Wilson. C'était très étrange.

Le transfert était bizarre. La procédure standard imposait d'escorter les suspects très médiatisés pendant n'importe quel transfert, mais le jour de celui de Wilson, Ralston avait semblé énervé que Jake ait suivi le fourgon banalisé. *Pourquoi serait-il énervé que je fasse mon travail ? Est-ce possible qu'il n'ait pas voulu de témoins qui auraient pu comprendre ce qui se passait ?*

Et Ralston qui me demande de laisser Zander dans l'ignorance à propos de Wilson qui était en vie ? Ce n'est pas la procédure standard.

La dernière chose que Jake pouvait identifier comme hors de la procédure était la référence à son orientation sexuelle et l'ordre de garder Zander occupé et hors du chemin de Ralston jusqu'à ce qu'ils trouvent Wilson. Certainement pas la procédure standard.

Jake tourna vers le parking souterrain, s'arrêta sur sa place attribuée et gara la voiture. Toutes ces actions n'ont pas de sens indépendamment l'une de l'autre. Mais si on les rassemble, eh bien, elles ressemblent à une affaire qu'on essaye d'étouffer.

X

ZANDER GRIMPA dans son lit peu après minuit entouré de l'odeur de Darren. Confortablement allongé sur leur lit et se sentant plus proche de lui que jamais depuis la nuit de sa mort, Zander se demanda pourquoi il avait attendu si longtemps pour revenir chez lui. Les arômes, les sentiments et les affaires personnelles le réconfortaient au lieu de le bouleverser, et il constata qu'il se sentait vraiment bien. Évidemment, il donnerait n'importe quoi pour récupérer Darren, mais c'était impossible, et il lui fallait trouver un moyen de commencer une nouvelle vie. Étrangement, pour la première fois depuis cette horrible nuit, Zander se sentait vivant. Quelqu'un prenait en compte ses suspicions, le prenait enfin au sérieux et agissait en conséquence, quelqu'un qui était doux, gentil et qui le soutenait et donnait de sa personne sans rien demander en retour. Jake Elliot pourrait peut-être être son sauveur.

Le lendemain matin, Zander était debout et très réveillé après sa troisième tasse de café. Il enfila un jean, un sweatshirt et des tennis, puis se rendit jusqu'à la boutique Verizon pour acheter un portable. Une fois de retour à son penthouse, il s'assit à son ordinateur et alla directement sur Google pour voir s'il pouvait trouver un détective. Il tapa d'abord " Seattle détective privé ". La liste était énorme, et bien sûr il n'apprenait rien sur un seul d'entre eux, alors il essaya un autre moyen. Il chercha une liste des organisations de détectives à Seattle et trouva l'Association des Enquêteurs Légaux de Washington. Là-bas, il trouva d'autres listes, mais là encore, elles n'étaient pas triées par spécialité ou autre spécificité. Il trouva ensuite l'Annuaire des détectives privés de Seattle, et même si lui était trié par spécialité, la liste restait impressionnante et ça lui prendrait des jours pour s'y retrouver dans ces informations. Il prit alors une décision concrète et décida d'appeler l'ancienne secrétaire de son père, Ruthann Reynolds. Il savait que Jake serait furieux, mais il savait aussi en son âme et conscience qu'il pouvait faire confiance à Ruthann. Après tout, c'était elle qui avait partagé ses propres soupçons sur l'implication des Big Four dans les meurtres.

Il fouilla dans son portefeuille jusqu'à ce qu'il trouve le morceau de papier que Ruthann lui avait donné au Hairdo Diner, et pianota le numéro sur son téléphone.

— Allô ?

— Est-ce que je pourrais parler à Ruthann, s'il vous plaît ? demanda Zander.

— Qui appelle ?

— Zander Walsh. Ruthann était la secrétaire de mon père, le sénateur John Walsh, depuis de longues années.

— Oh, M. Walsh, je suis sa sœur, Vivian McKenzie. Mon mari et moi l'hébergions jusqu'à... Vivian commença en gémissant la voix à l'autre bout du fil.

Zander se leva et se mit à faire les cent pas comme s'il savait ce qui allait suivre. Il demanda nerveusement :

— Jusqu'à quoi ?

— Elle... Elle s'est fait renverser sur le parking du supermarché par un conducteur qui s'est enfui, dit Vivian qui sanglotait de manière incontrôlable. La voiture ne s'est même pas arrêtée.

— Quand ? Est-ce qu'elle va bien ? Ne me dites pas qu'elle est morte, s'il vous plaît.

— Elle est en vie, mais à peine, tenta d'expliquer Vivian, elle a été gravement blessée, et elle est dans le coma.

Zander se rassit, ses jambes devenues faibles.

— Quel est le diagnostic ?

— Ils lui donnent une chance sur deux de s'en sortir. Mais même si elle sort du coma, les médecins n'ont aucune idée des séquelles. Elle pourrait être dans un état végétatif, ou elle pourrait être la même qu'avant, ou n'importe quoi entre les deux.

Le cœur de Zander battait aussi vite que s'il courait un marathon, et ses yeux le brûlaient.

— Vivian, est-ce que je peux aider ? supplia-t-il.

— Il n'y a rien d'autre à faire qu'attendre, murmura-t-elle.

— Vivian, je veux qu'elle ait les meilleurs docteurs. Je vais passer quelques appels, et ne vous inquiétez de rien financièrement. Je m'occupe de tous les frais.

— Je vous remercie, Zander. Est-ce que je peux vous demander quelque chose ?

— Ce que vous voulez, répondit Zander. Le silence s'installa pendant que Vivian marquait une pause.

— Quand ma sœur est arrivée, elle n'était pas la Ruthann que je connais et que j'aime. Dès son arrivée, elle était sur les nerfs. Elle regardait sans cesse par-dessus son épaule et sa propre ombre la faisait sursauter. Lorsque j'ai insisté pour qu'elle m'explique ce qui se passait, tout ce qu'elle répondait, c'est que des gens horribles étaient responsables de la mort de votre famille. Vous pensez que son accident a quelque chose à voir avec ces gens ?

Zander réfléchit pendant un instant.

— Je n'en ai vraiment aucune idée, admit-il, mais je vous promets que je vais le découvrir.

— Zander, je ne sais pas quoi penser de tout ça.

— Je sais, Vivian, moi non plus. Laissez-moi appeler quelques personnes, et si son état évolue, appelez-moi aussitôt, s'il vous plaît.

— Je le ferai, merci.

— Au revoir, Vivian.

— Au revoir, Zander.

Zander raccrocha et appela immédiatement Burton Kelly. La réception transféra son appel vers l'assistante personnelle de Burton.

— Bureau de Burton Kelly, dit Elizabeth.

— Bonjour, Elizabeth, c'est Zander Walsh.

— Bonjour M. Walsh

— Il faut que je parle à Burton tout de suite.

— Je suis désolée, mais M. Kelly est en réunion jusqu'à midi et ne peut être dérangé.

— Sans vous manquer de respect, Elizabeth, je me fiche de savoir avec qui il a une réunion. Il faut que je lui parle maintenant.

Elizabeth souffla et dit :

— Un moment.

Trente secondes plus tard, Burton décrochait le téléphone.

— Zander, que se passe-t-il ? Je suis avec un client très important.

— Je suis navré de te déranger, mais ça ne pouvait pas attendre, lui assura Zander.

— Bien, mais fais vite, s'il te plaît.

Zander expliqua ce qui était arrivé à Ruthann, et demanda à Burton de fournir les meilleurs soins possible à sa charge, et qu'il voulait aussi un garde devant sa porte en permanence.

— Pourquoi a-t-elle besoin d'un garde ? demanda Burton.

— Parce que quelqu'un a tenté de la tuer, et quand ils découvriront qu'elle est encore vivante, ils pourraient réessayer.

— Zander, tu crois vraiment que c'est nécessaire ?

— Je ne sais pas du tout, mais avant qu'il y ait une enquête et que quelqu'un soit tenu responsable, je veux qu'elle soit protégée.

Burton soupira et dit :

— Je m'en occupe.

— Merci Burton. Je te tiens au courant.

— Merci de me prévenir, railla Burton en raccrochant.

IL ÉTAIT déjà onze heures et Zander n'avait rien accompli de plus qu'acheter son nouveau téléphone. Il n'avait toujours pas engagé de détective et ne savait pas comment faire. Il aurait dû demander à Burton de lui en recommander un, mais il avait promis à Jake qu'il ne dirait rien à son avocat et il ne voulait pas rompre cette promesse. Il décida de prendre une douche rapide et de se préparer pour le déjeuner. S'il se dépêchait, il aurait quinze minutes pour visiter quelques sites web de détectives et voir quels services ils proposaient.

Il était sur le point d'aller sous la douche lorsque son téléphone sonna. Il regarda qui l'appelait : Studios CBS. *Les Studios CBS ?*

Il s'arrêta une seconde avant de répondre.

— Zander Walsh à l'appareil.

— M. Walsh, mon nom est Lucas Moreau et je suis producteur pour l'émission CBS qui s'intitule *48 Hour Mystery*.

— Bonjour, Lucas, qu'est-ce que je peux faire pour vous ?

— Vous pouvez commencer par m'appeler Luke.

— D'accord, Luke, si vous m'appelez Zander.

— Marché conclu. Voilà pourquoi j'appelle. Je voudrais faire une émission sur le meurtre de votre famille.

Zander eut envie de crier à pleins poumons. C'était exactement l'occasion dont ils avaient besoin pour faire bouger les choses. Devinant que ça allait prendre du temps, il attrapa son peignoir sur la porte et l'enfila pendant qu'il retournait vers son bureau.

— Nous avons entendu dire que quelqu'un avait été détenu brièvement pour être interrogé sur ces meurtres, mais aucune arrestation n'a été faite.

— C'est vrai, répondit Zander, mais ne voulant pas trop en dire sans en avoir parlé à Jake.

— De plus, je vais vous dire honnêtement que nous enquêtons aussi sur plusieurs informations que nous avons eues et qui ne sont pas publiques.

— C'est-à-dire ?

— La première piste que nous étudierons est que le meurtre de votre compagnon et de vos parents n'était pas un hasard. La deuxième part d'une information anonyme selon laquelle votre père était sur le point de signer un projet de loi qui affecterait sérieusement de grosses entreprises, et la troisième est que le FBI essaye d'étouffer l'affaire.

— Je vois, répondit Zander.

— M. Walsh, pardon, Zander, corrigea Luke, je vais être très clair, nous ferons cette émission avec ou sans votre coopération ou votre soutien.

— Je comprends. Mais je viens juste de l'apprendre, j'aimerais avoir quelques heures pour y réfléchir. Est-ce que je peux vous rappeler dans l'après-midi ?

— Bien sûr, dit Luke. Je sais que c'est une période très difficile pour vous, et si c'est trop dur de le revivre, nous le ferons seuls, mais nous voulions vous donner l'opportunité.

— J'apprécie le geste.

— Et, Zander, j'aurais dû commencer par là, mais je vous présente mes condoléances. Perdre votre compagnon et vos parents en même temps et de cette façon est au-delà de ce que je peux imaginer.

— Merci, Luke, je vous appellerai cet après-midi.

Zander recopia le numéro de Luke, lui donna son nouveau numéro au cas où il aurait besoin de le contacter, et raccrocha. Il courut dans le couloir en regardant sa montre. *Mince, j'ai vingt-cinq minutes pour me doucher et me rendre à mon déjeuner.*

LE CAFÉ Zumzum était un endroit très populaire pour le déjeuner, et Jake s'estima heureux d'avoir trouvé une table pour deux dans un coin reculé du restaurant, près des cuisines. Il posa ses béquilles contre le mur et s'installa, le pied caché sous la table et ainsi à l'abri. La serveuse s'avança vers lui et plaça deux menus sur la table avant de remplir leurs verres d'eau avec la promesse de revenir prendre leurs commandes dès que son invité serait arrivé. Il ouvrit son menu et chercha un plat qui attirerait son attention. Il sentit plus qu'il ne vit arriver Zander à la minute où il passa la porte. Zander avait cette manie d'être sexy sans même essayer. D'où il était, il pouvait voir que Zander portait un pantalon en toile et un polo à carreaux bleu avec des chaussures marron et une ceinture assortie. Lorsqu'il trouva Jake dans le coin, il lui fit signe, et son sourire illumina tout le restaurant comme Times Square. Jake réalisa instantanément qu'il venait probablement d'avoir un aperçu du Zander d'avant les meurtres, magnifique et heureux, sans un souci à l'horizon. Il le regarda naviguer dans le restaurant jusqu'à leur table comme s'il marchait sur de l'air. Jake se leva et tendit la main. Zander l'ignora et passa ses bras autour de lui en l'étreignant brièvement.

— Tu deviens courageux sans béquilles, dis donc, le taquina Zander.

— Oh, j'arrive très bien à m'asseoir et à me lever. C'est marcher, qui me fait avoir l'air d'un imbécile.

Zander rit.

— Je trouve que tu t'en sors assez bien par rapport au premier soir.

— J'ai occulté ce souvenir. Combien de fois m'as-tu rattrapé ?

— Deux, trois fois ? Mais qui tient les comptes ? répondit Zander avec un petit rire.

— Je n'arrive pas à croire que je me sois cassé le pied, confia Jake. Quel timing à la noix !

— À propos de timing, entama Zander. J'ai des nouvelles pour toi.

Les sourcils de Jake fusèrent. Il ferma son menu et donna toute son attention à Zander.

— Ce matin, je cherchais des détectives sur Internet sans trouver mon bonheur, quand j'ai décidé d'appeler Ruthann Reynolds pour voir si elle en avait à me recommander que mon père aurait engagé par le passé.

Jake tenta de l'interrompre, mais Zander leva une main.

— Je sais que j'ai fait une promesse, mais je sais que je peux faire confiance à Ruthann.

— Zander, nous ne savons pas à qui l'on peut faire confiance.

— Eh bien, ça n'a pas vraiment d'importance. Je n'ai pas pu lui parler parce qu'elle est à l'hôpital.

— À l'hôpital ? Pourquoi ?

— Il se trouve qu'elle s'est fait renverser sur le parking d'un supermarché et qu'on l'a laissée pour morte.

— Oh, mon Dieu, elle va s'en sortir ?

— Ils ne savent pas encore, mais j'ai appelé Burton pour lui dire de lui fournir les meilleurs soins possible et de faire poster un garde à sa porte sans interruption.

— Tu penses que c'est une bonne idée ? Le garde, je veux dire. Est-ce que Burton t'a demandé pourquoi tu voulais la faire protéger par un garde ?

— En fait, oui. Je lui ai dit que si quelqu'un essayait de la tuer et qu'il découvrait qu'elle était vivante, il pourrait vouloir réessayer. Je lui ai aussi rappelé qu'elle était la secrétaire de mon père et une amie proche de la famille depuis presque vingt ans, et que je voulais qu'on s'occupe d'elle le mieux possible.

— Et qu'est-ce qu'il a répondu ?

— Il trouvait que je surréagissais, mais il a accepté.

— Je n'aime pas ça Zander, admit Jake. Sommes-nous sûrs que nous pouvons compter sur Burton ? Plus il y aura de gens au courant de nos plans, plus nous pourrions être en danger.

— Je vois ce que tu veux dire, mais Burton a été l'avocat de mes parents pendant plus de vingt ans. Il était aussi le meilleur ami de mon père. Je suis certain qu'on peut lui accorder notre confiance.

— Est-ce qu'on peut arrêter de lui parler de tout ça pendant un moment ? le pria Jake.

— Évidemment, si ça te met plus à l'aise. Mais il y a autre chose.

— Autre chose ? interrogea Jake.

Alors que Zander allait répondre, la serveuse fut de retour comme promis et prit leurs commandes. Zander demanda un sandwich à la salade et au poulet, et Jake choisit un club à la dinde. Ils demandèrent tous les deux de la salade à la place des frites, et terminèrent avec du thé glacé.

— Où est-ce qu'on en était ? demanda Zander. Oh, finalement, je n'ai pas eu le temps de trouver un détective, mais alors que j'allais prendre ma douche, le téléphone a sonné et tu ne devineras jamais qui m'appelait.

La curiosité de Jake était bel et bien éveillée.

— Qui ?

— Les studios CBS.

— Ils te proposaient ta propre émission ?

— Très drôle. C'était un des producteurs de l'émission d'enquêtes *48 Hours Mystery*. Ils préparent un sujet sur la mort de ma famille, et ils veulent m'inclure dans le projet.

Jake sourit.

— Qu'est-ce que tu leur as dit ?

— Avant que je te réponde, laisse-moi te dire ce dont ils sont au courant et ce sur quoi ils vont enquêter.

Zander détailla tout ce que Luke lui avait dit à propos des informations anonymes concernant le projet de loi, des Big Four, et du FBI qui voulait étouffer l'affaire.

Jake affichait maintenant un sourire jusqu'aux oreilles. Il attrapa la main de Zander de l'autre côté de la table et serra très fort.

— Ça pourrait être exactement ce qu'il nous fallait, dit-il. Qu'est-ce que tu leur as dit ?

— Je leur ai dit que j'avais besoin d'y réfléchir pendant l'après-midi, et que je les appellerai plus tard, expliqua Zander. Je voulais vraiment t'en parler avant de leur donner une réponse définitive. Mais tu as raison, ça pourrait être la réponse à nos prières. Jake passa une main dans ses cheveux.

— On peut leur donner notre avis et notre aide, tout en gardant les mains propres pendant que CBS mène l'enquête.

— C'est exactement ce que je pensais. Donc je les appelle et j'accepte ?

— Oh que oui, dit Jake en requérant un tope-la au-dessus de la table.

— Jake, tu réalises qu'on va devoir être totalement honnêtes avec eux afin que cela fonctionne ? Il y a quand même une possibilité pour que tu perdes ton poste quand ce sera diffusé.

Jake soupira.

— Je sais, mais si Ralston est coupable, le voir rôtir aura valu le coup.

LEURS PLATS arrivèrent et ils mangèrent en discutant de quand et comment ils allaient rencontrer les producteurs et ce qu'ils allaient leur dire. Après avoir fini leur repas, ils échangèrent leurs nouveaux numéros et s'accordèrent sur le fait qu'ils parleraient de tout sur les nouveaux portables, mais qu'ils devaient continuer à communiquer par leurs téléphones principaux au cas où ils soient sur écoute. Après que Jake eut payé l'addition, ils se levèrent pour partir. Zander s'approcha encore pour prendre Jake dans ses bras. Jake chuchota dans son oreille :

— Qu'est-ce que tu dirais d'un dîner ce soir, et c'est moi qui cuisine, cette fois ?

Zander se figea, puis recula et regarda Jake dans les yeux.

— On peut le remettre à une autre fois ?

— Bien sûr, murmura Jake avec déception. Prends le temps que tu veux.

Zander lui embrassa la joue.

— Tu es un mec génial, et je t'aime vraiment beaucoup, mais il est bien trop tôt pour moi pour penser à me remettre avec quelqu'un, c'est-à-dire, toi, avoua-t-il. J'ai peur que tu en viennes à te demander si notre relation me sert juste à rebondir, et je ne pourrais pas te dire que ça ne l'est pas. Jake, je t'apprécie trop pour ça.

— Je vois. Je t'aime vraiment bien aussi, Zander, et je ferai tout ce qu'il faut pour te garder dans ma vie. Ne t'éloigne pas.

— Je n'avais pas prévu de le faire.

— Bien. Tu m'appelles après avoir parlé à CBS ?

— Ça marche.

— Et, Zander, tu vas devoir faire encore plus attention à toi maintenant, alors s'il te plaît, sois prudent. Je voudrais que tu te protèges.

— Comment ça ? Tu veux dire avec une arme ?

— Oui, avec une arme.

— Je le ferai, si tu le fais, dit Zander en tendant la main pour serrer celle de Jake.

— J'ai déjà une arme. Tu te rappelles que je suis un agent du FBI ?

— Je ne sais pas, Jake. Je ne suis pas très à l'aise avec cette idée.

— Écoute, on ira te commander un quarante-cinq millimètres. Il y a un délai de cinq jours pour les armes de poing, donc si tu décides que tu n'en veux pas, tu ne l'achèteras pas. Ça te va ?

Zander réfléchit un instant.

— Oui, et si je le prends, tu m'apprendras à m'en servir ?

— Bien sûr. Maintenant, file.

Ils se dirent au revoir en dehors du restaurant avec la promesse de Zander d'appeler Jake une fois qu'il aurait parlé à CBS.

XI

ZANDER N'ATTENDIT pas d'être rentré pour téléphoner. Il appela depuis son Range Rover à l'arrêt, composant le numéro de Luke Moreau depuis son nouveau portable.

— Ici Luke.

— Luke, c'est Zander Walsh.

— Hé, Zander, j'attendais de vos nouvelles. Vous avez une réponse pour moi ?

— J'en ai une, et c'est oui, vous avez mon entière coopération.

— Excellent, vous nous serez d'une grande aide.

— J'ai un bonus supplémentaire.

— Oh.

— J'ai quelqu'un au FBI qui est d'accord avec votre théorie selon laquelle le Bureau tenterait d'étouffer l'affaire, et il a accepté de nous aider et de passer devant la caméra s'il le faut.

— Vous me faites marcher ?

— Non, il est sérieux, Luke. Il a d'ailleurs suggéré que vous rendiez une petite visite au chef de la section avant qu'il n'ait vent de ce que vous faites et n'ait le temps de concocter sa petite histoire.

— Je peux être aux bureaux du FBI avec une équipe dans moins de deux heures.

— Très bien. Appelez-moi quand vous en revenez, et l'on fixera un horaire pour se rencontrer et vous présenter à votre contact au FBI.

— Sans faute, et merci Zander.

— Le plaisir est pour moi.

Zander raccrocha et appela Jake pour le mettre au courant du coup monté.

JAKE ARRIVAIT tout juste sur le parking des bureaux du FBI lorsqu'il reçut l'appel. Il écouta le plan et dit :

— Le chef ne va pas être content, et j'ai hâte de voir ce que ça va donner. Jake sourit et prévit d'être au bon endroit au bon moment. Je t'appelle quand c'est fini.

— J'attends avec impatience.

Jake monta dans l'ascenseur et fit un détour pour passer devant le bureau du chef. Il y avait de la lumière et une tasse de café vide sur le bureau, mais aucun signe de l'homme. Il répéta l'opération plusieurs fois au cours des heures qui suivirent, mais il ne vit jamais le chef à son bureau. L'équipe de CBS serait bientôt là et Jake fit une ultime tentative. Alors qu'il était dans le couloir, il entendit Ralston aboyer des ordres depuis son bureau. Jake n'était pas prêt à rendre visite au chef, il fit donc demi-tour et retourna sans détour à son propre bureau pour se cacher. Son plan était d'arriver dans les parages juste avant l'heure à laquelle devait arriver l'équipe pour être là quand ils lui tendraient cette embuscade.

Jake jetait des coups d'œil anxieux à sa montre toutes les dix minutes jusqu'à ce qu'il soit temps d'amorcer les choses. Quand le moment arriva, il marcha à nouveau dans la direction du bureau du chef. Atteignant sa destination, il frappa à la porte ouverte, et Ralston leva la tête. Il avait l'air mal en point et était clairement agacé par l'interruption.

— Bonjour, Chef.

— Qu'est-ce qu'il y a ? répondit-il sèchement.

— Vous avez une minute ?

— Pas vraiment, mais, asseyez-vous, dit-il en faisant un geste vers le fauteuil vide. Qu'est-ce que vous voulez ?

Jake avança maladroitement sur le côté avec ses béquilles pour entrer dans le petit bureau et se laissa tomber dans le fauteuil. Ralston regarda Jake d'un œil mauvais jusqu'à ce qu'il parle.

— Comme vous le savez, j'ai été absent quelques jours à cause de mon pied cassé et je me demandais si vous aviez de nouvelles pistes concernant la localisation de Wilson.

— J'ai des gens sur le dossier. Plus besoin de préoccuper votre jolie petite tête avec ça.

— Monsieur, avec tout le respect que je vous dois, c'est mon dossier.

Le téléphone du chef sonna et il ignora l'appel.

— C'*était* votre dossier, dit le chef avec un petit sourire. Tout ce que j'ai besoin que vous fassiez, c'est de garder Walsh occupé pour qu'il ne soit pas dans mes pattes.

— Oh, donc c'est comme ça que ça va se passer ?

— Écoutez, Elliot, vous avez le pied cassé. Vous ne pouvez pas courir après les réponses et encore moins après un tueur présumé avec votre plâtre.

— Mais bien sûr que si, dit-il en frappant du poing sur le bureau.

Ils se jaugèrent du regard pendant quelques minutes, aucun des deux ne voulant se laisser faire. Ralston allait dire quelque chose lorsqu'un coup retentit à sa porte. Il ferma la bouche et un rictus apparut sur son visage à destination de Jake.

— Chef Ralston, dit le garde, j'ai essayé de vous prévenir par téléphone. Ces gens disent qu'ils ont rendez-vous et qu'ils doivent vous parler en urgence.

Un bel homme d'environ trente-cinq ans contourna le garde et avec lui, un homme avec une caméra pointée droit sur Ralston.

— Bonjour Chef Ralston. Je m'appelle Lucas Moreau et je travaille pour l'émission d'enquêtes *48 Hours Mystery*. Comment allez-vous aujourd'hui ?

Jake observa l'expression du chef passer de la colère à la peur.

— Vous voulez que je vous en débarrasse ? demanda le garde.

— Ça ira. Qu'est-ce que je peux faire pour vous, M. Moreau ?

— Monsieur, CBS prépare une émission sur le meurtre des Walsh, et nous voudrions vous interviewer devant la caméra.

Jake regarda le chef pâlir et devenir blanc comme un linge.

— M. Moreau, l'affaire Walsh n'a pas encore été résolue à ce jour, donc je ne peux pas vraiment vous en parler.

— Pouvez-vous me dire ce que vous faites pour la résoudre ?

— Tout ce que je peux dire, c'est que c'est une affaire en cours.

— Qu'avez-vous à dire sur les rumeurs qui évoquent une volonté d'étouffer l'affaire de la part du FBI ?

— C'est ridicule. Quelles rumeurs ?

Ralston regarda Jake, qui répondit par une expression qui signifiait « Je ne sais pas de quoi il parle », et Ralston regarda à nouveau la caméra.

— Monsieur, continua Moreau, nous avons reçu plus d'une fois des informations anonymes indiquant que certains détails de cette affaire n'avaient pas de sens, et que le FBI ne faisait rien pour enquêter davantage à leur sujet. Avez-vous un commentaire ?

— Il faut que je sache à quel genre d'informations anonymes vous faites référence avant de pouvoir commenter.

— Très bien. La première est que nous avons appris que quelqu'un a été détenu pour être interrogé à propos des meurtres. La deuxième est que le meurtre du compagnon de M. Walsh et de ses parents n'était pas un hasard. La troisième nous apprenait que le Sénateur Walsh était sur le point de signer un projet de loi qui pourrait avoir un sérieux impact sur d'importantes entreprises. La dernière interrogation porte sur la possibilité que des agissements soient couverts par des membres du FBI.

À présent, la transpiration coulait sur le front du chef, il était de plus en plus agité et visiblement ébranlé.

— Je suis tout à fait désolé… M. Moreau, c'est ça ? Tout ce que je peux dire c'est que cette enquête est encore en cours, je n'ai pas d'autre commentaire.

— Monsieur, qu'avez-vous à répondre aux allégations selon lesquelles les meurtres n'étaient pas dus au hasard ? demanda Moreau.

— Garde, veuillez raccompagner ces personnes, demanda le chef.

Le garde escorta Moreau et son caméraman hors du bureau de Ralston.

Une fois qu'ils se furent éloignés, Ralston se leva et claqua la porte, retourna s'asseoir et regarda Jake avec énervement.

— Mais qu'est-ce que c'était que ça ?

— Je n'en ai aucune idée, monsieur. J'ai été absent ces derniers jours. Et… Ce n'est plus mon dossier, vous vous rappelez ?

— Ne faites pas le malin avec moi, sale gamin, siffla Ralston. Si j'apprends que vous avez quoi que ce soit à voir avec ça, je vous ferai virer plus vite que vous ne pourrez dire « tapette »

Ralston se redressa une fois encore, fit le tour de son bureau et ouvrit la porte.

— Sortez, maintenant.

Jake souriait lorsqu'il se leva, attrapa ses béquilles et sortit du bureau de Ralston. Il sentit autant qu'il entendit la porte claquer derrière lui, et les regards de tout le monde dans le couloir se posèrent sur lui.

Il haussa les épaules.

— J'imagine que c'est un jour sans, dit-il à haute voix, mais à personne en particulier.

Il voulait sortir d'ici alors il prit directement l'ascenseur et quitta le bâtiment. Depuis sa voiture, dans le parking, il composa le numéro de Zander. Zander répondit avant même que Jake n'ait pu entendre une sonnerie complète.

— Raconte. Je meurs d'impatience.

Jake s'esclaffa.

— C'était génial.

— Allez, Jake, l'implora Zander.

— Le timing était parfait, je venais juste d'aller voir le chef pour lui demander des nouvelles du dossier. Il m'en a retiré, d'ailleurs. Il a dit que c'était parce que j'avais le pied dans le plâtre et que je ne pouvais donc pas être efficace dans mon travail, en revanche il m'a bien dit de continuer à t'occuper hors de ses pattes.

— Intéressant. Continue.

— Juste après qu'il m'a retiré de l'affaire, j'ai piqué une crise, pour le principe et dans un enchaînement parfait, l'équipe de CBS est arrivée.

Jake raconta à Zander tout ce qu'avaient échangé l'équipe et Ralston et la panique sur le visage du chef après chaque question.

— Tu sais, je suis maintenant plutôt convaincu qu'il trempe là-dedans jusqu'au cou, et l'on va le prouver.

Zander soupira et resta silencieux pendant quelques secondes.

— Hey, mec, ça va ? demanda Jake, imaginant ce que Zander devait ressentir.

— Oui, ça va. Hé, l'offre pour le dîner tient-elle toujours ?

— Évidemment, dit Jake avec un sourire. Pourquoi ne demanderais-tu pas à Lucas Moreau s'il est disponible ? On pourrait se retrouver chez moi pour voir ce qu'ils ont en tête et comment on peut aider.

— Bonne idée. Je l'appelle dès qu'on raccroche.

— Oh, j'ai failli oublier. Le chef soupçonne que j'ai quelque chose à voir avec les tuyaux de CBS et m'a dit que s'il découvrait que c'était le cas, je serais viré plus vite que je ne peux dire « tapette ».

— Il n'a pas vraiment dit ça ? demanda Zander, incrédule. Dommage que tu n'aies pas enregistré la conversation.

— Qui a dit que je ne l'avais pas fait ? Je ne suis pas un agent expérimenté du FBI pour rien. J'ai toujours un petit dictaphone avec moi.

— Quel bon garçon ! Laisse-moi raccrocher, maintenant, que je puisse appeler Luke.

— Encore une chose : je vais t'appeler sous peu sur ton iPhone pour t'inviter à dîner, au cas où l'un d'entre nous serait suivi, ou les deux. De cette façon, ça ne donnera pas l'impression que l'on se voit en secret.

— Bonne idée. Donne-moi dix minutes. Oh, quelle heure pour le dîner ?

Jake regarda sa montre : il était cinq heures et quart.

— Je ne sais pas, sept heures ?

— Ça me va. S'il y a du changement, je t'appelle, mais si je ne donne pas de nouvelles, je te vois à sept heures.

— D'accord.

Comme il était déjà plus de cinq heures, Jake ne pensait pas avoir le temps de préparer un repas décent, alors il appela son restaurant chinois préféré et commanda diverses entrées et soupes, et une demi-douzaine de nems. Il appela ensuite Zander sur son iPhone pour confirmer le dîner comme prévu, puis quitta le parking du FBI. Il s'arrêta en chemin pour acheter de la bière et du vin, récupéra le dîner et arriva dans le parking de chez lui à six heures vingt-cinq. Il laissa tout dans la voiture et s'arrêta au bureau du concierge pour dire qu'il attendait deux invités et lui donner ses clés de voiture avec pour instructions de lui monter la nourriture et l'alcool dès que possible.

ZANDER APPELA Luke, obtint sa version de l'histoire sans dévoiler l'identité de Jake, et l'invita à les rejoindre pour le dîner. Il lui donna l'adresse et lui demanda d'être là-bas autour de sept heures. Lorsque Zander arriva, tout était prêt pour le dîner, et Jake dégustait un verre de vin rouge.

Zander regarda la table parfaitement dressée.

— Je suis impressionné.

— Je sais aussi bien que n'importe qui commander à emporter et mettre la table, dit Jake.

— On dirait que ta mère t'a bien éduqué.

Leurs éclats de rire furent interrompus par des coups à la porte. Jake fit un signe de la tête à Zander, et Zander se dirigea vers la porte pour ouvrir.

— Luke Moreau ?

— Zander Walsh ?

— Lui-même. Ravi de vous rencontrer. Allez-y, entrez.

— Enchanté aussi.

Jake prenait quelque chose dans le frigo et était dos à l'entrée lorsque Zander commença les présentations.

— Luke, je vous présente l'agent spécial Jake Elliot, du FBI.

Jake se retourna et Luke sourit.

— C'est vous, dit-il avec surprise.

— C'est moi. Beau spectacle aujourd'hui, n'est-ce pas ?

— Oh oui. Vous avez vu le regard horrifié de Ralston quand nous avons commencé à énumérer nos soupçons ?

— J'ai vu ça, oui, confirma Jake.

Zander se servit un verre de vin.

— J'aurais tellement aimé être là, plaisanta-t-il. Un verre de vin ? dit-il en proposant à Luke.

— Allons manger avant que ça ne refroidisse, dit Jake en ouvrant la porte du four. Je ne savais pas ce que vous aimiez, donc j'ai commandé un exemplaire de tout ce qu'il y avait sur le menu.

— Je vois ça, commenta Zander, il y a de quoi nourrir un régiment.

— J'espère que vous avez faim, tous les deux.

— Je suis affamé, répondit Luke.

— Moi aussi, dit Zander.

Pendant qu'ils mangeaient et faisaient connaissance, Zander et Jake partagèrent les informations qu'ils avaient rassemblées depuis les meurtres. Ils expliquèrent ce qui ne collait pas, à propos de Ruthann Reynolds et des soupçons qu'elle avait partagés avec Zander, son récent accident, tout ce qu'ils savaient sur Ralston, et terminèrent avec Arlen Wilson, l'accident, et sa fuite.

— Arlen Wilson est la clé pour exposer cette affaire, précisa Jake. Si l'on trouve Wilson, on a nos réponses.

— Alors on le trouvera, promit Luke. J'ai en ce moment deux journalistes d'investigation sur le dossier, j'ai accès à deux détectives privés, et je peux en avoir plus s'il le faut.

— C'est super, parce qu'on n'aura aucune aide du FBI, admit Zander.

— Je vais demander à quelqu'un de me trouver tout ce qu'il peut sur Wilson, son casier judiciaire, avec ses photos. On diffusera sa photo sur l'écran un maximum pendant l'émission, avec un numéro gratuit en dessous. S'il est dans les parages, on le trouvera.

— C'est vraiment l'occasion qu'on attendait, ajouta Zander. Merci beaucoup, Luke.

— Quand est-ce que vous pensez diffuser l'émission ? demanda Jake.

— Dès qu'on aura assez d'informations pour remplir le créneau de cinquante minutes, mais le plus tôt sera le mieux. Plus on attend, plus la piste de Wilson se dissipera.

— Je suis d'accord. Et Zander et moi sommes là comme sources, mais je vais devoir faire très attention pendant un moment. Si l'on en vient à ce que vous ayez besoin de moi devant la caméra, je ferai ce qu'il faut, mais j'aimerais garder mon poste aussi longtemps que possible.

— Compris, dit Luke. Vous m'avez donné beaucoup de choses à étudier, alors laissez-moi filer d'ici afin que je puisse mettre en place un plan d'action et entamer les festivités.

Luke se leva, et Jake repoussa sa chaise pour essayer de se lever. Luke posa une main sur son épaule en s'adressant à lui.

— Non, ne vous levez pas, je connais le chemin. Je vous recontacterai.

Zander se leva et le raccompagna jusqu'à la porte.

— Merci encore, Luke, dit-il. Et vous avez nos deux numéros maintenant, donc n'hésitez pas à nous appeler si vous avez d'autres questions.

— Je le ferai, répondit Luke. Bonne nuit à vous deux.

Zander ferma la porte et débarrassa la table.

— Ne t'occupe pas de ça, protesta Jake, je le ferai.

— Écoute, tu nous as offert le dîner, donc je fais la vaisselle, et je ne veux pas entendre un mot de plus avant que j'aie fini.

Zander remplit le verre de vin de Jake et l'envoya dans le salon pendant qu'il terminait la vaisselle et mettait les restes au frais. Lorsqu'il eut fini ses corvées, il se servit plus de vin et rejoignit Jake. Jake était assis sur le canapé avec le pied surélevé sur la table d'appoint, reposant sur un coussin du canapé. Il semblait perdu dans ses pensées pendant qu'il regardait ses orteils à présent violet et jaune dépasser du plâtre.

— C'est douloureux ? demanda Zander en enlevant ses chaussures avant de s'asseoir à côté de Jake.

Surpris, Jake reporta son attention sur Zander.

— Quoi, pardon ?

— Est-ce que ton pied te fait encore mal ?

— Seulement quand je me cogne quelque part, et tu as vu comme je suis maladroit.

Zander sourit.

— Tu veux en parler ?

— De quoi ?

— De ce qui te tracasse ? Tu étais tellement absorbé par ta réflexion que tu ne m'as même pas entendu venir dans la pièce.

— Désolé.

— Je ne veux pas d'excuses, je veux aider.

Jake regarda son nouvel ami pendant un long moment sans rien dire.

— Je pensais à mon travail, finit-il par admettre, depuis aussi longtemps que je me souvienne, je voulais faire deux choses dans ma vie.

La première était d'être policier, la deuxième était de faire quelque chose en extérieur, comme avoir une cabane de pêche quelque part à la montagne.

— La police, je conçois parfaitement, avoua Zander. Tu étais fait pour ça, mais une cabane de pêche ? Je ne m'attendais pas à celle-là, rigola-t-il.

— Très drôle, geignit Jake en enfonçant son index dans les côtes de Zander.

— Qu'est-ce qui t'a fait rêver d'une cabane de pêche ?

— Tous les ans depuis mes six ans jusqu'à ce que mon père meurt, il m'emmenait pour un séjour à la pêche pendant une semaine, dans cette cabane dans les Rocheuses du Colorado. On prenait un énorme petit-déjeuner tous les matins, pêchait toute la journée, vidait nos poissons l'après-midi, on les mangeait le soir. Le soir autour d'un feu de camp, les propriétaires de la cabane nous racontaient des histoires à faire peur sur la vie dans la nature, et on allait se coucher et on recommençait le lendemain. La cabane et les alentours étaient un terrain d'exploration sans fin, et j'ai adoré chaque minute de ces séjours. Quand j'ai été adulte, mon père et moi avons parlé plusieurs fois d'en avoir une à nous un jour, mais il est mort avant qu'on en ait eu l'occasion.

Zander mit sa main sur la jambe de Jake.

— Je suis désolé, Jake. Je sais comme ça peut être dur de perdre un de ses parents.

— Je sais, murmura Jake.

— Comment est-il mort ?

— Une crise cardiaque foudroyante, lui dit Jake. Ma mère et lui avaient un ranch à bétail près d'Omaha, et un jour alors qu'il réparait une clôture, il est tombé comme une masse. Le temps que l'aide du ranch l'emmène à l'hôpital, c'était trop tard.

— C'est triste. Ta mère est-elle toujours vivante ?

— Oui, c'est elle qui gère le ranch, avec mon frère, ma sœur et leurs époux. Je vais là-bas quelques fois par an et pour les vacances de fin d'année.

Zander se frappa le genou du plat de la main.

— Jake, je suis le pire ami du monde, reconnut-il.

— Hein ? Non. De quoi parles-tu ?

— C'est la première conversation qu'on a sur toi. Jusqu'à maintenant, tout tournait autour de moi. J'étais tellement obnubilé par mes problèmes, je n'ai pas pensé une seule fois à poser des questions sur toi ou ta famille.

111

— Zander, c'est stupide. Je crois que tu as toutes les raisons d'être préoccupé par ta propre vie étant donné ce qu'il s'est passé, lui assura Jake. Je veux dire, regarde ce que tu as traversé comme épreuve.

— Merci, mais ce n'est pas une excuse.

— Arrête, lui demanda Jake.

— Plus question de m'apitoyer sur mon sort, se promit Zander. Alors comme ça tu as une sœur et un frère qui sont mariés ?

— Pas l'un à l'autre, mais oui, répondit Jake avec un sourire en coin.

— Très drôle, dit Zander en riant. Ils ont des enfants ?

— J'ai cinq nièces et neveux et ils ont tous grandi au ranch. Et, ils ont l'air d'adorer l'endroit.

— Et toi, demanda Zander, tu adorais ?

— Le ranch me manque, bien sûr, mais je n'avais pas ça dans le sang comme le reste de ma famille.

— Ils t'en ont voulu ? Je veux dire, d'être parti…

— Jamais.

— Est-ce qu'ils sont au courant de ton style de vie ?

— Ils le sont.

— Et ?

— Ma famille est très aimante et elle me soutient.

— C'est bien, chuchota Zander, ça nous fait un point commun.

— Je sais. J'avais suivi les nouvelles sur tes fiançailles et le soutien de tes parents. Malheureusement, j'ai aussi lu que Darren n'était pas aussi chanceux, et que ses parents lui avaient tourné le dos.

— C'est un euphémisme, dit Zander avec un rire. Mais revenons à toi.

— On est obligés ?

— J'insiste. Alors, tu veux bien me dire à quoi tu pensais tout à l'heure pour être tellement absorbé.

Jake se tut pendant quelques secondes.

— J'étais juste en train de réaliser que tout ça était bien réel et qu'il y avait de bonnes chances que je perde mon travail pour ça.

— Pour être honnête, Jake, ce soir et pour la première fois, en parlant à Luke, j'ai réalisé la même chose. Tu as beaucoup à perdre, et si tu veux t'en éloigner, il te suffit de le dire et ton nom ne sera pas mentionné.

— Perdre mon travail n'est pas la partie qui me dérange le plus, avoua Jake. C'est de perdre la foi que j'avais dans les autorités et dans un système auquel j'ai cru toute ma vie. C'est ça qui me secoue profondément.

Zander observa le visage de Jake, et il semblait clairement bouleversé.

— Tu penses vraiment que si tu perdais ton poste pendant l'enquête, mais que nos soupçons s'avéraient justifiés, tu ne serais pas réintégré ?

— Je ne suis pas sûr de vouloir être réintégré. Je ne suis pas sûr de faire encore confiance aux autorités, dit Jake en soupirant.

— Mais Jake, tu ne peux pas tenir pour responsables tous les membres des autorités pour les actions de Ralston ou de quelques autres personnes. C'est comme les clients de Bernie Madoff qui tiennent pour responsables tous les banquiers d'investissement. Chaque industrie a ses enflures, et ça a toujours été comme ça.

— Je comprends ce que tu veux dire, mais ce n'est pas aussi simple pour moi. J'ai toujours agi en partant du principe que les gens pour qui je travaillais assuraient mes arrières et moi les leurs. Comment puis-je faire mon job si je suis sans arrêt en train de surveiller par-dessus mon épaule ?

— De la même façon que je rentre chez moi à la fin de la journée et ne pense pas à la possibilité que quelqu'un soit là-bas pour me tuer. On le fait, c'est tout.

Zander plaça sa main sous le menton de Jake et le souleva jusqu'à ce que leurs regards se rencontrent.

— Ce qui se passe dans nos vies peut changer la façon dont nous voyons et ressentons les choses, mais on ne peut pas les laisser nous changer fondamentalement, si ?

— Je ne sais plus, murmura Jake, les larmes aux yeux.

Zander s'approcha encore, mit ses bras autour des épaules de Jake, et l'attira contre lui. Se relaxant à son contact, Jake posa la tête sur la poitrine de Zander, glissa ses bras autour de sa taille et se mit à pleurer en silence.

La dernière chose que Jake voulait était que Zander se sente coupable de la bataille émotionnelle qui se jouait en lui et voie comme il se sentait déchiré. Mais les larmes coulaient maintenant le long des joues de Zander, et Jake savait qu'il était trop tard. Agrippés l'un à l'autre, ils sanglotaient. Serrés l'un contre l'autre, Jake donnait à Zander le réconfort qu'il pouvait offrir et profitait en retour de l'effet apaisant des bras de ce dernier. Il n'était pas sûr du temps écoulé, mais Zander finit par l'embrasser sur le front et par demander :

— Ça va mieux ?

Jake acquiesça.

— Oui, ça ira.

Il l'embrassa encore, sur la joue, cette fois.

— Il faut que j'y aille.

113

Il se leva et mit ses chaussures.

Jake tendit le bras vers ses béquilles, mais Zander mit une main sur son épaule pour l'en empêcher.

— C'est bon, pas besoin de me raccompagner.

Jake posa sa main sur celle de Zander et lui dit :

— Merci de m'avoir écouté. Je n'avais pas réalisé que j'avais gardé tout ça à l'intérieur.

— Pas besoin de me remercier. Dieu sait que tu as été présent pour moi, et puisque je suis la raison d'une grande partie de tout ça, c'est le moins que je puisse faire.

— Hé, ce n'est pas de ta faute. Et ne me fais pas répéter tes propres conseils à ton intention.

— Qu'est-ce que tu veux dire ?

— Je veux dire que tu ne peux pas te culpabiliser des actions d'autres personnes comme Wilson ou Ralston.

— J'imagine que non. Bonne nuit, Jake.

— Bonne nuit, Zander.

Jake était dans la même position sur le canapé au lever du soleil. Les rayons jaunes d'un nouveau jour amenaient avec eux clarté et espoir. Pendant la nuit, il avait réalisé que sa passion et son amour de faire appliquer les lois avait disparu. Si Ralston ne le virait pas d'ici là, il resterait au FBI jusqu'à la diffusion de l'émission, puis il démissionnerait de l'organisation dont il ne voulait plus faire partie et commencerait une nouvelle vie quelque part.

XII

L'ASSOCIÉ POUR le cartel reçut un appel de Ralston lui demandant une réunion dès que possible pour discuter des récents développements. Trois heures plus tard, il était à nouveau sur le haut-parleur du téléphone et expliquait ce qui s'était passé au cours de l'embuscade dont il avait été victime de la part des Studios CBS.

— Comment ces informations ont-elles pu atteindre les médias ? demanda une voix sans nom vers le haut-parleur.

— Je n'ai pas de preuve, mais j'ai quelques idées à ce sujet, avoua Ralston.

— Et… ? lança une voix depuis la table.

— L'ancienne secrétaire du Sénateur, Ruthann Reynolds, ou notre agent Jake Elliot, se contenta de dire Ralston.

— Je croyais qu'on s'était occupé de Reynolds, s'enquit un membre du cartel.

— C'est le cas, mais elle aurait pu leur parler avant son « accident ».

— Alors, que va-t-on faire à propos de ça ?

— Croyez-moi, Reynolds n'est plus un problème. En revanche, Elliot va être un peu plus compliqué à gérer, clarifia Ralston.

— Qu'est-ce qu'il sait ? demanda une autre voix anonyme.

— Que Wilson est toujours vivant et en fuite.

— Qu'est-ce qu'il pense qu'il sait ?

— Il croit que Wilson a avoué les meurtres, que l'accident arrivé pendant le transfert était un coup monté, et que les Big Four pourraient être impliqués.

Quelqu'un autour de la table dit :

— Attendez une minute, et coupa le son du haut-parleur.

Quatre têtes se tournèrent vers celle d'une seule autre personne assise à la table.

— Et maintenant ? demanda l'un d'entre eux. Ce n'était pas le marché et ça devient totalement hors de contrôle.

— Calmez-vous, messieurs, dit l'associé.

— Certainement pas, ajouta une autre voix. Votre job était d'enterrer la loi sur le tabac.

— Et je ne l'ai pas fait ?

— Mais à quel prix ? Un sénateur et sa famille, et trois policiers sont morts. Wilson est en fuite, sans oublier ce que vous avez fait à cette Reynolds.

Un poing frappa brusquement la table.

— Arrêtez de faire comme si vous ne saviez pas que des vies seraient perdues, dit-il d'un ton ferme. Vous pensiez que j'allais simplement demander au bon sénateur de ne pas signer le projet de loi et qu'il accepterait, et qu'on irait déjeuner pour fêter ça ?

— Nous ne sommes pas si naïfs, ajouta un membre du cartel, mais nous avons besoin d'une stratégie de sortie, et nous en avons besoin maintenant.

— Je pense qu'Elliot et Walsh devraient être surveillés de près, mais jusqu'ici, ils n'ont que des soupçons, dit l'associé. En revanche, Wilson sait tout. Si ça doit finir un jour, il faut que l'on trouve Wilson.

Tout le monde autour de la table hocha la tête.

Le bouton du son fut relâché, et Ralston fut à nouveau inclus dans la conversation.

— Nous avons décidé qu'entre Reynolds hors de notre chemin, et Elliot et Walsh qui n'ont aucune information solide, nous devrions nous concentrer sur Wilson. Utilisez toutes les ressources à disposition et trouvez-le, mais ne le ramenez pas vivant.

— Compris.

Ce fut la dernière chose que le groupe entendit avant de déconnecter l'appel.

Huit semaines étaient passées depuis la première rencontre de Jake et Zander avec CBS, et d'après Luke, l'enquête avançait bien. Depuis que Jake avait pris sa décision de démissionner lorsque tout ceci serait terminé, il était devenu l'expert clé pour présenter le point de vue du FBI et passait beaucoup de temps devant la caméra. L'émission était prévue pour la semaine suivante, et les producteurs fignolaient frénétiquement les nombreuses heures d'images, tout en rassemblant de nouvelles informations. Sans les aveux de Wilson ou la coopération de Ralston, le centre d'intérêt de l'émission serait surtout de susciter la spéculation, et peut-être amener quelqu'un à se manifester avec de nouvelles pistes sur l'affaire.

Pendant cette période, Jake avait pour mission de ne pas se faire remarquer au Bureau et de garder ouverts ses yeux et ses oreilles. Ralston avait effectué un revirement complet concernant les recherches pour retrouver Wilson, et tous les agents disponibles étaient maintenant impliqués.

Son plâtre à présent retiré, Jake marchait sans aide et récupérait sa mobilité. Il passait ses journées à vérifier et approfondir des pistes sur la disparition de Wilson, et ses soirées soit avec Zander ou au bureau à filmer en secret des images pour l'émission.

ZANDER AVAIT quant à lui passé les huit dernières semaines à mettre de l'ordre dans la succession de Darren et de ses parents. Sa priorité était l'exhumation de la dépouille de Darren, mais Burton lui avait assuré qu'il s'en occupait et qu'il n'y avait rien de plus qu'il puisse faire. Il n'avait toujours pas réussi à aller visiter une seule des tombes et cela le gênait beaucoup, mais il n'était tout simplement pas prêt. Pour garder son esprit occupé, il se concentra sur l'émission de *48 Hours* et la préparation de la vente de la maison de ses parents. Jake et lui avaient fouillé la bibliothèque de fond en comble à la recherche du moindre indice ou de la moindre information qui pourrait être utile au dossier, mais étaient revenus les mains vides. Sa prochaine corvée était donc de faire en sorte que la maison soit vidée et vendue. Il fit don des vêtements de sa mère à une association, et ceux de son père à une autre, deux associations qui habillaient et préparaient de jeunes adultes défavorisés à entrer, ou parfois à revenir, dans le monde du travail. Après avoir récupéré quelques objets qui avaient une valeur sentimentale, il engagea une société pour organiser une vente pour vider complètement la maison, et un agent immobilier pour vendre la maison elle-même.

Il avait suivi le conseil de Jake et s'était procuré une arme. Lui et Jake avaient passé pas mal de temps au stand de tir, et il devenait excellent. Entre le stand de tir, la gestion des biens, et les allers-retours entre les studios pour enregistrer ses segments de l'émission, le temps filait à toute vitesse. L'amitié entre lui et Jake s'était aussi renforcée. Ils avaient passé beaucoup de temps ensemble, mais heureusement, Jake n'avait pas insisté pour aller plus loin. Et bon sang qu'il était beau et diablement sexy, et toujours volontaire pour apporter à Zander ce dont il avait besoin, que ce soit passer du temps avec lui ou avoir de l'espace. Il savait que Jake était doux et sensible et ne lui réclamerait pas davantage que ce qu'il était prêt à donner. Mais peu importait le mal qu'il se donnait à vouloir contrôler ses sentiments pour Jake, ils évoluaient, et il savait que c'était la même chose pour Jake. Il le sentait dans sa manière de le toucher, il le voyait dans ses yeux quand il le surprenait à le regarder. Pourtant Zander ne pouvait tout simplement pas offrir à Jake ce qu'il voulait. La patience de Jake était lourde de sens sur sa personnalité et prouvait que les sentiments qu'il éprouvait pour Zander avaient dépassé la simple attirance physique. Mais Zander avait besoin de temps afin de garder sa promesse et de tourner la page sur sa vie d'avant.

Le soir précédant la diffusion de l'émission, Jake récupéra Zander, et ils retrouvèrent Luke et l'équipe au studio pour visionner les images une dernière fois. Il était deux heures du matin lorsqu'ils eurent fini et purent prendre le chemin du retour.

— Comment tu te sens à propos de demain ? demanda Zander.

— Je dois avouer que je suis plutôt anxieux et que je tremble un peu.

Jake s'arrêta devant l'immeuble de Zander.

— Hé, il est tard. Tu devrais aller jusqu'au parking souterrain et passer la nuit ici.

Zander vit le regard interrogateur de Jake.

— Tu penses que c'est une bonne idée ? demanda-t-il.

— Allez, conduis jusqu'au garage, lui dit Zander en tapotant sa jambe. On est tous les deux fatigués, et ça n'a pas de sens que tu conduises jusqu'à chez toi à cette heure-ci.

Jake s'exécuta et un instant plus tard, ils sortaient de l'ascenseur.

— Je vais prendre un scotch. Tu en veux un ? proposa Zander.

— Oui, pourquoi pas.

Zander enleva sa veste et la jeta sur la chaise de l'entrée. Il alla jusqu'au bar et versa deux verres de whisky, puis retira ses chaussures sur le chemin du salon. Jake était dans ses pensées, les yeux sur l'horizon de Seattle.

Zander s'approcha derrière lui – *mon Dieu, il sent toujours tellement bon* – et lui tendit son verre.

— Si seulement je pouvais lire dans tes pensées, dit Zander en se retournant pour aller s'asseoir sur le canapé. Une fois assis, il tapota le canapé et Jake avança vers lui.

Zander remarqua qu'il boitait légèrement.

— Ton pied te gêne ?

— Un peu, avoua Jake. Quand j'en fais trop, ça me fait parfois mal le soir.

Zander se releva et prit le verre de la main de Jake pour le mettre sur la table. Il enleva la veste de ses épaules et la posa sur le dossier du canapé.

— Assieds-toi, ordonna Zander.

Quand Jake eut l'air confortablement installé sur les coussins moelleux, Zander lui tendit à nouveau son verre. Il souleva les jambes de Jake et les fit tourner avant de se glisser en dessous.

— Que fais-tu ? Dit Jake en riant.

— Relaxe-toi, tu veux ? Je sais que tu es stressé à propos de demain, et je vois bien que ton pied te gêne, alors laisse-moi être serviable avec *toi*, pour changer.

— Tu es tout le temps serviable avec moi, plaisanta Jake, mais tu es sacrément autoritaire.

— Tais-toi, ferme les yeux et détends-toi.

Jake but une gorgée de whisky et laissa le verre reposer sur sa poitrine.

Zander défit les lacets des chaussures de Jake et les enleva l'une après l'autre. Il constata rapidement que son pied gauche était plus gonflé que le droit, ce qui voulait dire qu'il était toujours enflé. Il commença à masser doucement le pied enflé, et Jake soupira en fermant les yeux.

— Ça fait vraiment du bien, admit-il.

— Chuuuut, chuchota Zander, détends-toi.

Il continua à masser les pieds de l'agent, l'un, puis l'autre, en accordant plus de soin à son pied gauche en convalescence. Après un instant, la respiration de Jake devint régulière et il sembla plus détendu. Tandis que Zander poursuivait le massage de pieds, il regarda la tension s'échapper lentement du visage de Jake, qui se mit à ronfler doucement.

Zander se pencha en avant et retira le verre de la main de Jake. Étrangement, ses mains restèrent dans la même position que si le verre était encore là, et cela fit sourire Zander. Il but une gorgée de son propre verre, sans quitter Jake des yeux. Tout en observant l'homme allongé sur son canapé, il retourna à son doux et réconfortant massage. Zander sentit son entrejambe s'éveiller, ce qui devint rapidement une érection, et pour la première fois depuis qu'ils s'étaient rencontrés, il s'avoua finalement que ses sentiments pour Jake changeaient. Et surtout, qu'il désirait Jake dans son lit. La culpabilité tenta de gâcher sa révélation, mais il la repoussa.

Jake cligna des yeux puis les ouvrit.

— Hey, murmura-t-il d'une voix endormie.

— Hey toi-même, plaisanta Zander.

— Combien de temps ai-je dormi ?

— Une vingtaine de minutes.

— Je suis désolé.

— De quoi ? Je t'ai dit de te relaxer et pour une fois, tu m'as écouté.

— Je t'écoute toujours, plaisanta Jake.

— Je propose qu'on aille se coucher, dit Zander en se penchant pour embrasser le dessus du pied de Jake.

Jake pivota et se leva du canapé.

— Je suis d'accord. Où est-ce que tu veux que je me mette ?

Zander se leva et prit le visage de Jake entre ses mains pour déposer un baiser sur ses lèvres en s'y attardant. Jake s'inclina dans l'embrassade et mit ses mains autour de la taille de Zander. Celui-ci prit l'une de ses mains et le mena vers sa chambre.

— Suis-moi, murmura-t-il.

Lorsqu'ils atteignirent la chambre, ils se déshabillèrent et se glissèrent sous les draps en sous-vêtements. Zander se tenait sur son coude et caressait doucement les cheveux de Jake en le regardant dans les yeux, ses yeux d'un beau vert profond.

— Tu es magnifique, à l'intérieur et à l'extérieur, chuchota Zander.

— Merci.

— Tu ne te rends probablement pas compte, mais sans toi et tout soutien, je n'aurais pas pu traverser cette horreur.

— Je pense que tu te sous-estimes. Tu es beaucoup plus fort que tu ne le dis.

— Jake, je crois que tu ne comprends pas bien. Quand j'étais à l'hôpital, je voulais mourir. J'avais l'impression que tout était parti, que je n'avais plus de raison de vivre. Même en sortant de l'hôpital, je ne vivais qu'en pilotage automatique.

— Ne sois pas si dur avec toi-même. Peu de gens peuvent vivre ce que tu as vécu et s'en sortir sans de sérieuses cicatrices psychologiques.

Zander leva sa main gauche et fit tourner l'alliance sur sa main.

— Est-ce que je t'ai déjà parlé du rêve que j'ai fait quand j'étais à l'hôpital ?

— Je ne crois pas.

— Je me suis réveillé dans la chambre au milieu de la nuit, et j'ai réalisé que pour la première fois de ma vie, j'étais vraiment seul. J'ai supplié mes parents et Darren de ne pas me laisser derrière eux, et j'ai prié Dieu pour qu'il m'emporte. Tous les gens que j'aimais étaient morts, et tout ce que je voulais, c'était mourir, pour que la douleur s'en aille.

Une unique larme coula sur la joue de Zander, et Jake l'essuya avec son pouce. Zander poursuivit.

— Ensuite, la pièce s'est illuminée de la lumière la plus éclatante que j'aie jamais vue, et Darren et mes parents étaient là au pied de mon lit.

Les yeux de Jake s'écarquillèrent et il attrapa la main de Zander dans la sienne en écoutant attentivement.

— Darren portait son alliance et tenait la mienne dans sa main. Pendant qu'il la mettait à mon doigt, il a dit que même si nous n'avions pas réussi à nous marier, il voulait que je l'aie. Mes parents m'ont dit que j'avais encore du travail à faire ici et qu'il n'était pas encore temps pour moi de les rejoindre. Ils ont dit que j'aurai à nouveau une vie remplie de joie et d'amour, puis ils ont disparu tous les trois.

— Heureusement qu'ils ne t'ont pas emmené, dit Jake en se penchant pour embrasser tendrement les lèvres de Zander.

— Mais le moment le plus fascinant du rêve, c'est quand je me suis réveillé. Mon alliance était à mon doigt.

Jake fut bouche bée. Il relâcha la main de Zander et caressa l'anneau en le faisant tourner autour du doigt de Zander.

— Jake, ces alliances étaient enfermées dans le coffre-fort dans notre placard, dans cet appartement. Quand j'ai réussi à revenir ici, une des premières choses que j'ai faites a été de vérifier le coffre. Les boîtes étaient là, mais il n'y avait aucun anneau. Comment cela aurait-il pu arriver ?

Jake sourit.

— Tu sais combien Darren a dû t'aimer afin que ça puisse se produire ? Il baissa la tête en murmurant d'une voix hésitante. Je le sais, parce que je t'aime tout autant.

Zander plaça un doigt sous le menton de Jake et releva sa tête pour le regarder dans les yeux.

— J'y arrive doucement, Jake, et je te veux tellement, avoua Zander, mais avant de t'ouvrir vraiment mon cœur, j'ai besoin de tourner complètement la page. Ce ne serait pas juste pour toi d'avoir une troisième personne dans notre relation.

Jake dégagea une mèche de cheveux des yeux de Zander et l'embrassa doucement à nouveau.

— Prends le temps qu'il te faudra, chéri. Je n'irai nulle part.

Zander roula sur le dos et Jake posa la tête sur sa poitrine. Ils passèrent leur première nuit ensemble enveloppés dans les bras l'un de l'autre.

JAKE SE réveilla le premier tandis que le soleil se frayait un chemin au-dessus de l'horizon. Il ne voulait pas songer à quitter la sécurité des bras de Zander, mais il devait rentrer chez lui pour se doucher et s'habiller pour donner sa démission à Ralston. Il était toujours partagé sur sa prochaine situation de chômage, mais il était certain qu'il ne pouvait plus travailler pour le FBI. Sa confiance avait été détruite, et il doutait que cela ne puisse jamais être réparé. En outre, l'émission serait diffusée ce soir, et il n'aurait plus de travail de toute façon, donc autant partir de la façon dont il le décidait.

Zander se mut, et Jake regarda dans ses yeux bleus ensommeillés.

— Quelle heure est-il ? murmura-t-il.

Jake leva la tête vers l'horloge sur la table de chevet.

— Six heures moins vingt-cinq.

Zander resserra son étreinte autour du dos de Jake.

— Je ne veux pas me lever, geignit-il sur le ton de la plaisanterie.

— Eh bien, ne te lève pas. Je dois retourner chez moi et me préparer pour mon dernier jour de travail, mais tu n'as aucune raison de ne pas rester au lit.

— Tu te sens un peu mieux au sujet de ta démission, ce matin ? demanda Zander en bâillant.

— Je ne suis pas vraiment sûr, mais je sais que je ne peux plus travailler là-bas.

— Je suis tellement désolé, souffla Zander. J'ai l'impression que tout ça est de ma faute.

— Rien de tout ça n'est de ta faute. C'est la faute de Ralston. C'est lui qui a tout fichu en l'air, s'emporta Jake. Sérieusement, Zander, je te botterai les fesses jusqu'à t'envoyer sur la Lune si tu redis quelque chose comme ça.

— Ah oui, tu ferais ça ? Le taquina Zander avant de rouler sur le côté et de se mettre à cheval sur Jake, ses larges mains lui tenant les poignets.

— Que disais-tu à propos de me botter les fesses ?

— Tu as juste eu de la chance parce que j'ai le pied cassé, c'est tout.

Zander éclata de rire, puis se pencha pour donner un baiser matinal à Jake. À la fin, Jake lui dit :

— Je serais l'homme le plus heureux du monde si tu faisais ça chaque matin pour le restant de mes jours.

— Je vais voir ce que je peux faire à ce sujet, répondit Zander en sautant du lit.

Il se rendit dans la salle de bains pour soulager sa vessie et attraper sa robe de chambre.

— Qu'est-ce que tu dirais d'un café avant que je ne t'envoie chez toi ? demanda-t-il en revenant dans la chambre.

— J'ai cru que tu ne me le proposerais jamais. Je le prends noir, s'il te plaît. Je m'habille et je te retrouve dans la cuisine.

— D'accord.

Jake se mit sur le dos et s'étira. Toujours réticent à se lever, il remonta les draps jusqu'à son cou. Mon Dieu, j'ai l'impression d'être allongé dans de la soie pure. *Qu'est-ce que c'est comme tissage ? Du dix mille fils ? Heureusement que je démissionne parce que je vais avoir besoin d'un meilleur job que ça pour garder cet homme heureux.*

Jake se força à aller dans la salle de bain pour s'habiller, puis partit en quête de ses chaussures. Zander se tenait devant la baie vitrée, il regardait le lever du soleil. Il tendit une tasse de café noir fumant et lui dit :

— Je ne m'habituerai jamais à voir ça.

— C'est magnifique, hein ? C'est une constante, quelque chose sur laquelle on peut toujours compter, un signe que la vie continue. Quoi qu'il se passe dans nos vies, le soleil se lève et se couche chaque jour. Ça m'a toujours un peu réconforté.

Zander posa sa tasse et passa ses bras autour de Jake.

— J'espère qu'un jour, je pourrai être ta constante.

— Tu l'es déjà, avoua Jake en se mettant sur la pointe des pieds pour embrasser Zander sur la joue. Je serais déjà perdu sans toi.

Jake posa la tête contre la poitrine de Zander, passa les bras autour de sa taille et le serra contre lui.

— Alors qu'est-ce que tu as de prévu, aujourd'hui ? demanda-t-il.

— J'ai quelques arrêts à faire, ce matin, ensuite j'ai rendez-vous avec Burton à trois heures cet après-midi, expliqua Zander. À quelle heure est ton rendez-vous avec Ralston ?

— Neuf heures et demie. Je devrais avoir fini vers midi. On déjeune ensemble ?

— D'accord, appelle-moi quand ta réunion est terminée.

— Je le ferai, acquiesça Jake. Bon, je ferais mieux de filer à la maison et de me laver. Il termina son café en une gorgée et ajouta :

— À plus tard, mon chéri.

Zander raccompagna Jake jusqu'à l'ascenseur et appela la cabine. Il l'embrassa et lui dit :

— Bonne chance. Appelle-moi dès que tu peux.

Les portes de la cabine s'ouvrirent et Jake y entra. Il se tourna et regarda en silence cet homme séduisant qui lui souriait pendant que les portes se refermaient.

APRÈS QUE Zander se fut douché et habillé, il s'installa à son bureau et fouilla dans ses e-mails envoyés par Burton jusqu'à ce qu'il trouve ce qu'il cherchait. Il imprima le document et quitta son appartement. Avant de quitter le parking, il entra l'adresse dans son GPS et patienta pendant qu'il calculait l'itinéraire et l'horaire d'arrivée. Le trajet l'emmena sur l'I-5 en direction du sud pendant environ trente-cinq minutes. Il fut lent, c'était l'heure de pointe matinale, mais il arriva à destination en un peu moins d'une heure. Zander tourna à gauche vers le Cimetière de Gethsemane juste au moment où le GPS disait « Vous êtes arrivé à destination. »

Maintenant que Zander s'était finalement décidé à le faire, il n'était qu'un amas d'émotions diverses et son estomac faisait des sauts périlleux. D'un côté, il avait hâte et était très excité de pouvoir parler à Darren pour lui raconter tout ce qui s'était passé dans sa vie, mais d'un autre côté, voir où Darren avait été enterré, à l'encontre de ses volontés, allait être très difficile. Lorsqu'il relâcha son emprise sur le volant, ses paumes étaient trempées. Il les essuya sur le dessus de ses cuisses, attrapa la poignée et ouvrit la portière.

Il sortit de la voiture et suivit les indications que Burton lui avait données jusqu'à la tombe de Darren. *Tout droit sur le chemin principal sur environ dix mètres, tourne à droite jusqu'à ce que tu rencontres l'intersection suivante. Tourne encore à droite, et tu suis le sentier jusqu'à la colline jusqu'à ce qu'il s'arrête. Tourne à droite à cet endroit, traverse la pelouse sur environ trois mètres et tourne à gauche.* Lorsqu'il lut la fin des instructions et tourna à gauche, il s'arrêta net.

Le cœur de Zander faillit bondir hors de sa poitrine à cause du choc que provoqua la vision du nom de Darren sur une pierre tombale. Il savait qu'il y aurait une pierre tombale, mais il n'était pas vraiment prêt pour ce que lui ferait ressentir le face à face. Sa respiration devint erratique et difficile, son cœur brisé et le manque utilisant son moindre souffle. Il lutta pour ignorer la réalité qui avait déjà menacé de le détruire, mais en vain. Ses jambes ne le supportaient plus et il tomba à genoux, couvrant son visage de ses mains. Les larmes se mirent à couler tandis qu'il priait pour avoir la force d'affronter cette vision déchirante. Il supplia Dieu de lui donner la force de faire face, et découvrit lentement ses yeux inondés. Il commença à lire l'inscription sur la pierre.

Darren William Jordan
1966 – 1999
Nous prions Dieu qu'il accepte notre fils
et l'autorise à reposer en paix dans la ville d'or.

Quoi ? Non, ce n'est pas possible. Il essuya ses yeux et lut à nouveau. Sa douleur laissait peu à peu la place à de la colère. Chaque muscle de son corps se crispa, et ses doigts s'enroulèrent dans ses poings. Il n'était pas quelqu'un de physique ou de violent, mais à cet instant, il voulait désespérément frapper quelque chose, n'importe quoi. *Mais punaise, c'est incroyable. Même mort, ces enflures ne pensaient pas que leur fils homosexuel était assez bon pour aller au paradis.* Zander se redressa et essaya de se calmer, mais c'était impossible. Il était plus en colère à présent qu'il ne l'avait jamais été, aussi loin qu'il s'en souvienne. Je te promets D, je ne les laisserai pas faire. Il cracha entre ses dents en composant le numéro de Burton Kelly. Lorsque Burton décrocha enfin, Zander faisait les cent pas et fulminait.

— Tu ne vas jamais le croire ! hurla-t-il.

— Croire quoi ? demanda Burton. Où es-tu ?

— Je suis au cimetière où est enterré Darren, et tu ne vas pas le croire, répéta-t-il.

— Mince. Calme-toi, Zander, et dis-moi ce qui se passe.

— Tu veux que je te dise ce qui se passe ? s'écria-t-il. Écoute ça.

Il lut l'inscription qui figurait sur la pierre tombale et attendit la réponse de Burton.

— Je suis désolé, Zander, je vais voir ce que je peux faire pour la faire enlever immédiatement.

— Y'a intérêt à ce que cette fichue pierre soit enlevée. Et je la veux retirée aujourd'hui même !

— Laisse-moi appeler quelques personnes, dit Burton. On aura notre moment au tribunal.

Il aurait son moment au tribunal, mais avant qu'on lui accorde l'autorisation de faire exhumer la dépouille de Darren, il voulait une pierre décente sur la tombe de Darren.

— Et pendant que tu passes des appels, je veux commander une autre pierre et je la veux ici dès que possible avec l'inscription :

Darren William Jordan

1966 – 1999

Mari bien-aimé

Repose en paix, mon amour.

ZANDER CONCLUT l'appel, Burton lui assurant qu'ils se verraient dans quelques heures. Zander avança d'abord d'un bon pas, puis alors qu'il se calmait, il ralentit. Il se mit au sol pour faire quelques pompes puis bondit et fit quelques sauts en ouverture-fermeture. Il fit rouler ses épaules dans un mouvement circulaire pour dissiper la tension dans ses muscles. Il fallait qu'il se calme, et c'était la seule façon dont il savait le faire. Lorsqu'il fut aussi apaisé que possible, il retourna près de la tombe. Il s'assit en tailleur devant, inspira une dernière fois, et se mit à parler.

— Coucou, D. Je suis désolé d'avoir mis si longtemps à venir te voir, mais, hum, je n'y arrivais pas. Je suis désolé pour cette fichue pierre. Mais rassure-toi…

Il rit en réalisant qu'il venait de dire « rassure-toi » dans un cimetière.

— Bref, rassure-toi, je la fais enlever aujourd'hui, même si je dois le faire moi-même. À quoi pensaient tes parents ? Ils ne voient pas à quel point c'est dégradant pour eux de penser qu'ils doivent supplier Dieu de te laisser entrer au paradis juste parce que tu es gay ? Si j'étais venu plus tôt et que j'avais vu ça, ce ne serait déjà plus là, je suis vraiment désolé.

Zander regarda autour de lui dans le cimetière ensoleillé. Personne ne se promenait dans les parages, alors il se sentait assez à l'aise pour parler au morceau de granit qui lui faisait face.

Faisant tourner l'anneau à son doigt, il dit :

— D., merci beaucoup pour l'alliance. C'était exactement ce dont j'avais besoin pour traverser ces six derniers mois. Elle m'a donné plus de courage que tu ne le sauras jamais. Tu me manques tellement.

Zander leva les yeux vers le ciel bleu.

— Comment vont Maman et Papa ? Je m'arrête auprès d'eux après, donc je les verrai dans peu de temps. Je leur dirai que tu leur fais un coucou, au cas où vous ne seriez pas près les uns des autres. Comment est le paradis ? Est-ce que c'est très grand, D. ? Je veux dire, ça l'est sûrement avec tous ces gens qui y vivent.

— On peut papoter toute la journée, mais ce n'est pas pour ça que je suis venu, cette fois. Je suis profondément désolé que la carrière de mon père soit la cause de votre mort à tous les trois. Oh, ça me rappelle que l'émission *48 Hours Mystery* fait une spéciale sur les meurtres. On pense que le FBI est impliqué et couvre quelque chose, et l'on espère que cela permettra d'éclaircir un peu l'affaire. Je te jure que je trouverai qui t'a fait ça, mais je voulais que tu saches que je n'ai pas abandonné.

— Hum, il y a autre chose dont je veux te parler. Il y a un homme fantastique au FBI qui m'a aidé avec l'affaire. Il s'appelle Jake Elliot, et je pense vraiment que tu l'apprécierais. Il est bon, honnête, comme toi, et je ne pense pas que j'aurais pu faire tout ça sans lui. En fait, il démissionne ce matin parce qu'il pense que son chef est impliqué dans la couverture de ton meurtre. D... je... hum, je pense que je suis amoureux de lui. S'il te plaît, ne te fâche pas. Je sais que ça ne fait que six mois, et je ne suis surtout pas allé chercher ce genre de chose, mais... mais... mais la majorité des gens n'ont qu'une seule chance de trouver l'amour de leur vie. Et crois-moi, ce que nous avons partagé était ma chance d'avoir une fin heureuse pour toujours, je mourrai très heureux et chanceux. Mais, D., je pense qu'on m'a donné une seconde chance au bonheur, et je veux la saisir. Qu'est-ce que tu en penses ? Est-ce que je devrais me lancer, ou est-ce que je devrais me contenter de chérir ton souvenir ? Je sais à quoi tu penses, et non, nous n'avons pas encore été intimes, et tu sais comme je peux être timide, donc ça va être très dur pour moi et très intéressant pour Jake. Mais je veux essayer. Il dit qu'il m'aime, et je le crois, mais j'ai besoin de savoir si ça te dérange ou pas. Est-ce que tu pourras essayer de trouver un moyen de me dire ce que je devrais faire ? Mon Dieu, comme le réconfort de ta voix me manque, D. J'aimerais pouvoir l'entendre juste une dernière fois. Je t'aime tellement.

XIII

ZANDER PASSA les minutes qui suivirent assis au calme et profitant de la sensation d'être près de Darren. C'était différent, évidemment, mais c'était tout ce qu'il pouvait avoir et il se délectait du sentiment. Ses pensées furent soudain interrompues.

— Zander ? appela une voix qui pétrifia Zander.

Mon Dieu, on dirait la voix de Darren.

— Darren ?

— Excusez-moi, Zander, répéta la voix.

Zander se retourna pour voir la mère et le père de Darren debout derrière lui.

— Désolé de vous interrompre, dit William Jordan.

— Bonjour, Bill, articula Zander.

— Alexander, ajouta Maureen.

— Je m'appelle Zander, dit-il sèchement. Maintenant que nous avons passé les politesses, et avant d'aller plus loin, je veux que vous sachiez que cette monstruosité qui sert de pierre tombale va disparaître avant demain. À quoi pensiez-vous, enfin ?

— Alexan… pardon, Zander, pourquoi ? demanda Maureen.

— Pourquoi ? Vous plaisantez ? Même dans la mort, vous pensez que votre fils n'est pas assez bon pour aller au paradis parce qu'il était amoureux d'un autre homme. Et vous avez l'audace de faire graver *vos* problèmes sur *sa* tombe. Pour qui est-ce que vous vous prenez ?

— Zander, ton style de vie n'est pas correct. La Bible le dit clairement, protesta Bill.

— La Bible dit beaucoup de choses, Bill, et si vous les appliquiez toutes, vous seriez bien dans le pétrin, craqua Zander. Vous ne pouvez pas choisir juste les morceaux qui correspondent à votre humeur ou à vos croyances et ignorer le reste. La Bible dit d'aimer son prochain. Est-ce que vous aimez votre prochain ? Je ne crois pas, pas même votre fils.

— Zander, nous aimions notre fils et nous voulons essayer d'arranger les choses avec vous. Est-ce qu'on peut au moins en parler ?

— Parler de quoi ? demanda Zander. Sur le chemin, je me disais qu'au fond de vous, vous deviez avoir aimé Darren. Je pensais que vous aviez probablement des difficultés à cause de la perte de votre seul enfant, et que peut-être, juste peut-être, si c'était plus facile pour vous, même si Darren voulait être incinéré, je réfléchirais à le faire rester ici.

Maureen sourit et prit la main de Bill.

— Oh, Bill, dit-elle.

— Mais après avoir vu cette pierre tombale et que vous rappeliez la façon dépassée dont vous réfléchissez, jamais je ne laisserai faire ça. Dès que le tribunal m'autorisera à le faire, il sera exhumé, incinéré et ses restes reposeront avec les gens qui l'aimaient inconditionnellement, ce que je ne peux pas dire de vous.

Maurren s'était mise à sangloter et Bill avait l'air d'être assez furieux pour enfoncer son poing dans une des pierres tombales qui les entouraient.

— Vous êtes tous pareils, vous, les tapettes, cracha Bill. Vous êtes des recruteurs et vous avez corrompu mon fils, ruiné sa vie, et maintenant il est mort. Comment vous la vivez, cette culpabilité ? hurla-t-il.

— Culpabilité ? Vous voulez vraiment me parler de culpabilité ? Je n'ai pas de quoi me sentir coupable.

Zander frappait sa paume gauche avec son poing droit et fit les cent pas.

— Pensez ce que vous voulez sur les tapettes, dit-il sèchement, mais laissez-moi en dehors de ça. J'aimais votre fils et il m'aimait. Si quelqu'un doit se sentir coupable, c'est vous. Il est mort en sachant que ses parents n'aimaient pas assez leur fils pour être avec lui pour le plus beau jour de sa vie, à cause de la personne qu'il avait choisi d'aimer. Vous aurez tous les deux à vivre avec ça pour le restant de vos jours. Et quelle excuse avez-vous pour tourner le dos à votre fils ? La religion ! Eh bien, prenez votre religion et vos opinions intolérantes et allez vivre heureux jusqu'à la fin des temps.

Bill pivota et repartit avec colère vers le bas de la colline et le parking, Maureen sur ses talons. Zander pouvait entendre les sanglots de Maureen disparaître alors qu'elle s'éloignait de plus en plus, jusqu'à ce que tout redevienne calme.

Zander retourna auprès de la tombe de Darren et tomba à genoux.

— D., je suis navré que tu aies dû entendre ça. J'ai été dur avec eux, et je sais que ça ne servira à rien, mais au moins, je me sens mieux. Je dois partir, j'ai besoin de voir mes parents et j'ai rendez-vous avec Burton pour te sortir de là, mais je te promets que je reviendrai. Tu aimerais que j'amène

Jake, un jour ? Je suis certain qu'il adorerait te rencontrer et je sais que tu l'apprécierais. Peut-être que tu pourras me faire un signe pour ça aussi. Je ne sais pas si c'est difficile, ces signes, mais s'il te plaît, essaye si tu peux. J'ai vraiment besoin de savoir ce que tu penses de tout ça. Je t'aime, je serai de retour dans quelques jours. Bye, D.

Zander ébouriffa le dessus de cette horrible pierre comme il le faisait avec les cheveux de Darren. Il s'arrêta et rit.

— Désolé, dit-il, on ne perd pas les bonnes vieilles habitudes.

Lorsque Zander atteignit le parking, il constata avec plaisir que Bill et Maureen n'étaient plus là. Il allait démarrer quand son téléphone prépayé sonna. Zander regarda qui appelait, sachant que ça ne pouvait être que Jake ou Luke.

— Salut, Jake, dit-il.

— Salut, chéri. Comment ça va ?

— Bien et toi, comment tu vas ?

— Bien aussi, je crois. Officiellement au chômage, mais bien.

— Comment ça s'est passé ?

— À peu près comme je m'y attendais, mais je te raconterai au déjeuner. C'est toujours d'accord ?

— J'espère bien, Zumzum vers une heure ?

— Pas de problème, je n'ai pas vraiment d'impératif de toute façon.

— C'est vrai, dit Zander. OK, je te laisse, j'aurais beaucoup à te dire quand on se verra. Bye.

— Attends, tu dis ça, et ensuite tu dis au revoir ? geignit Jake.

— Oh, allez, tu es un grand garçon. Tu peux patienter, le taquina Zander. Je suis en retard. Il faut que je file.

Zander raccrocha avec un sourire en coin. *Ce n'était pas gentil. Mais c'était amusant.* Il démarra le Range Rover et sortit du parking. Peu après, il prit l'embranchement vers l'I-5 en direction du nord pour retourner vers le centre de Seattle. Bien qu'il fût très en colère après les Jordan pour ce qu'ils avaient fait à la tombe de Darren, il estimait que sa conversation avec Darren s'était bien passée. *Peut-être que la colère était ce dont j'avais besoin pour sauter le pas.*

Zander alluma la radio et appuya sur des boutons de préréglage pour mettre la station Singers and Standars. Dinah Washington terminait « September in the Rain », puis Zander n'en crut pas ses oreilles. Il reconnut les cuivres de l'intro de leur chanson préférée à lui et Darren, et Etta James commença à chanter « At Last ». Oh, mon Dieu, D., est-ce que c'est mon signe ? Les larmes emplirent ses yeux et il se relaxa en écoutant la chanson sur laquelle ils devaient danser lors de leur mariage. *Je savais que tu m'écoutais. Je le savais.*

Zander arriva au cimetière de Lakeview et suivit les indications jusqu'à l'endroit où ses parents reposaient. Lorsqu'il atteignit sa destination, il vit un magnifique caveau en marbre blanc de presque deux mètres de haut et de moins de trois mètres de large avec un pignon de toit, des finitions denticulées et une corniche. De chaque côté, il y avait de sobres colonnes grecques à chapiteaux. Le petit bâtiment se nichait dans un groupe d'arbres avec vue sur les collines du cimetière. Sur le devant, quatre plaques de marbre carrées et de moins d'un mètre de largeur. Sur la première était inscrit le nom complet de son père avec sa date de naissance et la date de son décès, ainsi que « mari et père bien-aimé », et sur la seconde, ceux de sa mère avec « épouse et mère bien-aimée ». Il supposa que les deux autres plaques étaient pour lui et Darren, elles ne comportaient aucune inscription. Il y avait un banc en marbre blanc juste en face du caveau, alors il s'y assit.

— Salut, dit-il d'une voix tremblante, ça fait un moment. Hum, j'étais avec Darren, et je lui ai dit que je vous transmettrai ses amitiés, au cas où vous ne seriez pas ensemble là-haut. Comment ça va ? Sans vous, ça a été plutôt horrible ici. Vous me manquez tellement, et je suis en train d'essayer de trouver qui vous a fait ça alors, accrochez-vous, et je vous dirai quand j'aurai la réponse. Hé, il y a quelque chose dont je veux vous parler.

Zander parla à ses parents de *48 Hours Mystery* et de Ruthann Reynolds et leur demanda d'essayer d'aider s'ils le pouvaient. Il leur dit aussi qu'il espérait que ça ne les dérangeait pas, mais qu'il avait vidé et mis en vente la maison, parce qu'après ce qu'il s'y était passé, il ne serait jamais capable de vivre là-bas. Mais il leur promit de conserver tous les merveilleux souvenirs qu'ils avaient partagés et qu'il ne laisserait aucune tragédie lui enlever ça. Puis il leur parla de Jake.

— Je ne sais pas où ça va me mener, mais ça fait du bien d'aimer à nouveau et de ne pas se sentir seul. Est-ce trop tôt ? J'ai le sentiment qu'en l'aimant autant et si rapidement, je minimise en quelque sorte ce que Darren et moi avions. Est-ce que c'est compréhensible ?

Il entendit le son de quelqu'un qui s'éclaircissait la gorge et se retourna pour voir une dame aux cheveux gris qui se tenait là, avec sa robe bleue et sa pochette en cuir noir à motif qui rappelaient la reine Elizabeth.

Au départ, il était embarrassé de s'être fait surprendre à parler à un caveau, mais il vit le sourire amical qu'elle affichait.

— Je n'avais pas l'intention de laisser traîner mes oreilles, dit-elle. Je peux m'asseoir ?

Zander se décala et tapota l'espace à côté de lui.

Elle lut les gravures sur le devant du caveau.

— Je vois qu'ils sont nouveaux dans les parages.

— Ce sont mes parents.

— Oh, alors vous devez être... Oh laissez-moi une minute, ma mémoire empire, Alexander, c'est ça, Alexander.

— Mes amis m'appellent Zander, mais comment le saviez-vous ?

— Mon chéri, avoua-t-elle, les personnes âgées et seules comme moi lisent les journaux du début à la fin tous les jours, et j'ai une télévision. C'était partout aux informations pendant des semaines.

— J'oublie toujours, admit Zander. J'ai été dans le coma pendant un moment après les meurtres, alors je ne sais pas quelle couverture médiatique il y a eu.

Elle acquiesça.

— Vous avez de la famille ici ? demanda-t-il.

— Mon mari et ma fille sont derrière nous, dit-elle en montrant par-dessus son épaule.

— Je suis désolé. Je n'imagine pas à quel point ça doit être dur de perdre un enfant.

— Rien ne peut nous y préparer, expliqua-t-elle. C'était un bébé quand elle est morte, et mon mari et moi ne nous en sommes jamais vraiment remis.

Zander la regarda alors qu'elle posait ses mains frêles sur son grand sac, et il ne put s'empêcher de remarquer le contraste entre le noir du sac à main et le blanc de ses mains. Il attrapa une de ses mains.

— Et votre mari ? demanda-t-il.

— Everett est mort d'un cancer il y a un peu plus de vingt-deux ans.

— Vous avez d'autres enfants ?

— Malheureusement non. Everett a décidé que l'on ne devrait plus avoir d'enfants. Je crois qu'il ne pouvait pas imaginer pouvoir en perdre un autre.

— Désolé.

Zander ne trouva rien d'autre à lui dire.

— Oh, assez sur moi, mon chéri. Dites-moi, qu'est-ce que c'était que cette histoire à propos d'aimer trop tôt ?

Zander rosit et baissa la tête.

— C'est une longue histoire.

— J'ai lu les journaux, rappelez-vous, et vu les informations, lui rappela-t-elle. Je sais que vous étiez fiancé avec ce joli jeune homme.

— Et ça ne vous dérange pas ?

— Ce n'est pas à moi de décider ce qui est bien et ce qui est mal. Mais je suis une vieille femme, j'ai vu beaucoup de choses en quatre-vingt-deux ans, dit-elle avec un petit rire. On ne choisit pas de qui l'on tombe amoureux.

Zander souleva sa main et la porta à ses lèvres pour l'embrasser doucement.

— Merci beaucoup de dire ça.

Elle sourit.

— Et merci beaucoup de faire ça, ajouta-t-elle. L'amour, c'est l'amour, et on ne peut pas décider si c'est le bon moment pour qu'il arrive. Il arrive, c'est tout. Vous avez un peu de temps pour une petite histoire ? demanda-t-elle.

Zander regarda sa montre avant de hocher la tête.

— Bien sûr.

— Quelques semaines après la mort de mon Everett, un homme âgé a frappé à ma porte. Il m'a dit avoir entendu que mon mari était décédé récemment et il a proposé de tondre la pelouse pour moi, dit-elle avant de marquer une pause et d'émettre un petit rire. Et bien sûr, comme je ne savais pas du tout comment tondre, j'ai accepté. Il est venu toutes les semaines, et une fois qu'il avait fini avec la pelouse, je lui servais de la limonade et on parlait sur la balancelle du porche pendant des heures, à propos de tout et de rien. Assez vite, nous avons développé une grande amitié, et j'ai commencé à attendre ses visites avec impatience. Il avait perdu sa femme dans un accident de voiture trois ans avant que je ne perde Everett, alors nous avions beaucoup en commun. Je me sentais très seule et j'ai commencé à avoir des sentiments pour lui. Mais il ne s'était pas écoulé beaucoup de temps depuis la mort de mon mari, et je pensais que c'était horrible et mal de ressentir ça. Quelques mois plus tard, il m'a invitée à dîner au Piccadilly Cafeteria, et comme je n'étais pas capable d'accepter des sentiments pour un autre homme si tôt après Everett, j'ai refusé. Je crois que j'ai blessé sa fierté et que je lui ai fait beaucoup de mal parce que

133

ses visites ont été moins fréquentes et il a fini par ne plus venir du tout. Je suis restée seule depuis.

Zander ne savait pas quoi dire, alors il ne dit rien.

— La peur et la culpabilité sont des émotions très puissantes qui peuvent détruire nos chances de bonheur si on les laisse faire. Zander, ne laissez pas ce nouvel homme vous glisser entre les doigts. L'amour nous trouve lorsqu'on est prêt à l'accepter, et on ne devrait jamais le refuser parce qu'il pourrait ne jamais nous trouver à nouveau. Croyez-moi, mon chéri, parce que je le sais bien.

Zander acquiesça et embrassa à nouveau sa main en voyant les larmes sur ses joues.

— Je ne le laisserai pas, parvint-il seulement à articuler.

— Oh, regardez-moi, se plaignit-elle, c'est n'importe quoi.

Elle fouilla dans son sac et en sortit un mouchoir blanc avec lequel elle essuya ses joues. Elle fouilla à nouveau jusqu'à ce qu'elle trouve un tube de rouge à lèvres. Elle l'appliqua d'abord sur la lèvre inférieure, puis la supérieure, avant de resserrer les deux ensemble. Elle se tourna ensuite vers Zander et lui demanda :

— C'est bien, là ? Exactement comme sa mère l'avait fait avec Darren au dîner de répétition.

— Vous êtes magnifique, répondit-il tandis que la tête lui tournait en songeant à cette nouvelle coïncidence.

— Je ne suis pas sûre que j'irais jusque-là, mais je vous remercie.

Elle se leva et défroissa le devant de sa robe.

— Je ferais mieux d'aller là-bas et de parler à Everett. Il devient très jaloux quand je parle à de beaux jeunes hommes, dit-elle avec un autre petit rire.

— Attendez, je ne connais même pas votre nom.

— June, dit-elle en tendant la main, June McFarland.

Zander accepta sa main et répondit :

— Très heureux de vous avoir rencontrée, Mme McFarland.

— Oh s'il vous plaît, appelez-moi June, insista-t-elle

— D'accord, June. Je suis navré de partir, mais j'ai rendez-vous pour déjeuner et je vais être en retard.

— Avec un certain jeune homme, j'espère.

Zander sourit et acquiesça.

— Oui madame.

— Allez-y et amusez-vous bien, et rappelez-vous ce que je vous ai dit.

— Je le ferai.

Il courut jusqu'à son véhicule, plus léger et plus heureux qu'il l'avait été depuis longtemps.

XIV

ATTENDANT L'ARRIVÉE de Zander avec impatience, Jake sirota son thé glacé à ce qui était devenu au cours des derniers mois *leur* table, au Café Zumzum. Il n'avait aucune idée de ce que Zander avait à lui dire, mais il espérait que c'était de bonnes nouvelles. Par chance, il n'aurait pas à attendre plus longtemps puisqu'il venait de l'apercevoir passer la porte d'entrée avec un grand sourire, aussi lumineux que le soleil d'été. Lorsque leurs regards se croisèrent, Zander fonça vers la table et tira Jake vers lui pour qu'il se lève, l'enveloppa dans ses bras et murmura dans son oreille :

— Je n'y peux rien, je t'aime. Je suis amoureux de toi, Jake Elliot.

Aussitôt, le cœur de Jake fut plus léger que jamais. Il savait que Zander avait des difficultés à gérer sa culpabilité et qu'il revenait doucement sur ce sentiment, mais il ne s'attendait absolument pas à entendre ces mots dans la bouche de Zander si rapidement.

Il pencha la tête dans le creux du cou de Zander.

— Tu n'as aucune idée d'à quel point, je voulais entendre ça. Je t'aime aussi, Zander. Oh, mon Dieu comme je t'aime.

Zander souleva Jake et le serra contre lui tandis que les gens les regardaient.

— On peut s'échapper d'ici ?

— Oh, que oui, dit Jake, partons.

Jake sentit ses pieds toucher le sol avant d'être entraîné à travers le restaurant par la main.

— Suis-moi, murmura Zander pendant qu'ils se dirigeaient vers le parking.

— Avec quoi ? J'ai dû rendre ma voiture.

— Encore mieux, dit Zander.

Il appuya sur le bouton de la télécommande et déverrouilla le SUV.

— Monte.

Jake se dépêcha jusqu'à l'autre côté du Range Rover et grimpa à l'intérieur. Avant qu'il ait pu mettre sa ceinture, la main imposante de Zander agrippa l'arrière de son cou et l'attira vers lui. La bouche de Zander couvrit la sienne et sa langue cherchait à la pénétrer. Il l'ouvrit volontiers et accepta l'assaut de Zander en lui tenant le visage entre ses mains.

L'autre main de Zander était sous le trench de Jake et caressait son torse musclé. Jake sentit la main de Zander descendre plus bas vers son estomac, puis plus bas encore où il massa à travers son pantalon son pénis déjà en érection.

— Il faut que je t'emmène à la maison, murmura Zander.

— Vas-y, dit Jake alors qu'ils s'embrassaient passionnément.

Zander se détacha de Jake, le regarda dans les yeux et se passa la langue sur les lèvres. Il démarra la voiture et ils traversèrent les rues de Seattle en vitesse, évitant de peu un accident avec un vélo de livraison et vendeur de hot-dog qui traversait la rue sans que ce soit à son tour.

La main de Zander tenait fermement celle de Jake lorsqu'ils atteignirent le parking. Le trajet n'avait rien fait pour calmer la tente qui s'était formée dans son pantalon, alors Jake ne bougea pas tout de suite pour sortir de la voiture. Mais Zander avait autre chose en tête. Jake le regarda faire le tour de la voiture d'un pas rapide, ouvrir sa portière et lui tendre la main. Quand Jake l'accepta, il fut tiré avec soin et force de la voiture. Jake sentit la portière claquer, et fut immédiatement repoussé contre elle. Le regard de Zander était brûlant, et il avait l'air de vouloir plaquer à nouveau ses lèvres contre celles de Jake lorsqu'une autre voiture arriva dans le parking.

Jake se retrouva à nouveau traîné à travers le parking, le hall de l'immeuble et droit vers les ascenseurs. Il vit Zander appeler la cabine juste avant que ses portes ne s'ouvrent lentement. Jake prit l'initiative, entraîna Zander de l'autre côté des portes et les poussa contre le mur. Lorsque les portes se fermèrent, Jake le retint contre le mur d'une main posée sur sa poitrine pendant qu'il rentrait le code sur le clavier. Quand l'ascenseur signala que le code était accepté, Jake utilisa sa main libre avec pertinence et se concentra sur l'érection qui essayait d'échapper au jean dans lequel elle était confinée.

Les portes de l'ascenseur s'ouvrirent sur l'entrée du penthouse et les vêtements commencèrent à voler. Le manteau de Jake rejoignit le sol, suivi par la chemise de Zander. Une cravate traversa l'entrée par les airs, puis une autre chemise. Jake faillit tomber en se penchant pour enlever ses chaussures. Zander commença à se diriger vers la chambre pendant qu'ils continuaient à se déshabiller. Un t-shirt suivit, puis un autre. Zander lâcha la boucle de la ceinture de Jake, défit son pantalon et le laissa tomber sur le sol. Maintenant en sous-vêtements, Jake se mit à genoux et retira les chaussures de Zander. Il déboutonna la braguette de son jean et le lui enleva avec ses chaussettes. Zander l'encouragea à se relever et le hissa sur lui pour que leurs fronts reposent l'un contre l'autre. Jake passa ses jambes autour de la taille de Zander. Il le vit fermer les yeux et sentit le contact doux de ses lèvres contre les siennes. À présent, enveloppés dans les bras l'un de l'autre, chair contre chair, l'urgence désespérée qui les avait amenés ici s'était estompée et laissait place à un désir frémissant. Zander le porta jusqu'à la chambre, le posa sur le lit, lui retira ses chaussettes et fit glisser son boxer scandaleusement avant de le lui ôter complètement.

Nu et vulnérable, Jake leva les yeux vers lui et murmura quatre petits mots :

— Maintenant, enlève le tien.

Et Zander obéit.

Jake roula sur le côté et tendit une main à Zander. Ce dernier la saisit et Jake l'attira doucement vers le lit. Allongés ensemble face à face pour la première fois, Zander passa la main sur l'épaule nue de Jake, puis il traça les contours de son visage.

Jake ferma les yeux tandis que la main de Zander se mouvait lentement sur son corps en titillant et tourmentant sa chair avec la peau soyeuse de ses doigts qui glissaient de plus en plus en bas. Jake gémit de plaisir alors que Zander s'occupait de lui, le consumait. Il ouvrit les yeux et jeta sa tête en arrière lorsque Zander caressa délicatement son pénis qui se raidissait. Zander bougea et glissa vers le bas, étudiant la vue incroyable devant lui. Jake geignit comme un chiot quand Zander le prit dans sa bouche. La chaleur moite de la bouche de son amant était étourdissante pour Jake. Il aimait la sensation de la langue de Zander et ses allers-retours de haut en bas sur son membre, s'enroulant autour de sa peau. Il voulait que ça dure toujours.

Lorsque Zander goûta Jake pour la première fois, son arôme masculin remplit le halètement de Zander. Il était incapable de penser à autre chose qu'à rendre Jake heureux. En cette seconde, de cette minute et de cette heure, donner du plaisir à Jake était tout ce qui comptait. Il resserra ses lèvres autour du membre palpitant et glissa de haut en bas. La chaleur et la vie qui s'en dégageaient l'émerveillaient. Il était vivant aussi, et pour la première fois depuis cette nuit tragique, il se sentait comme tel.

Le pénis de Jake procurait une sensation incroyable dans sa bouche, et il s'abandonna pour laisser l'essence de cet homme envahir son être. Pendant qu'il continuait à offrir du plaisir à Jake, il sentit son propre pénis se durcir et il était plus que prêt à jouir.

Il sentit le contact tendre sur son épaule.

— Je ne vais pas durer très longtemps, bébé, avoua Jake, je ne suis pas loin et je n'ai pas envie de finir tout de suite, je veux que ça dure.

Zander releva lentement la tête pour croiser le regard des yeux verts les plus perçants et les plus sublimes qu'il n'ait jamais vu. Les cheveux bruns de Jake encadraient son visage, et son sourire était chaleureux et plein de désir. Il pourrait se perdre dans ces yeux et ne pas se soucier d'être retrouvé.

Il se hissa jusqu'à la tête du lit et embrassa la bouche de Jake, tendrement d'abord, puis avec un besoin brut comme il n'en avait pas souvent ressenti. Lorsque le baiser prit fin, Jake s'assit et le fit rouler sur le ventre. Jake gratifia sans faire de pause son cou, son dos et ses épaules de baisers sensuels. Les lèvres et la langue de Jake longèrent la colonne vertébrale de Zander jusqu'au creux de ses reins, s'arrêtant seulement pour admirer ses fesses parfaitement rondes et musclées. Jake remonta ses genoux et enfourcha le bas du dos de Zander.

La sensation de la langue douce de Jake le long de son dos le torturait et des vagues de plaisir le parcouraient à cette simple action. Il soupira quand Jake commença à frotter délicatement et à lui masser le dos en lui donnant la chair de poule.

Jake le retourna doucement sur le dos cette fois, et s'installa sur lui. Il regarda les yeux verts de Jake pénétrer en lui. Il imagina Jake rejetant sa tête en arrière de plaisir lorsqu'il jouissait. Et si Zander avait le champ libre, ce serait pour très bientôt.

Les lèvres de Jake se déplaçaient lentement sur son torse, semant de petits baisers sur leur chemin. Zander poussa un petit cri d'exclamation quand la bouche de son amant trouva son téton gauche et qu'il commença à le titiller avec sa langue. Zander se cambra et se relaxa à nouveau. Jake s'occupa des deux tétons jusqu'à ce qu'ils soient durs, puis se mit à les mordiller.

Zander se délecta de la sensation tandis que Jake continuait à faire descendre ses baisers plus bas jusqu'à la ligne de poils qui reliait son nombril à son entrejambe.

Jake déposa un baiser sur le bout de son pénis et commença à descendre le long, ses lèvres autour du sexe de Zander dans une chaleur passionnée.

Zander gémit en se perdant dans ce que faisait Jake. En accompagnant chaque mouvement de haut en bas des lèvres de Jake, la main de Zander caressait l'arrière de la tête de Jake. Jake le laissa glisser hors de sa bouche.

— Tout va bien, bébé ?

— Parfait. Tu es si bon, Jake. Je ne vais plus tenir très longtemps.

— Vas-y, lui dit Jake.

Zander marqua une pause.

— J'aimerais qu'on ait notre orgasme ensemble, si tu es d'accord ? J'ai envie de te faire jouir pendant que je t'embrasse et que je te regarde dans les yeux.

— Oh oui, répondit Jake. Lorsque Jake se hissa pour le rejoindre, Zander était déjà en train d'ouvrir le tiroir de la table de nuit. Après avoir attrapé le flacon de lubrifiant, il l'ouvrit et en mit une petite quantité dans leurs mains à tous les deux.

— Tu es sûr que ça va ? s'assura Jake.

Zander se contenta de hocher la tête, mais Jake reçut le message.

Leur peau luisait de sueur et l'air semblait chargé d'électricité. Zander reconnut les signes de son orgasme qui commençait à courir le long de son échine. Il enfla davantage, ses testicules se contractèrent et le mouvement lent qu'il faisait faire à sa main le long du sexe en érection devint plus désespéré. Sa bouche recouvrit celle de Jake avec de longs baisers passionnés sans quitter des yeux ceux couleur émeraude de Jake. Tout ce que le monde avait à lui offrir le regardait en retour, plein de désir et de besoin.

Zander sentit son orgasme arriver, loin en lui. Il jouit par vagues déferlantes, son orgasme le traversant davantage à chaque pulsation. Il interrompit le baiser juste assez longtemps pour dire « Je t'aime, Jake » avant d'éjaculer dans la main de Jake.

Encore haletant, Zander posa sa tête sur l'épaule de son partenaire et passa sa langue sur la sueur qui s'y était accumulée. Concentré sur son but d'amener Jake vers son orgasme, il leva la tête vers son amant. Jake rejeta la tête en arrière, une expression de plaisir pur sur le visage.

Incroyable, pensa Zander. Il se pencha en avant et au moment où leurs lèvres se rencontrèrent, Jake gémit doucement et poussa sa langue dans la bouche de Zander. Quand elle dansa contre la sienne, il sentit dans sa main le pouls de Jake sur son pénis. Jake gémit encore dans la bouche de Zander et il éjacula, sa semence chaude et soyeuse dans la main de son amant. Jake était essoufflé lorsqu'il se détacha du baiser, mais il resta agrippé à Zander.

Ils restèrent ainsi allongés pendant plusieurs minutes, ne sachant que dire ni s'il existait des mots pour exprimer ce qu'ils ressentaient. L'air sentait le sexe et persistait autour d'eux comme une nappe de brouillard, et le silence qui les entourait s'avérait réconfortant.

Jake rompit le silence.

— Mon Dieu, j'espère que ça va nous mener quelque part, parce que je t'aime, Zander Walsh.

Zander lui sourit.

— Je t'aime aussi, Jake.

APRÈS AVOIR partagé une longue douche chaude, ils étaient tous deux propres et rassasiés. Comme ils avaient sauté le déjeuner, Zander leur prépara de quoi grignoter et ils retournèrent au lit pour manger des sandwiches et des crudités.

— Alors, dis-moi, comment Ralston a-t-il pris ta démission ? demanda Zander en donnant à Jake un morceau de carotte.

Jake mâcha et avala.

— Oh, il était énervé.

— Raconte, le pria Zander.

— Il a menacé de me poursuivre s'il découvrait que j'avais quoi ce que soit à voir avec l'émission, ou si j'avais partagé ou prévu de partager des informations confidentielles avec quiconque n'appartenait pas au Bureau. Ensuite, il a complètement changé de direction et m'a dit que je jetais ma carrière aux orties, et que s'il avait son avis à donner, je ne travaillerais plus jamais dans les autorités. Il a utilisé toutes les techniques d'intimidation auxquelles il pouvait penser pour essayer de me dissuader.

— Quel enfoiré ! murmura Zander.

— Je crois que pour lui, le problème était surtout de perdre son bouc émissaire, si cette histoire avec *48 Hours Mystery* explose le dossier, déclara Jake.

— Il peut vraiment essayer de te rendre responsable de ça ?

— Il peut essayer, mais j'ai dit la vérité, toute la vérité, et rien que la vérité, et je l'ai enregistré quand il m'a appelé « tapette » et m'a dit d'utiliser mes charmes pour qu'il ne t'ait pas dans les pattes.

— Qu'est-ce que tu as d'autres, là-dessus ?

— Je dirais ce qu'il vient de se passer entre nous, mais pour le moment, je ne trouve pas mon pantalon.

Zander se rappela quelque chose.

— Oh mon Dieu.

Il tourna la tête brusquement et regarda l'heure sur le réveil de la table de nuit. 14 h 55.

— Merde, dit-il, j'ai rendez-vous avec Burton à trois heures.

Il sortit du lit puis s'arrêta et dit :

— Oh et puis zut. Je vais simplement l'appeler et reporter le rendez-vous. Ne t'en va pas. Je reviens tout de suite.

Jake sourit et balaya la pièce du regard.

— Où veux-tu que j'aille ? Je n'ai pas de vêtements.

Trois minutes plus tard, Zander revint avec les bras chargés de vêtements et de chaussures.

— J'ai trouvé ton pantalon, dit-il en gloussant.

Il lâcha les vêtements sur le fauteuil dans le coin de la pièce et chercha son iPhone dans la poche de son pantalon. Il appela Burton. Après les transferts d'appel habituels, Burton décrocha.

— Zander, tu es en retard ?

— Je vais devoir remettre ça à plus tard, expliqua Zander en regardant Jake. Il y a eu un imprévu. Que dis-tu de dix heures demain matin ?

Il entendit Burton tourner des pages.

— Je suis très pris demain.

— Oh, allez, tu peux trouver quelques minutes pour ton client préféré, non ?

Burton grommela un peu et finit par accepter.

— D'accord, dix heures, mais, ne me fais pas le même coup.

— Promis, dit Zander. Oh et Burton, as-tu fait enlever la pierre tombale et en as-tu commandé une nouvelle ?

Jake leva un sourcil et Zander articula silencieusement « Je te raconterai quand j'aurai raccroché. »

— Je l'ai fait, oui, mais qu'est-ce qui s'est passé entre toi et les parents de Darren ?

— Pourquoi ?

— J'ai reçu un appel de leur avocat. Il débitait quelque chose à propos de la façon horrible dont tu les avais traités et comme tu leur avais manqué de respect.

— Je t'expliquerai quand on se verra demain.

— Daccord, mais Zander ? N'y va pas trop fort avec nous autres, personnes âgées.

Zander rit.

— Tu n'es pas une personne âgée, Burton.

— Oh, si, quelquefois, j'ai bien l'impression d'avoir cent dix ans.

Zander rit à nouveau.

— À demain, Burton.

Zander mit fin à l'appel et posa son téléphone sur la table.

— Laisse-moi te raconter ma journée, dit-il en se pelotonnant aux côtés de Jake.

Il mit Jake au courant au sujet de l'horrible pierre tombale, de la conversation avec Darren, de celle avec les Jordan, d'Etta James dans la voiture, de la conversation avec ses parents au mausolée et bien sûr, de sa discussion avec June McFarland.

— Waouh, et moi qui trouvais ma journée exceptionnelle, dit Jake lorsque Zander s'arrêta pour faire une pause. J'ai quelques petites choses à te dire avant que l'on change de sujet.

— Je suis tout ouïe.

— La première, c'est que j'adorerais rencontrer Darren et tes parents, quand tu seras prêt, bien entendu. Et la seconde c'est qu'il faut que je rencontre June. Une femme qui peut te convaincre de sauter le pas avec quelqu'un comme moi est une personne avec qui je veux faire connaissance.

Zander se pencha et embrassa Jake.

— Je serais ravi que tout ça arrive, et je serai prêt quand tu le seras.

Zander posa sa tête sur le torse de Jake, et Jake passa ses bras autour de lui, le tenant fermement contre lui jusqu'à ce qu'ils glissent dans un sommeil satisfait.

DANS SON sommeil, Jake entendit la sonnerie d'un téléphone au loin, il bougea un petit peu et le bruit s'arrêta. Il fut à nouveau réveillé par le même son, mais plus fort cette fois. Il ouvrit les yeux et réalisa que son manteau sonnait. Il jeta un œil au réveil par-dessus l'épaule de Zander et il indiquait 18 h 15. On a dormi pendant trois heures ? Il essaya de s'extirper de sous Zander sans le réveiller, mais Zander remua et s'accrocha fermement à lui.

— Ne t'avise pas de bouger, interdit Zander.

— Luke doit être en train d'essayer de nous joindre. Mon manteau sonne.

Zander ouvrit les yeux.

— Quelle heure est-il ?

— Il est plus de six heures, dit Jake en se glissant hors du lit avant d'attraper son téléphone dans la poche de son manteau.

— Bonjour, Luke.

— Bonjour Jake. J'ai essayé le portable de Zander, mais il ne répondait pas, donc je me suis dit que j'allais t'appeler.

— Pas de problème. Quoi de neuf ?

— Je me demandais simplement si vous vouliez qu'on se retrouve pour regarder l'émission, ce soir.

— Attends une seconde. Jake couvrit l'appareil. Luke veut savoir si nous pouvons regarder l'émission ensemble.

Zander grimaça.

— J'espérais la regarder en étant nu au lit avec toi.

Jake lui sourit de manière entendue.

— Punaise, moi aussi. Mais qu'est-ce que je lui dis ?

— Dis-lui de venir vers neuf heures.

Jake transmit l'information et indiqua à Luke le chemin jusqu'au penthouse de Zander.

— OK, à tout à l'heure, dit-il en raccrochant.

Jake retourna dans le lit.

— Il semblerait que nous ayons une heure avant de devoir nous lever et commencer à nous préoccuper du dîner.

— Dîner ? On vient de déjeuner.

— C'était il y a quelques heures.

Haussant les épaules, Zander dit :

— Je n'ai pas très faim, je crois.

— Je te garantis que tu seras affamé quand je me serai occupé de toi, le provoqua Jake avec un clin d'œil et un autre sourire aguicheur.

JUSTE APRÈS neuf heures et demie, Zander, Jake et Luke terminaient les plats italiens que Zander avait commandés après que lui et Jake avaient quitté le lit. Jake débarrassait pendant que Luke expliquait le fonctionnement de la hotline non surtaxée.

— On a un centre d'appels en place avec deux cents opérateurs prêts à recevoir les appels, continua Luke.

— Waouh, autant que ça ? cria Jake depuis la cuisine.

— Oui, on a des milliers d'appels par émission. La plupart n'aboutiront probablement à rien, mais on a parfois de la chance, alors croisez les doigts.

— Comment vous faites le tri parmi autant d'appels pour déterminer quelles pistes valent le coup et lesquelles sont des impasses ? demanda Zander

— On les fait remonter s'ils remplissent certains critères. Des choses comme une identification qui correspond, une confirmation de localisation, une identification par un membre de la famille ou un ami, une localisation dans un certain diamètre autour de la dernière position connue, toutes sortes de signes déterminants. Si quelque chose correspond à tous les critères, le système leur demande de m'appeler directement sur mon portable.

— Hé, les mecs, appela Jake depuis le salon, il est dix heures moins cinq, ça va commencer.

Luke et Zander le rejoignirent, il était déjà installé dans le canapé.

Luke regarda autour de lui dans le salon.

— Où est la télévision ? demanda-t-il.

— C'est là que ça devient cool, dit Jake en récupérant la télécommande et en visant le miroir au cadre doré accroché au-dessus de la cheminée. Il appuya sur le bouton pour allumer la télévision, et à travers le miroir apparut le générique de *48 Hours Mystery*. Dan Rather, le présentateur, faisait déjà le résumé de leur histoire.

— On y va, dit Luke. Vous êtes prêts à devenir célèbres ?

— Je suis surtout prêt pour mon gros plan, M. DeMille, plaisanta nerveusement Zander en s'asseyant à côté de Jake.

Jake ébouriffa les cheveux de Zander comme lui-même l'avait fait de si nombreuses fois avec Darren. Il se figea pendant une seconde. *Comment pourrait-il… ? Il ne pouvait pas savoir.* Zander leva les yeux et lança un clin d'œil à Darren pour le remercier.

Alignés sur le sofa, ils regardèrent l'émission les yeux scotchés à l'écran. Zander se crispa à l'apparition d'une photo de lui et ses parents qui avait été prise pendant le dîner de répétition. Il sentit la main de Jake caresser la sienne et il se relaxa à nouveau tandis que la photographie laissait place à des images de la maison de ses parents.

Lorsque ce passage fut terminé, ils enchaînèrent avec l'entretien de Jake à propos des meurtres et des soupçons selon lesquels ce n'était pas un banal cambriolage ou une fusillade accidentelle. La scène suivante montrait Jake qui décrivait l'accident pendant lequel Wilson s'était échappé. À la suite de cette conversation, plusieurs photos d'Arlen Wilson apparurent à l'écran. Des photos de lui lors d'arrestations précédentes, des croquis basés sur sa description le jour du transfert donnée par Jake, ce qu'il portait en dernier, la couleur et la longueur de ses cheveux, la couleur de ses yeux, sa carrure, et le fait qu'il était possible qu'il voyage avec sa fille de dix ans. Presque instantanément, un numéro s'inscrivit sur l'écran et Dan Rather demanda à quiconque ayant des informations sur la localisation de cet homme d'appeler le numéro en bas de leur écran. Ils enchaînèrent avec une pause publicitaire, mais le numéro restait visible.

Zander lâcha la main de Jake et essuya ses paumes contre son jean.

— Ça va ? demanda Jake.

— Oui, lui assura Zander. Je savais que ce ne serait pas facile. Merci, dit-il avant de se pencher et d'embrasser Jake.

Luke, qui n'était pas au courant de la récente évolution de leur relation, se redressa et les fixa d'un regard interrogateur.

— Hum, les mecs, vous avez quelque chose à me dire ?

— Tu es intelligent, Luke, dit Jake en souriant à Zander, je suis sûr que tu peux comprendre tout seul.

Luke émit un petit rire.

— Il était temps, bon sang, dit-il, même un hétéro comme moi pouvait voir qu'il y avait quelque chose entre vous deux.

Le générique de *48 Hours Mystery* refit son apparition sur l'écran de télévision, et Dan Rather entama un court récapitulatif. Après ça, il introduisit le prochain passage, dans lequel Zander discutait du projet de loi sur le tabac et du résultat négatif qui pourrait affecter les industries, et de pourquoi, ce serait dans leur intérêt de s'assurer que la loi ne passe jamais. La scène suivante monterait Jake confirmer les déclarations de Zander et son explication sur ce que le FBI pourrait couvrir. Lors d'une de ses pauses, le programme enchaîna avec la visite surprise de l'équipe de *l'émission* au bureau du Chef du Département James Ralston, confirmant encore davantage la théorie de Jake, puis revint à Jake pour d'autres commentaires.

C'était bientôt la fin du programme et Jake éteignit la télévision, qui redevint un miroir.

— Je crois que je ne m'habituerai jamais au coup de miroir, dit Luke. C'est génial. Alors, qu'en avez-vous pensé ?

— Je pense que toi et ton équipe avez fait un travail fantastique, déclara Zander.

— Je suis d'accord, s'exclama Jake. Vous en avez fait juste assez pour susciter le doute et allumer un feu sous les fesses du FBI, et je l'espère attirer l'attention de certaines personnes. Tout ce qu'il nous reste à faire, c'est d'attendre.

Le portable de Luke sonna, et il regarda l'écran.

— C'est le centre d'appels.

Zander sentit un frisson lui parcourir l'échine.

— Merde alors, c'était rapide ! dit Jake en prenant la main de Zander.

XV

Dans la banlieue d'Anchorage, à Seward en Alaska, le pilote d'hydravion Mac de la compagnie Moutain Air et sa femme Lindsey mettaient leur fille Zoe-Grace au lit avant de redescendre pour passer un peu de temps au calme devant la télévision. Les pieds sur la table basse et Lindsey installée contre lui, Mac avait zappé un peu avant qu'ils se mettent d'accord sur *48 Hours Mystery*. Le sujet attira son attention très rapidement, il se rappelait avoir lu des articles sur ces meurtres peu après qu'ils se soient produits, et il commença à expliquer à Lindsey ce dont il se souvenait.

Lorsque les photos d'Arlen Wilson apparurent sur l'écran, Mac regarda à deux fois. Il posa ses pieds sur le sol et regarda avec horreur la suite de l'histoire.

— Lindsey, je connais cet homme, murmura-t-il.

— Quoi ? Comment ? demanda Lindsey.

— Tu te souviens quand je t'ai parlé de l'homme que j'avais emmené au Lac Hiline pour un séjour de pêche de deux semaines et qui ne s'est pas montré le jour où je suis retourné le récupérer ?

Lindsey réfléchit une minute.

— Oui, je m'en souviens. C'est lui ?

— C'est le même homme.

— Tu n'avais pas signalé son absence à quelqu'un ?

— Bien sûr que si, je l'ai signalé à Mountain Air et ils ont transmis l'information à la Police d'État d'Alaska. Ils ont fait des recherches et à ma connaissance, ils ne l'ont jamais retrouvé. Personne n'a signalé de disparition, donc ça a juste été classé comme affaire non résolue. Les gens essayent souvent de disparaître pour des tas de raisons.

— Tu es bien sûr que c'est lui ?

— Tout à fait sûr.

— Est-ce qu'il était avec la petite fille ? interrogea-t-elle.

— Non, il voyageait seul.

— Dieu merci.

Mac saisit son téléphone.

— Il faut que je les appelle.

148

— Luke Moreau, dit-il en attendant avec impatience de savoir ce que le centre d'appels avait à dire. Non, vous ne dérangez pas. Qu'est-ce que vous avez ?

Il écouta attentivement l'opérateur lui expliquer pourquoi il appelait. Il recouvrit le récepteur.

— Vous auriez de quoi écrire ?

Zander courut dans son bureau, attrapa un stylo et un bloc-notes et les tendit à Luke.

— Hmm, hmm, dit-il, oui, compris, quand ? Il y a deux mois, hein ? Vers où ? Lac Hiline, épelez-moi ça, je n'en ai jamais entendu parler. Oh, en Alaska. D'accord, continuez.

— Il y a deux mois, chuchota Jake à Zander. Il aurait eu le temps de se faire discret et de guérir, s'il était blessé, d'aller à Anchorage, et de disparaître dans la nature.

Ils tendirent l'oreille alors que l'opérateur donnait plus de détails à Luke.

— Cleary, c'est ça ? Et son prénom ? McGovern, d'accord, il se fait appeler Mac. OK, bien. Son numéro de téléphone ? 907, oui. 360, oui. 7893, c'est noté.

Zander et Jake étaient au bord du canapé, bavant presque à la perspective de savoir ce qu'il se passait.

— Eh bien, je crois que c'est bon, dit Luke au téléphone. Juste une dernière chose, je veux que cette information soit détruite, maintenant. Je ne veux aucune trace de cet appel où que ce soit dans nos archives, compris ? Très bien, merci.

Luke raccrocha et sourit aux garçons.

— On dirait qu'on a notre première piste, et ça semble en être une bonne.

— Allez, bredouilla Jake, on n'en peut plus.

— Pourquoi as-tu demandé que l'information soit détruite ? demanda Zander.

Avant que Luke ne réponde, Jake le regarda et dit :

— Laisse-moi deviner. Est-ce que ça a quelque chose à voir avec le FBI et une possible citation à comparaître ?

— Tout juste, dit Luke, et Zander hocha la tête.

— Alors, l'homme s'appelle McGovern Cleary, mais il se fait appeler Mac. Il est pilote d'hydravion chez Mountain Air, et il a déclaré qu'il y a environ deux mois, il a emmené cet homme au Lac Hiline, pour ce qui était supposé être un séjour de pêche de deux semaines.

— Le timing correspond, interrompit Jake.

— Il semblerait, mais laisse-moi finir.

— Oh, pardon, continue.

— Selon Cleary, le jour où il devait récupérer l'homme, il s'est rendu à l'endroit convenu, mais le mec ne s'est pas montré.

— Appelons Cleary, suggéra Zander.

— Tu penses qu'il est trop tard ? demanda Jake.

— De toute évidence, il est réveillé. Il regardait l'émission et il a appelé, alors tentons notre chance.

— On devrait utiliser le haut-parleur de mon bureau, pour pouvoir tous participer, proposa Zander.

— Bonne idée, dit Jake.

Ils installèrent les chaises autour du bureau, et Zander plaça le téléphone au milieu. Luke composa le numéro et le téléphone sonna à peine avant qu'ils n'entendent :

— Mac Cleary.

— M. Cleary, je m'appelle Luke Moreau. Je suis avec Zander Walsh et l'ex-agent spécial Jake Elliot du FBI. Nous sommes navrés de vous appeler si tard, mais c'est très important.

— Je comprends, bonsoir, messieurs, dit Mac.

Ils répondirent bonsoir en chœur.

— M. Cleary, c'est Jake Elliot.

— Appelez-moi Mac.

— D'accord, Mac. Dites-nous s'il vous plaît tout ce dont vous vous souvenez à propos du temps que vous avez passé avec notre suspect.

Zander attrapa à nouveau un crayon et un bloc-notes, mais Jake l'arrêta.

— Mac, si c'est d'accord, nous allons enregistrer cette conversation, dit-il en cherchant dans sa poche avant d'en sortir son dictaphone et de le poser sur la table à côté du téléphone.

— Aucun problème.

— Bien, on est prêts.

— OK, il y a un peu plus de deux mois…

Jake l'interrompit.

— Pouvez-vous nous donner la date exacte ?

— Oui, attendez une minute pendant que je regarde mes plans de vol. Je garde toujours un exemplaire à la maison.

Ils attendirent pendant que Mac trifouillait dans ses papiers.

— C'est là, dit Mac. Oh, mon Dieu, ça fait très exactement deux mois, au jour près.

Zander et Jake s'adressèrent un sourire.

— Bref, mon plan de vol indique que son nom était Stuart Remington, et il a dit qu'il venait de San José en Californie. Je me souviens de lui à la base…

Jake l'interrompit à nouveau.

— La base ?

— La base aérienne du lac Hood, expliqua Mac. C'est de là que la majorité des hydravions décollent.

— D'accord, continuez.

— Je mettais un peu d'ordre sur les quais quand cet homme est venu me voir directement avec un sac à dos plein et deux sacs marins. Il m'a dit qu'il devait retrouver des amis randonneurs au Lac Hiline cet après-midi-là pour camper et qu'il se demandait s'il pouvait prendre un avion. On est plutôt à la cool ici, donc je lui ai dit que je serai content de m'occuper de lui. Je l'ai accompagné jusqu'au bureau pour qu'il ait les informations qu'il voulait et paie pour le trajet, et je suis retourné sur le quai pour préparer l'avion.

— Est-ce qu'il boitait, ou montrait d'autres signes de blessures, qui auraient pu être dus à un accident de voiture ? demanda Jake. Portait-il des vêtements particuliers qui auraient attiré votre attention ?

— Maintenant que j'y pense, dit Mac, il semblait avoir un problème à la jambe droite. Il avait aussi une cicatrice plutôt visible sur la joue droite. Et un chapeau, je crois qu'il avait un chapeau en toile, le genre qu'utilisent les randonneurs pour se protéger le cou du soleil.

Jake et Zander se regardèrent.

— Comment a-t-il payé ? demanda Jake.

— Je ne sais pas, admit Mac, mais vous pouvez appeler le bureau, ou je peux vous obtenir cette information demain matin.

— Et vous avez dit à l'opérateur qu'il avait également réservé un trajet de retour ?

— Oui, monsieur. Il a demandé à ce qu'on vienne le récupérer deux semaines plus tard, à peu près à la même heure.

— Et bien sûr, il n'est pas venu.

— Vous avez tout compris, lui dit Mac.

Ils écoutèrent encore avec attention pendant que Mac continuait à leur dire tout ce dont il se souvenait à propos de son passager et du temps qu'il avait passé avec lui. Lorsque l'appel fut terminé, ils avaient rassemblé plus d'informations en trente minutes que pendant toute l'enquête que Ralston avait permis à Jake de faire.

— Merci pour votre temps, Mac, et pour toutes les informations que vous nous avez fournies, dit Jake, elles vont vraiment faire avancer le dossier.

— Merci Mac, ajouta Zander. C'est très important pour nous que vous ayez pris le temps d'appeler.

— Pas besoin de me remercier. J'espère que ça vous aidera.

— Nous vous recontacterons, lui dit Luke.

— Au revoir.

Zander regarda Jake.

— Je crois qu'il est temps de faire une petite virée en voiture.

— Tu commences à m'intéresser, lui répondit Jake pendant qu'ils se tapaient la main au-dessus du bureau.

Ils accompagnèrent Luke jusqu'à l'ascenseur avec une promesse mutuelle de rester en contact, le remercièrent encore une fois pour tout ce qu'il avait fait, et lui dirent au revoir.

Zander prit Jake par la main et l'entraîna vers la chambre. Il savait qu'ils avaient besoin de discuter et de prévoir la suite des évènements, mais pour ce soir, il avait besoin d'oublier tout sauf Jake.

Il n'attendit pas qu'ils aient atteint la chambre. Ses lèvres étaient déjà sur celles de Jake quand ils arrivèrent dans le couloir.

Ils reculèrent jusqu'à la chambre et Zander s'arrêta quand ils arrivèrent au pied du lit. Il leva doucement les bras de Jake, nicha son visage sous ses aisselles et se perdit dans son arôme unique. En un mouvement fluide, il passa le t-shirt de Jake par-dessus sa tête et le poussa gentiment jusqu'à ce qu'il soit assis sur le bord du lit. Zander se mit à genoux et enfouit son visage dans le cou de Jake. Il respira encore le parfum qui l'obsédait, le parfum qui n'appartenait qu'à Jake. Les bras de Zander furent soulevés à leur tour et son t-shirt tiré par-dessus sa tête comme il l'avait lui-même fait pour Jake.

Zander invita tendrement Jake à se relever, déboutonna son jean et le fit glisser jusqu'à ses chevilles. Il le fit s'asseoir à nouveau et s'allonger.

Il lui retira son jean complètement et le jeta derrière lui. Il enleva le sien et retomba à genoux entre les jambes de Jake.

Jake était la seule chose à laquelle il était capable de penser, son corps musclé et sexy qui ne demandait qu'à être pris. Il se mit à titiller le pénis de Jake qui se durcissait déjà à travers son boxer. Il tourna la tête vers le côté et fit courir ses dents sur la longueur du membre, espérant provoquer et tourmenter avec chaque mouvement.

Zander encouragea Jake quand il commença à faire aller et venir ses hanches, répondant au contact tendre avec sensualité. Zander tira sur la taille du boxer de Jake et le fit descendre suffisamment pour exposer son large sexe à présent en pleine érection. Dans un mouvement lent et excitant, la bouche de Zander glissa jusqu'à la base du pénis de Jake, s'arrêtant seulement quand il inhala le doux parfum musqué de Jake à travers ses poils pubiens. Zander fit revenir sa bouche vers le bout de son pénis et commença à faire des va-et-vient lents et réguliers en écoutant Jake gémir de plaisir.

Zander s'en détacha à contrecœur lorsque Jake l'attira vers lui par les bras, et leurs lèvres se rencontrèrent à nouveau. Il sentait la langue de Jake qui cherchait à pénétrer sa bouche et lorsqu'il l'ouvrit, il sentit des éclairs de passion le traverser. À cet instant, il réalisa à quel point il aimait cet homme, et un sentiment de panique l'envahit à l'idée de le perdre. Son esprit était envahi par la peur et l'incertitude. Pourrait-il survivre à la perte d'un autre être cher ?

Jake était si réceptif, si vulnérable, si prêt à tout risquer par amour, alors pourquoi avait-il si peur de l'avenir ? Il ouvrit pourtant les yeux et vit l'amour émaner de Jake, et sa présence apaisante le submergea. Jake devait avoir senti sa peur parce qu'il lui dit :

— Je suis là. Ça va aller. Je ne vais nulle part.

Jake le rassura avec le contact sensuel de ses doigts sur son visage et qu'il passa tendrement dans ses cheveux. Il regarda Jake dans les yeux, et ses émeraudes éclatantes étaient si débordantes d'amour et de dévotion que Zander laissa ses craintes se dissiper dans la nuit.

À ce moment précis, Zander était encore plus certain que jamais de vouloir saisir cette chance et garder ce cadeau que Jake était dans sa vie pour aussi longtemps qu'on le lui laisserait. Il valait tout ce qu'il faudrait endurer.

Il embrassa Jake sur le torse en descendant vers son ventre plat et ses abdominaux musclés. Il reprit le sexe en érection de Jake dans sa bouche et le caressa pendant qu'il lui soulevait doucement les jambes. Il relâcha le membre de sa bouche et passa la langue sur les testicules de Jake, puis entre ses fesses, jusqu'à son ouverture. Les jambes de son amant sur ses épaules, Zander écarta doucement les fesses de Jake avec les mains pour lécher et titiller son anus. Jake se cambra et gémit de plaisir.

— Tu me fais confiance ? demanda Zander avec tendresse.

— Oui, murmura Jake.

— Je veux… Non, j'ai tellement besoin d'être en toi.

Le silence était assourdissant.

Il n'est pas prêt, c'est trop tôt.

Zander était sur le point de dire qu'il comprenait, mais Jake l'en empêcha.

— Je le veux aussi.

— Je ne veux pas te mettre la pression.

— Je sais, dit Jake en souriant à Zander.

Zander tendit le bras vers la table de chevet pour attraper le flacon de lubrifiant dans le tiroir.

— Merde.

— Quoi ?

— Je n'ai pas de préservatif. Darren et moi étions monogames, on n'en avait plus besoin.

— Dans mon portefeuille, indiqua Jake.

Zander tendit encore le bras depuis le lit, cette fois pour attraper le jean de Jake et récupérer le portefeuille dans sa poche arrière. Il l'ouvrit et soupira de soulagement en voyant le petit emballage argenté.

Il déchira le papier et mit le préservatif. Il repositionna les jambes de Jake, puis plaça ses pieds sur sa poitrine. Doucement, Zander embrassa le bout de ses orteils pendant qu'il lubrifiait ses propres doigts et abordait l'anus de Jake.

Les muscles de Jake se tendirent lorsque le doigt de Zander commença à le masser. Il entendit Jake inspirer et le sentit se détendre à son contact. Il lui massa doucement l'anus avec le doigt et le pouce, prenant le temps de s'assurer qu'il était assez détendu pour l'accepter.

— Ça va ? demanda Zander.

— Oui, souffla Jake avec tendresse.

Zander plaça son sexe contre Jake et le pénétra. Il l'entendit prendre une inspiration brusque, s'arrêta et resta sans bouger quelques minutes pour le laisser s'habituer à la sensation. Lentement, Zander commença à bouger, jusqu'à ce que sa hampe disparaisse en Jake. Il avançait d'un mouvement continu, en anticipant le moment où la douleur de Jake se transformerait en plaisir et où il se relaxerait. Zander vit autant qu'il sentit le changement se produire, et se mit doucement à aller et venir, puis à accélérer le rythme.

— C'est tellement bon, murmura Zander.

Jake enveloppa de ses jambes le torse de Zander, et Zander observa le sexe de Jake se raidir encore davantage à chacun de ses à-coups. Il changea de position et son pénis pénétra Jake encore plus profondément. La respiration vive, Zander mit sa langue dans la bouche de Jake. Il n'arrivait pas à croire comme il avait envie de cet homme, son homme.

Il étala du lubrifiant sur le sexe de Jake et commença à faire glisser sa main de haut en bas, sur la tête, le long du membre, jusqu'à la base et de nouveau vers le gland. Jake était si dur que Zander s'attendait à ce qu'il jouisse à tout moment. Il sentit ses bourses se contracter et il sut qu'il allait jouir. Il accéléra son va-et-vient et fit en sorte que ses à-coups et les mouvements de sa main sur le membre de Jake soient simultanés.

Au bout de quelques secondes, Zander et Jake éjaculèrent ensemble, Jake sur son ventre et son torse et jusqu'à son menton, et Zander à l'intérieur de Jake et de son fessier excitant et accueillant. Essoufflés et épuisés par leur intense acte d'amour, Zander s'effondra sur son amant et ils restèrent allongés là en silence.

Zander nota mentalement qu'il venait de faire quelque chose qu'il pensait ne jamais refaire, et il n'y avait aucune raison de croire qu'il pourrait s'arrêter là. Il brisa le silence.

— Jake ?

— Oui, bébé ?

— Ça va ?

— Je me sens tellement bien.

Zander se remit à côté de Jake et posa la tête sur sa poitrine. Son homme passa un bras autour de lui et le serra. Zander caressa tendrement le torse de Jake, léchant sa semence et titillant ses tétons.

Un peu plus tard, ils se rendirent dans la salle de bain et se lavèrent avant de retourner se coucher. Allongés l'un contre l'autre, le dos de Jake confortablement niché contre la poitrine de Zander, et les bras protecteurs de ce dernier autour de lui, là où il voulait que Jake reste pour toujours.

TANDIS QUE Zander et Jake étaient dans les bras l'un de l'autre, une autre réunion secrète se déroulait dans un endroit non dévoilé. Le cartel et leur associé étaient assis autour de la table d'une salle de conférence, et Ralston était encore une fois présent à travers le haut-parleur. Ils discutaient de l'émission diffusée le soir précédent.

— Vous aviez l'air aussi coupable qu'un gamin prit la main dans la boîte à cookies, déclara l'un des membres.

— On m'a tendu une embuscade, cria Ralston.

— Vous recevez une belle compensation pour garder votre calme et d'autres faveurs que je ne citerai pas, dit un autre membre, alors si vous ne voulez pas voir disparaître cette compensation, je vous suggère de vous reprendre en main.

— Des pistes sur Wilson ? demanda l'associé à Ralston.

— L'homme s'est évaporé, dit Ralston.

— S'il l'avait fait quand on le lui avait demandé, nous ne serions pas dans cette situation, ajouta encore un autre membre.

— Si l'on ne le trouve pas, ils ne le trouveront pas.

— Est-ce que vous avez donné une assignation à CBS pour consulter les archives des appels ? demanda l'associé.

— Le juge a reçu la requête, on espère l'avoir d'ici ce midi. S'il y a la moindre piste, on enquêtera dessus.

— Et à propos d'Elliot ?

— Il a démissionné hier, et maintenant je sais pourquoi. Il était partout dans l'émission avec ses accusations.

— Qu'est-ce qu'on peut faire à son sujet ? demanda l'associé.

— On peut le poursuivre, expliqua Ralston, mais à cause de l'émission et du rôle d'Elliot là-dedans, Washington va nous coller aux fesses les prochains mois pour déterminer si ses propos ont quoi que ce soit de véridique. Ils ne supportent pas ce qui pourrait ternir leur réputation.

— Et que vont-ils trouver ? demanda un membre du cartel.

— Pas un fichu élément. Personne n'a de preuve de quoi que ce soit d'immoral, et ça va rester comme ça.

— Que fait-on d'Elliot ? demanda à nouveau l'associé.

— On a mis son portable sur écoute et on connaît ses moindres mouvements. Rien ne sort de l'ordinaire. Il semble que lui et Walsh soient devenus des plans fesses réguliers si vous voyez ce que je veux dire, ça les occupe tous les deux et ça les empêche d'être dans nos pattes pour le moment.

— Je ne lui fais pas confiance, ajouta un membre du cartel. Je pense qu'il est une source de problèmes.

— On reste en contact, Ralston, dit l'associé en mettant fin à l'appel.

ZANDER ET Jake se levèrent très tôt le lendemain matin. Devant du café et des bagels, ils planifièrent leur excursion et établirent une liste d'équipements dont ils auraient besoin. Lorsqu'ils arrivèrent au magasin approprié, il était sept heures trente et c'était l'ouverture. Zander informa le vendeur qui s'occupait d'eux qu'ils allaient passer quelques semaines au lac Hiline, en Alaska, pour faire de la randonnée, camper et qu'ils n'avaient rien pour le moment. Le visage du représentant s'illumina et à partir de là, ils furent les deux seules personnes qui comptaient dans le magasin. Il les accompagna d'un rayon à l'autre, leur montrant les derniers équipements et leur suggérant ce qu'ils devraient prendre avec eux.

Zander observa Jake réagir comme un enfant dans un magasin de bonbons avec tous ces équipements au bout de ses doigts. Puis sorti de nulle part, un frisson lui parcourut lentement l'échine et il se figea. Son estomac se retourna, et il se sentit soudain pris de panique. Il entendit Jake crier pour s'adresser à lui depuis un autre endroit du magasin, et quoique fut cette expérience, il s'en débarrassa. Il rejoignit Jake dans la section des tentes, où il bondissait presque sur ses pieds devant une tente pneumatique qui se dépliait seule. Il était adorable et s'amusait tellement que Zander en oubliât sa crise de panique.

Il sourit encore lorsque le regard de Jake s'illumina particulièrement en passant au rayon pêche. Il en savait apparemment beaucoup et navigua d'une canne à une autre avant de s'attaquer aux boîtes, aux cuissardes, puis aux filets de pêche. Zander dut pratiquement le traîner vers la section suivante du magasin. Après qu'ils se furent éloignés, Zander demanda discrètement au vendeur d'ajouter tout ce que Jake avait regardé à leur commande.

L'enthousiasme de Jake était contagieux et avant qu'il ne s'en rende compte, Zander eut autant hâte que lui. Ce n'était pas une mauviette, et il avait toujours aimé le grand air, mais il manquait d'entraînement. Après avoir lancé le magazine, Darren et lui n'avaient pas eu beaucoup de temps pour ce genre de choses, sans compter que la notion de camping de Darren ressemblait plus à la suite que Zander avait prise au Four Seasons. Ils firent leurs achats pendant un total de deux heures et demie, et la dernière chose qu'ils prirent avant de se rendre à la caisse fut un téléphone satellite. Ils ne savaient pas ce qu'il y aurait comme réseau à la montagne et voulaient être préparés à tout ce qui pourrait arriver. Lorsqu'ils arrivèrent pour payer, Zander lança sa carte America Express noire sur le comptoir. Jake l'imita avec sa carte dorée, qui lui fut bien sûr rendue par Zander. Ceci lui valut un regard noir qui fleurait bon le '*Oh oui, je suis énervé et on va reparler de ça plus tard*'. Zander donna son adresse au vendeur, lui glissa un billet de cent dollars et lui demanda de tout livrer avant dix-sept heures.

Le trajet jusqu'à la voiture se déroula dans le silence, et Zander savait ce qui allait suivre. Une fois qu'ils furent installés et attachés, il dit :

— Écoute, je sais que tu es en colère, mais écoute-moi, d'accord.

Jake lui adressa le même regard que précédemment.

— C'est notre première dispute ? taquina Zander, avant de recevoir le même regard. Cette fois, le coin de ses lèvres se souleva, indiquant un petit sourire caché derrière.

— Tu ne serais pas devenu un petit ami devenu chasseur de prime si ce n'était pas pour moi, expliqua Zander.

— Et où est-ce que tu veux en venir ?

— C'est exactement là que je veux en venir. Pourquoi devrais-tu payer pour quelque chose que tu n'aurais pas acheté sans moi ?

— Qu'est-ce qui te fait penser que je n'achèterais pas tout ça sans toi ? Je t'ai dit que j'avais toujours voulu faire quelque chose de ce genre. Bon, pas, la partie chasseur de prime, mais le camping et la pêche. Et maintenant que j'ai un choix de carrière à faire, peut-être que je vais me lancer dans ce que j'ai toujours voulu faire.

— Est-ce que j'ai mon mot à dire ?

— Évidemment, je ne prendrais pas une telle décision sans toi.

Zander se détendit un peu et mit sa main sur celle de Jake.

— Jake, tu tournes en rond. Qu'est-ce qui te dérange vraiment ?

Jake, qui regardait droit devant lui, soupira.

— Zander, on ne vit pas dans le même milieu.

— Et où veux-tu en venir ?

— Je ne veux pas avoir l'impression d'être entretenu, chuchota finalement Jake.

Zander prit la main de Jake et l'amena à ses lèvres pour l'embrasser tendrement.

— Chéri, je veux te garder auprès de moi, mais je ne t'*entretiens* pas. J'ai plus d'argent que ce que l'on pourrait dépenser en une vie, et, à quoi servirait-il si on n'en profite pas ? Si l'on doit retirer une chose des derniers mois, c'est bien que la vie peut t'être retirée en une fraction de seconde.

— Oui, mais, c'est ton argent. Le tien et celui de Darren, pas le mien.

— Jake. On n'a jamais parlé de ce que nous étions devenus l'un pour l'autre ou défini notre relation. Et j'espère que je ne vais pas trop vite, mais je suis amoureux de toi, et je te considère comme mon compagnon, maintenant. Ce qui veut dire que tout ce qu'on a est à *nous*.

Jake se tourna vers Zander et le regarda dans les yeux.

— Pour l'instant, je ne veux rien d'autre qu'être ton compagnon, mais c'est important pour moi que nous soyons à égalité dans cette relation. J'ai besoin de savoir que j'apporte ma contribution, et je ne veux pas avoir le sentiment de profiter de toi.

— D'accord, je comprends.

— Écoute, mon chéri, tout cela étant dit, je ne suis pas dans le besoin. Je me suis bien débrouillé pendant ces années, et j'ai bien investi. Lorsque ma mère sera décédée, j'aurai un tiers du ranch de plus de quatre mille hectares dans le Nebraska, donc je n'ai pas besoin d'être entretenu.

— Je t'aime, dit Zander. Et je ferai tout ce qu'il faut pour te rendre heureux. Si tu veux, on peut retourner dans le magasin et tu pourras payer pour tout.

Jake réfléchit pendant cinq longues secondes.

— Non, c'est bon, dit-il avec un sourire. Je paierai le déjeuner.

Zander rit pratiquement jusqu'à en pleurer. Lorsqu'il se fut remis, il dit :

— Tant qu'on parle de ce genre de choses… Je sais qu'il te faut une voiture, et ne t'énerve pas, mais j'ai deux Mercedes qui attendent au garage, à la maison. Eh oui, avant que tu poses la question, l'une d'entre elles était à Darren et l'autre à ma mère, mais elles ne servent à personne.

Zander regarda Jake d'un œil interrogateur en attendant sa réponse.

— Mais si tu n'en veux pas, je les revendrai et tu pourras acheter ce que tu veux.

Jake ne dit rien pendant qu'il réfléchissait.

— Je ne crois pas que je serais à l'aise en conduisant la voiture de Darren ou de ta mère. En plus, j'ai une Ford Mustang de 1959 parfaitement restaurée dans le garage de ma mère, dans le Nebraska. Tout ce que j'ai à faire, c'est de la faire expédier ici ou aller la chercher. Ça te conviendrait ?

— Chéri, tu peux conduire ce que tu veux, je me fiche de ces choses-là, déclara Zander. La seule raison pour laquelle Darren et moi avions des voitures haut de gamme, c'était que nous avions beaucoup de clients dont nous devions nous occuper pour le magazine et c'est ce qu'on attendait de nous. C'est pareil pour le penthouse.

Jake sourit et attira Zander vers lui pour l'embrasser.

— Je suis content qu'on ait eu cette conversation, avoua-t-il, je la craignais un peu.

— Jake, lui répondit Zander tendrement, n'aie jamais peur de me parler de quoi que ce soit, s'il te plaît. Je t'offrirai toujours ma complète honnêteté, et j'en attendrai toujours autant de ta part. On peut y aller ?

— On peut.

L'ARRÊT SUIVANT fut le bureau de Burton. Ils avaient cinq minutes d'avance et attendaient dans la salle adjacente lorsque Burton ouvrit la porte.

Zander et Jake se levèrent.

— Bonjour, Zander, dit Burton de façon plutôt professionnelle.

— Burton, je voudrais te présenter Jake Elliot.

— Oui, je le reconnais, après l'émission d'hier soir, admit Burton. Ravi de vous rencontrer, fiston.

— Moi de même monsieur.

— Par ici messieurs, dit-il en indiquant la porte ouverte.

Jake et Zander restèrent debout en attendant que Burton les invite à s'asseoir. Zander l'observa fermer la porte et retourner derrière son bureau. Il remarqua que Burton avait toujours l'air très fragile et peut-être même encore plus vieux que la fois précédente.

— Asseyez-vous, je vous en prie, proposa Burton.

Ils s'assirent dans les deux fauteuils qui faisaient face à Burton.

— Avant que l'on commence, est-ce que je peux te poser une question personnelle ?

— Tout dépend de la question, plaisanta Burton.

Zander sourit.

— Est-ce que tu vas bien ? Je veux dire, es-tu en bonne santé ? demanda-t-il.

— Pourquoi demandes-tu ? s'enquit Burton.

— Les dernières fois que je t'ai vu, tu avais l'air vraiment fatigué et plutôt pâle.

Burton haussa les épaules.

— J'ai les maux et douleurs habituels d'un homme de mon âge. C'est vrai que je ne dors pas autant que je le voudrais, mais à part être vieux et mal dormir, je vais bien.

— As-tu vu un médecin ? Il pourrait te prescrire quelque chose pour dormir.

— Je n'ai pas besoin de voir un médecin, répondit Burton. La mort de tes parents m'a mis un sacré coup. Ton père et moi avons été à l'université ensemble, il était mon meilleur ami. Sa perte a été très dure et j'ai juste besoin d'un peu de temps, voilà tout.

Zander était touché par cette sincérité. Burton avait l'air réellement bouleversé et semblait être en deuil de son meilleur ami. Zander se sentit un peu coupable de ne pas l'avoir réalisé plus tôt et de ne pas avoir essayé de l'aider. Il voyait Burton comme un ami de la famille, mais depuis les meurtres, il l'avait davantage traité comme son avocat que comme un ami.

— Assez à propos de la santé d'un vieil homme, dit sèchement Burton. Que puis-je faire pour ces deux jeunes hommes ?

Zander sourit.

— Je voulais discuter de plusieurs choses, certaines à propos desquelles Jake est au courant, et d'autres pour lesquelles il ne l'est pas.

Jake lança un regard interrogateur à Zander.

— Commençons avec ce dont il est courant, suggéra Zander. La première, c'est Darren. Où en est-on pour l'exhumation et le déplacement de sa dépouille ?

— Pour tout te dire, au moment où vous êtes arrivés, j'étais au téléphone avec le juge qui auditionne l'affaire, et qui se trouve être un ami à moi. Mon assistant a demandé une date d'audience et nous n'en avons toujours pas, donc je lui ai passé un appel pour essayer de faire avancer les choses plus rapidement.

— Et...

— Il semblerait que l'avocat des Jordan essaye de faire contester le testament.

— Ils peuvent le faire ?

— Évidemment qu'ils peuvent. N'importe qui peut porter plainte contre n'importe qui, quelle que soit la raison, mais ça ne veut pas dire qu'ils vont gagner.

— Sur quelles bases peuvent-ils déposer la plainte ? demanda Zander.

— L'avocat des Jordan prétend que la seule raison pour laquelle tu as été à nouveau désigné comme exécuteur testamentaire est que tu étais

161

dans le coma quand tu as été déchu de ton statut et que tu ne pouvais pas te rendre à une audience pour la contestation. Maintenant, ils demandent une audience en bonne et due forme avec les deux parties présentes pour contester le testament et te retirer le statut d'exécuteur.

— Quelles sont leurs chances de gagner ?

— À mon avis, presque nulles. Je pense que c'est juste une façon de repousser l'échéance et que ça finira par être rejeté. J'ai rédigé ces testaments, ils sont inattaquables.

— Alors, qu'est-ce qu'on fait, maintenant ?

— On attend notre moment au tribunal. Sois patient, Zander, ça va venir. Quoi d'autre ?

— Les biens de mes parents.

— Oui ?

— J'ai passé en revue tout le patrimoine de mes parents, qui est entièrement à moi maintenant, et je ne sais que trop bien que l'on peut être ici un jour et plus là le suivant, donc je voudrais mettre à jour mon testament immédiatement.

— D'accooooord, dit Burton suspicieusement. Et que veux-tu modifier en dehors du retrait évident du nom de Darren puisqu'il n'est plus parmi nous ?

— Comme tu le sais, en dehors des associations caritatives que Darren et moi soutenions, le plus gros de nos biens devait aller à celui d'entre nous qui était toujours là, dit Zander aussi bien à Burton qu'à Jake.

Burton acquiesça.

— Oui, je suis au courant.

— Je voudrais conserver la même part pour le caritatif, mais je veux désormais léguer le reste de mes biens à Jake.

— Quoi ? s'exclama Jake.

— Écoute, Jake, expliqua Zander, je me fiche de ce que tu fais avec tes propres biens, mais je n'ai pour ainsi dire pas de famille, et si quelque chose m'arrive, par exemple lors d'une excursion pour camper ou randonner, insista-t-il, je veux que tout soit en ordre. Alors, s'il te plaît, ne te fâche pas.

— Avec tout le respect que je dois à M. Elliot, dit Burton en évoquant Jake, mais en regardant Zander, comme avocat et ami, je dois te demander si tu as bien réfléchi à ça. Vous ne vous connaissez que depuis peu de temps.

— Burton, je sais que c'est probablement très difficile à comprendre pour toi, mais c'est ce que je veux et ce n'est pas une invitation à débattre, en tout cas, pas avec toi.

162

— Mais Zander, dit Jake, stupéfait.

Zander se tourna vers Jake et lui prit la main.

— Je t'aime. Tu as été présent pour moi quand j'ai eu besoin de toi, et tu ne me connaissais même pas vraiment. Tu as toujours été là pour me soutenir, pour m'aider et finalement, pour m'aimer. Bon sang, Jake, tu as abandonné ta carrière pour moi.

— Zander, murmura Jake, j'ai abandonné ma carrière parce que je ne croyais plus dans le système et que je ne faisais plus confiance aux gens avec qui je travaillais, pas pour toi.

— Oui, cependant, interrompit Zander, ça a commencé avec moi. Burton, fais les changements maintenant, Jake et moi en discuterons plus tard, et si nous voulons faire des modifications, je t'en reparlerai.

Zander vit le regard défait de Burton alors qu'il acquiesçait.

— Je m'en occuperai, promit-il.

— Merci, Burton.

— C'est tout ?

— Oui, c'est tout, conclut Zander.

— Oh, j'ai failli oublier ? Il y a des pistes avec cette émission de télévision ?

Zander ouvrit la bouche, mais Jake intervint brusquement.

— Rien encore, monsieur, mais, nous avons de l'espoir.

Zander regarda Jake, mais ne dit rien.

Burton les regarda tour à tour d'un air perplexe.

Après quelques secondes de silence, il dit enfin :

— Eh bien, si elle apporte des pistes et que je peux aider, dites-le-moi.

— Nous le ferons, monsieur, dit Jake.

— Oh encore une chose, ajouta Zander. Maintenant que l'émission est passée, Jake et moi allons nous éloigner pour quelques semaines, pour nous vider la tête et décider de ce que l'on va faire du reste de notre vie.

— Je pense que c'est une excellente idée. Faites un bon voyage et ne vous préoccupez de rien ici. Je vous appellerai si besoin est.

Burton se leva et Zander et Jake l'imitèrent. Lorsqu'il passa devant le bureau, Zander le prit dans ses bras. Zander le sentit se crisper puis se détendre.

— Merci, Burton, et je suis désolé de ne pas avoir été là pour toi.

— Tu avais tes propres démons à exorciser, admit Burton. Je comprends.

Zander relâcha Burton et recula. Jake serra la main de Burton, et ils quittèrent le bureau.

Pour la seconde fois de la journée, ils retournèrent vers la voiture avec un lourd silence qui les séparait.

— Jake, parle-moi. Ne sois pas en colère contre moi s'il te plaît.

Jake se tourna vers Zander, prit son visage entre ses mains et l'embrassa tendrement.

— Je ne suis pas en colère après toi, bébé, chuchota-t-il. C'est la chose la plus adorable qu'on n'ait jamais faite pour moi.

Zander souffla.

— Mais… murmura Jake, les mains toujours sur le visage de Zander, la prochaine fois que tu fais quelque chose comme ça, est-ce que tu pourrais prévenir un minimum ?

— Promis, dit Zander en prenant les mains de Jake dans les siennes et en les serrant. Mais pour être honnête, je n'y ai pensé que ce matin pendant qu'on faisait nos achats. À un moment dans le magasin, j'ai commencé à avoir une crise de panique, et je ne savais pas vraiment pourquoi. Plus tard, en venant, ici, j'ai compris. J'ai réalisé que nous allions partir dans la nature pour retrouver un tueur désespéré et n'importe quoi pourrait arriver… à n'importe lequel d'entre nous. Et soudain, j'ai eu cet irrépressible besoin de te protéger, et c'est là que j'ai pris ma décision.

Jake leva un sourcil.

— Pas dans le sens de m'occuper de toi, mais celui de te garder sain et sauf. Est-ce que ça a du sens ?

— Oui, et merci. Ce que tu as fait était très généreux et adorable.

— C'est parce que je t'adore, dit Zander.

— Je t'adore aussi, bébé, mais puisque l'on en parle, si je viens à mourir, tous mes investissements sont sur un compte bloqué pour l'éducation de mes nièces et neveux, et ma part de la ferme revient à ma famille. Je sais que tu n'as pas besoin de plus d'argent et de presque 1 500 hectares de terrain dans une ferme à bétail, donc si tu es d'accord, j'aimerais que ça reste comme ça. Tout le reste, je veux que ça te revienne.

— Jake, tu n'es pas obligé de faire ça. Ce n'est pas pour ça que j'ai changé mon testament.

— Je sais, mais je veux le faire. Je veux te montrer que je suis aussi impliqué dans cette relation que toi.

Zander ne répondit pas. Il se contenta d'attraper Jake par l'arrière du cou et l'attira vers lui dans un long baiser passionné. Lorsqu'ils se séparèrent, il dit :

— Je suis content que tout ça soit réglé.

— Moi aussi. Maintenant, puis-je t'offrir le déjeuner que je te dois ?

— Tu as intérêt.

ILS PROFITÈRENT d'un agréable déjeuner et rentrèrent environ une heure avant que leurs achats du magasin de sport ne soient supposés arriver. Zander appela Blue Star Jets et réserva un jet privé, pour un départ à sept heures le lendemain matin, pour les emmener avec leur équipement à trois heures et demie de là, à l'aéroport Lake Hood d'Anchorage. Il commanda ensuite une voiture pour les amener de l'autre côté de l'aéroport à neuf heures quarante-cinq, jusqu'à la base où se trouvaient les hydravions. Pendant ce temps, Jake appela Mac Cleary et ils planifièrent le dernier tronçon de leur voyage. Il fit part de leurs projets et lui demanda de les déposer au lac Hiline à l'endroit exact où il avait déposé Wilson.

Le concierge les appela pour les prévenir que le vendeur du magasin de sport était dans l'ascenseur avec tous leurs achats. Tandis qu'il déchargeait l'arrière du véhicule, Jake faisait l'inventaire de chacune des boîtes pour les trier. Zander buvait un café en l'observant quand il le vit surpris par l'arrivée du matériel de pêche.

— Ça doit être une erreur, dit-il au vendeur, on n'a pas commandé ça.

Le vendeur regarda Zander, qui hocha la tête.

— Il n'y a pas d'erreur, dit-il en souriant à Zander.

Zander regarda les yeux de Jake s'écarquiller.

— C'est toi ?

— Je plaide coupable, dit Zander, je n'ai pas pu m'en empêcher. Tu avais l'air d'un enfant au matin de Noël, dans le magasin. Comment aurais-je pu ne pas t'offrir ces choses ?

Le coin droit de la bouche de Jake se souleva pour former un sourire asymétrique, qui s'élargit rapidement et toucha Zander en plein cœur. À cet instant, Zander réalisa qu'il pourrait dépenser jusqu'au dernier centime pour s'assurer que ce sourire ne s'évanouisse jamais.

Quand la dernière boîte fut déchargée, et qu'ils furent à nouveau seuls, Jake courut vers Zander et sauta dans ses bras en enroulant les jambes autour de sa taille. Il l'embrassa et lui dit :

— Merci pour le matériel de pêche, Daddy.

Zander sourit.

— Il y a quelques heures, tu t'inquiétais que je t'entretienne, et maintenant tu m'appelles Daddy ?

— Je te taquine, dit Jake en enfouissant la tête dans le creux de son cou et en s'y accrochant.

— Je sais, dit Zander en émettant un petit rire, mais au bon moment et au bon endroit, je crois que je pourrais apprécier.

Zander sentit un sourire se former sur les lèvres qui se pressaient contre son cou.

Ils passèrent les heures suivantes à faire leurs bagages avec leur nouvel équipement et à les empiler dans l'entrée. Zander demanda au concierge d'envoyer quelqu'un pour charger le tout dans le Range Rover, pendant que Jake appelait son avocat à propos des modifications sur son testament, puis sa famille pour leur expliquer ce qu'il s'était passé pendant la semaine qui venait de s'écouler. Il les avait mis au courant de sa démission et de Zander, et comme d'habitude, ils le soutenaient à cent pour cent.

Quand la voiture fut chargée et les détails réglés, ils s'avachirent sur le canapé pour faire une pause. Zander s'allongea avec la tête sur les genoux de Jake pendant qu'il lui caressait les cheveux.

— Je suis crevé, déclara Zander.

— Je sais ce que c'est, ajouta Jake.

— Qu'est-ce que tu dirais d'une douche chaude, de mes sandwiches au fromage fondu à la renommée quasi internationale avec une soupe à la tomate, et de se coucher tôt, suggéra Jake. Cinq heures du matin va arriver très vite.

— Miam, gémit Zander, j'adore le fromage fondu et la soupe de tomate. Ça me semble parfait.

— Et... Si tu es très sage, je te ferai peut-être même un massage du dos avant de dormir.

Zander se leva en un éclair et partit dans la salle de bain. Jake le regardant en riant se déshabiller sur le chemin.

ZANDER AVAIT déjà mis l'eau en route et se tenait sous l'une des quatre pommes de douche quand il entendit la porte s'ouvrir. Jake se mit derrière lui avant de passer les bras autour de sa taille. L'odeur de l'eucalyptus remplit le cocon de marbre et de verre, et Zander se sentait à l'aise et en sécurité avec les bras de Jake serrés autour de lui. Il se détacha de lui et mit du shampoing dans ses mains avant de commencer à doucement laver et masser le cuir chevelu brun, épais et ondulé de Jake. Quand ses cheveux furent propres et son crâne massé avec soin, Zander attrapa un gant de toilette et ajouta du savon, puis se mit à laver affectueusement le dos de Jake et son fessier ferme et rond. Il le fit pivoter et lava son cou et son torse. Il lui souleva le bras gauche et nettoya son aisselle, puis fit glisser le gant de haut en bas, lavant son bras de façon apaisante. Il fit ensuite la même chose avec le bras droit et se mit à genoux pour s'occuper de l'autre moitié du corps de Jake.

Il ignora volontairement l'érection qui lui faisait face, et frotta les deux jambes de Jake, puis ses pieds et ses orteils. Il revint lentement vers le haut, puis il savonna et lava le pénis maintenant gorgé de sang. Il lâcha le gant de toilette et fit glisser ses deux mains derrière, nettoyant et massant les fesses musclées de Jake. Zander passa les mains entre les deux fesses et sentit son amant trembler ; il espéra que c'était de plaisir.

Sans perdre de temps, il souleva le gland du sexe de Jake jusqu'à sa bouche et l'enveloppa de ses lèvres. Cette fois, Jake ne se contenta pas de gémir, il inspira brusquement et plaça une main derrière la tête de Zander. Celui-ci commença à faire de longs mouvements, sa tête allant et venant alors qu'il prenait le magnifique sexe de Jake. Jake resserra sa prise sur la tête de Zander, et ce dernier se délectait du fait qu'il soit sur le point de perdre le contrôle. La main de Jake guidait doucement les mouvements de Zander pendant que son membre pénétrait et ressortait de sa bouche. Ne voulant pas que ça finisse, Zander laissa le sexe de Jake se reposer et se mit à jouer avec ses bourses. Il continua à masser le fessier de Jake pendant qu'il les prenait dans sa bouche et les titillait avec sa langue. Jake trembla encore quand Zander glissa ses doigts entre ses fesses et les bougea dans un sens puis l'autre jusqu'à atteindre son anus. Zander massa doucement l'ouverture avec son index et le sentit contracter ses muscles en réaction au plaisir.

Zander poussa lentement avec son doigt et commença à le pénétrer doucement. Il reprit le sexe de Jake dans sa bouche. Celui-ci gémit à nouveau et commença à aller et venir plus énergiquement. Zander enfonça son doigt en lui au maximum dans l'espoir de trouver rapidement son point sensible. Jake commença à gémir de plus en plus fort et en quelques secondes, il éjacula dans la gorge de Zander. *Bingo*, songea Zander en retirant son doigt de l'anus de Jake. Zander se releva, attira Jake contre lui et l'embrassa en lui faisant goûter sa propre semence. Jake essaya de former des mots, sa bouche s'ouvrant et se refermant plusieurs fois avant qu'il ne soit finalement capable de bredouiller « C'était incroyable » en allant pour se mettre à genoux.

— Non, empêcha Zander, c'était mon cadeau, pour toi. Tu t'occuperas de moi plus tard.

Il poussa Jake en dehors de la douche et se lava rapidement. Lorsqu'il eut fini, des bras chauds qui tenaient une serviette de bain aussi chaude l'enveloppèrent.

— Salut, matelot, dit Jake en tenant un flacon d'huile de massage trouvé dans un tiroir, je t'attendais.

— Vraiment ? Ma petite personne ?

— Il n'y a rien de petit chez toi, à part peut-être ton ego, dit Jake avec un petit rire. Va te sécher et te coucher, je vais te rejoindre.

— Quelle autorité ! le taquina Zander.

— Tu devrais t'y habituer, lui dit Jake en quittant la salle de bain.

JAKE SE rendit dans la cuisine, mit le flacon d'huile de massage au micro-ondes, et fit tourner le bouton minuteur. Quarante-cinq secondes plus tard, il était sur le chemin du retour vers la chambre, comme investi d'une mission. Lorsqu'il arriva dans la pièce, il s'arrêta net. La vision qui l'attendait lui coupa le souffle et était trop belle pour ne pas prendre le temps de l'admirer. Zander était allongé sur le ventre, en étoile de mer sur des draps en soie. Ses épaules larges menaient à sa taille étroite et aux fesses les plus rondes que Jake ait jamais vues. Ses longues jambes musclées, et ses pieds parfaits achevaient la pose digne d'une photo.

Il grimpa sur le lit et se mit à califourchon sur le dos et les fesses de Zander. Il ouvrit le flacon et fit couler de l'huile sur ses mains. Il les frotta l'une contre l'autre et l'appliqua, avec la pression qui convenait, sur les épaules de Zander. Il sourit lorsque Zander gémit de plaisir. Jake sentait que les muscles de son dos étaient durs et noués, de toute évidence à cause du stress lié à ce qu'ils traversaient, mais il était déterminé à y remédier.

Il se concentra sur les épaules de Zander, travaillant chaque nœud qu'il trouvait. Il se déplaça vers le bout du lit et s'agenouilla sur le sol, avant de masser chaque cuisse et chaque mollet de Zander. Il remonta, s'installa à nouveau sur le fessier de son homme, mais dans l'autre sens, plia son genou et massa la pointe de ses pieds, ses talons et ses orteils. Il se tourna et porta son attention vers le bas du dos de Zander et ses fesses rondes. En glissant sa main sous le torse de Zander, il sentit son sexe à demi en érection qui commençait à perler sur les draps. Il tira doucement le sexe de Zander vers lui, et il se souleva un peu pour faciliter le mouvement de Jake. Tout en caressant son pénis, Jake fit courir ses doigts huilés le long du creux entre les fesses de Zander. Quand il entendit Zander inhaler soudainement, il s'approcha de sa cible et passa ses doigts dans un sens puis dans l'autre, s'arrêtant de temps à autre pour masser le muscle circulaire avec son pouce. La brusque inspiration laissa la place à des gémissements, et Zander se mit à bouger ses hanches de haut en bas. Jake le fit rouler doucement sur le dos et fut récompensé par le sourire le plus scandaleux qu'il lui ait été donné de voir, sans compter un sexe très dur.

Jake ne perdit pas de temps et engloutit Zander en une fois. Zander donna un coup de reins, et il força sa gorge à se détendre avant de le prendre entièrement, jusqu'à la base. Zander posa tendrement une main sur sa tête et suivit ses mouvements de bas en haut. Jake relâcha le pénis de Zander et il se pencha encore, passa la langue sur ses testicules et commença à lécher l'intérieur de ses cuisses.

— Tourne-toi et mets-toi à genoux, murmura Jake.

Zander obéit pendant que Jake s'asseyait en tailleur, les yeux à hauteur des fesses les plus belles qu'il ait jamais vues. Le sexe dur de Zander et ses testicules imposants retombaient entre ses jambes.

Regarder était incroyable, et toucher était divin, mais ça ne suffisait pas. Il avait besoin de goûter. Il écarta les fesses de Zander et passa doucement sa langue sur son anus. Zander se crispa et il s'arrêta.

— Ça va ? demanda-t-il.

— Oui, souffla Zander, c'est juste que personne ne m'a touché à cet endroit depuis un moment.

— Tu veux que je m'arrête ?

— Pitié, non, ne t'arrête pas.

Jake prit ça comme une carte blanche et alla droit au but. Il caressa le sexe de Zander d'une main en plaçant l'index de l'autre contre son anus. Zander repoussait l'élément intrusif et Jake poussa lentement. Zander était chaud, serré et velouté, et il commença à faire des va-et-vient avec son doigt tout en attisant son sexe. Zander se mit à bouger ses hanches d'avant en arrière, alors il le prit comme le signe qu'il prenait plaisir dans ce qu'il lui faisait. Il glissa un deuxième doigt en lui. La tête de Zander partit brusquement vers l'arrière et il siffla :

— Bordel, c'est bon.

Quand Jake estima que Zander était à nouveau détendu, il bougea ses deux doigts à la recherche de cette petite bosse qui le rendait fou, *lui*. Il devait l'avoir trouvé, car avant qu'il ne le réalise, Zander se releva et était à genoux devant lui.

— Bon sang, c'est bon, bébé.

Jake continua à bouger ses doigts en Zander en massant sa prostate et il provoqua l'orgasme de son amant. Zander retomba à quatre pattes, la tête rejetée en arrière, et il émit un gémissement guttural en jouissant dans la main de Jake qui attendait. Zander se contracta autour des doigts de Jake tandis qu'il continuait à éjaculer par petites giclées, jusqu'à ce qu'il n'ait plus rien à donner. Jake relâcha le sexe de Zander qui se détendait lentement et retira doucement ses doigts de lui. Zander roula sur le dos, essoufflé et haletant.

— Tu essayes de me tuer ?

— Te tuer de plaisir, peut-être, ricana Jake. Bon sang, comme c'était sexy.

— Si toi tu trouves que c'était sexy, tu aurais dû voir comment c'était pour moi.

— J'étais en toi, alors j'ai vu, répondit Jake.

— Très drôle, le taquina Zander.

— Ne bouge pas, dit Jake alors qu'il sautait hors du lit pour aller chercher une serviette humide dans la salle de bain.

— Aucune chance, cria Zander.

Plusieurs minutes plus tard, Jake revint avec une serviette chaude et humide. Il nettoya Zander avec l'amour et le soin qu'il aurait envers un enfant et lui ordonna de se recoucher.

Zander s'exécuta et Jake rampa pour se mettre à côté de lui.

— Je t'aime, dit-il en se blottissant contre la poitrine de Zander, une position qui devenait une habitude.

Et c'est ainsi qu'ils s'endormirent.

XVI

BIP-BIP. LE réveil s'exprima en faisant sursauter Zander et en le tirant d'un sommeil profond. Son cœur commença à battre rapidement avant qu'il ne réalise où il était, Jake serré dans ses bras. Il enfonça le bouton « rappel », prit une grande inspiration, et souffla lentement pour se calmer. Il avait commencé à sentir son rythme cardiaque revenir à la normale lorsqu'il entendit Jake geindre et se blottir un peu plus contre lui. Zander sourit et profita de la sécurité et de la certitude que lui apportait l'amour de Jake, et il envisagea une minute d'éteindre le réveil et de se rendormir. Puis la réalité s'imposa, et il réalisa que rien de tout ça n'arriverait aujourd'hui ou dans un futur proche. Pendant qu'il restait là, allongé pendant les sept minutes qui suivirent, à attendre que le réveil sonne à nouveau, il réfléchit à ce qui les attendait. *Quelques semaines dans la nature en Alaska, ça semble excitant et dépaysant, mais si on ajoute l'agent du FBI et l'éditeur devenus chasseurs de prime, ça pourrait devenir un peu risqué, cette histoire. Jake et moi sommes passés de connaissances à amants en un peu plus de six mois, mais après tout ce que j'ai vécu, je le sens vraiment bien, alors je vais voir où ça me mène. Maintenant, tout ce qu'il y a à faire, c'est de le garder sain et sauf en Alaska, et peut-être que nous pourrons vivre heureux jusqu'à la fin de nos jours.*

Bip-bip.

— C'est l'heure, bébé. On a une grosse journée devant nous, murmura Zander dans l'oreille de Jake.

Jake bougea un peu, puis se pelotonna à nouveau.

— Allez, mon grand, taquina Zander. Si tu me suis jusqu'à la douche, je te réveillerai correctement.

Jake ouvrit un œil, regarda Zander, puis leva un sourcil.

— Sérieusement ? demanda-t-il.

— Qu'est-ce que tu en dis ? demanda Zander en sortant du lit.

Avant qu'il ait pu en faire le tour, il vit Jake bondir du lit et courir vers la salle de bain tel un éclair.

Note à moi-même, c'est ainsi que l'on fait sortir Jake du lit.

Ils prirent une douche, s'amusèrent, et prirent une autre douche. Ils s'habillèrent ensuite et étaient sortis de la maison à six heures. Puisqu'ils prenaient un jet privé qui décollait du petit aéroport régional de Lake Union, ils n'avaient pas besoin d'y aller plus en avance que le temps qu'il leur faudrait pour faire peser et charger leurs bagages dans le petit avion. À six heures quarante-cinq, tout était à bord, et ils s'apprêtaient à monter à leur tour.

Une nouvelle fois, Jake afficha un sourire jusqu'aux oreilles tandis qu'ils montaient à bord du jet.

— C'est plus un salon qu'un avion, dit-il avec admiration.

— C'est cool, hein ? accorda Zander. As-tu déjà été dans un jet privé, avant ?

— Si tu appelles Air Force One un jet privé, partagea Jake, mais ce truc est tellement grand que ça ne donne pas l'impression d'un jet.

— Tu as été sur Air Force One ?

— Oui, j'ai été choisi pour aller dans le Missouri avec quelques agents pour rejoindre les Services Secrets et le Président Bush pour le coup d'envoi du Mois des Américains Âgés, et nous sommes allés là-bas avec Air Force One.

— Alors, *ça*, c'est cool.

Jake haussa les épaules.

— Pas autant que celui-là.

Les moteurs démarrèrent et les deux jeunes pilotes amenèrent lentement l'avion vers le bout de la piste. Le rideau entre le cockpit et la cabine était ouvert et Jake était fasciné par ce qu'il s'y passait.

— Je n'ai jamais vu le décollage depuis le cockpit, s'exclama-t-il, c'est génial.

Ils étaient assis l'un à côté de l'autre sur un canapé courbé, et Zander sourit et se pencha vers Jake pour murmurer à son oreille :

— Ne perds jamais ça, d'accord ?

Il l'embrassa ensuite sur la joue.

— Perdre quoi ? demanda Jake.

— Pour commencer, ta curiosité et ton étonnement pour les petites choses, mais surtout ton sourire contagieux. Si je pouvais voir ce sourire pour le restant de mes jours, je serais le plus heureux des hommes.

— Je verrai ce que je peux faire à ce propos, répondit Jake avec un rire.

Prêt pour le décollage, le pilote augmenta les gaz en maintenant l'avion sur place. L'énergie dégagée fit vibrer le jet jusqu'à ce que le pilote relâche les freins et que l'avion soit propulsé vers l'avant. En quelques secondes, le nez de l'avion pointa vers le ciel et ils furent en route. Les yeux de Jake étaient ronds comme des soucoupes, et Zander ne put s'empêcher de sourire devant la fascination enfantine qu'on lisait sur son visage.

Le vol jusqu'à Anchorage durait trois heures et demie, alors ils sortirent un bloc-notes et un stylo, et commencèrent à élaborer un plan. Leur premier plan d'attaque était d'obtenir autant d'informations que possible de la part de Mac Cleary, principalement à propos de Wilson et de son comportement le jour où il l'avait emmené au lac. Mais aussi s'il pouvait se souvenir de quoi que ce soit, que Wilson ait dit qui pouvait indiquer quels étaient ses plans immédiats et à plus long terme. Ils avaient également besoin que Mac leur donne des informations sur le lac et les environs, en incluant les possibles hébergements et logements abandonnés où Wilson aurait pu se cacher. Puis, Jake suggéra, qu'après leur arrivée au lac entre onze heures trente et midi d'après ses calculs, leur priorité soit de trouver un bon endroit protégé pour installer leur campement. Zander nota aussi de demander à Mac s'il avait lui-même des suggestions. Après cela, ils exploreraient et fouilleraient un certain périmètre autour du camp les premiers jours, avant de le déplacer et de refaire la même chose.

Le vol passa très vite et ils atterrirent à Anchorage quelques minutes avant l'heure prévue. Comme convenu, un véhicule les attendait sur le tarmac. Ils déchargèrent et rechargèrent leur équipement, puis s'en allèrent vers l'autre bout de l'aéroport. Le chauffeur les emmena directement jusqu'aux quais des hydravions et tous les trois déposèrent les bagages sur un chariot qu'ils poussèrent sur les quais, où Mac les attendait.

Zander donna un pourboire au chauffeur et attrapa le devant du chariot tandis que Jake en tirait l'arrière. Mac les vit arriver vers lui et les rencontra à mi-chemin sur le quai.

— Bonjour, dit-il en tendant la main à Zander. Je suis Mac Cleary.

— Zander Walsh. Content de vous rencontrer enfin.

Jake arriva depuis l'arrière du chariot.

— Bonjour Mac, Jake Elliot.

— Ravi de vous rencontrer, les gars. Laissez-moi vous aider avec tout cet équipement.

Ils guidèrent le chariot le reste du chemin et s'arrêtèrent devant un des hydravions.

— Joli, dit Jake, il est à vous ?

— J'aimerais bien. Celui-ci appartient à Mountain Air, mais ma femme Lindsey et moi avons tous les deux, deux emplois, et nous aurons bientôt assez économisé pour acheter le nôtre.

— C'est super, dit Zander. Écoutez, une fois que l'avion sera chargé, j'espérais pouvoir vous poser quelques questions.

— Bien sûr, répondit Mac. Mais on ferait mieux de faire ça ici parce que c'est assez bruyant dans l'avion pendant le vol.

— Y a-t-il un endroit où l'on pourrait s'asseoir quelques minutes avant de partir ? demanda Jake.

— Oui, il y a un petit café un peu plus haut sur la colline, dit Mac en pointant la direction du doigt.

Zander et Jake tendirent sac après sac à Mac et le regardèrent soupeser et placer chacun d'eux dans la queue de l'hydravion.

— On ne va pas être trop lourd ? s'enquit Zander.

— Ça ira, répondit-il. Cet avion peut transporter jusqu'à cinq passagers avec du matériel, et puisque nous sommes seulement trois, nous avons pas mal de marge.

Lorsque l'avion fut chargé, ils se rendirent jusqu'au café.

— On a le temps de vous offrir un petit-déjeuner ?

— Oh oui. Qui serais-je pour refuser un petit-déjeuner gratuit ? Du moment que je suis de retour pour mon projet trajet à quatorze heures trente, tout va bien.

Pendant qu'ils mangeaient, Zander et Jake posèrent toutes les questions auxquelles ils pensaient à propos du jour où Wilson avait disparu. Mac revint consciencieusement sur les détails autant que le lui permettaient ses souvenirs, comme il l'avait fait au téléphone. Ils lui demandèrent ensuite ce qu'il savait de l'environnement et des possibles lieux pour se cacher.

— Écoutez, suggéra Mac, Lindsey et moi avons beaucoup parlé de tout ça depuis l'émission et notre coup de téléphone. On a quelques opinions, si vous voulez les entendre.

— Absolument, dit Jake, nous sommes intéressés.

— D'accord, commença-t-il. Premièrement, Lindsey et moi pensons que Wilson a donné une date pour le récupérer parce qu'il pensait qu'en ne le faisant pas, il provoquerait des soupçons, et il avait raison. Deuxièmement, je suis certain qu'il avait compris que s'il ne se présentait pas sur les lieux quand il était supposé le faire, je serais obligé de le signaler auprès d'une autorité quelconque.

— Ça a du sens, accorda Zander.

— Troisièmement, continua Mac, si j'étais lui, je me ferais très discret pendant un moment après que la date prévue soit passée, parce que je saurais qu'il y aurait des avions et des rangers à ma recherche. Et si une personne veut vraiment se perdre là-haut, ce n'est pas très difficile.

Zander et Jake hochèrent la tête.

— Et pour finir, une fois tout le bazar calmé, je trouverais un hébergement où me terrer jusqu'à ce que je sois capable d'aller jusqu'au port de Skagway, puis en Russie, ou à la frontière canadienne.

— C'est très intéressant comme avis, Mac, merci, dit Jake. Mais ça me rappelle une question, est-ce que vous pouvez nous parler des hébergements ou abris aux alentours du lac ?

— Oh, il y en a beaucoup. J'ai un plan dans l'avion, je vous marquerai les localisations de tous ceux que je connais, et vous pourrez vérifier par vous-mêmes.

— C'est parfait, déclara Zander.

— Pourquoi y en a-t-il autant ? demanda Jake.

— Pendant la ruée vers l'or du Klondike, les gens sont venus en Alaska en espérant y devenir riches. Selon la rumeur, les pépites qui parcouraient les rivières étaient déposées sur les rives, attendant juste que quelqu'un les ramasse. C'est fou le nombre de personnes qui ont fait leurs valises et ont quitté leurs foyers pour devenir riches en se basant sur une rumeur.

— Les plans pour devenir riche très vite sont là depuis un bon moment, rit Zander.

— Oh que oui, dit Mac. Vous verrez les restes des cabanes rustiques construites à cette époque sur toute la zone, mais la plupart sont à peine plus que des cheminées dépassant du sol. L'endroit le plus densément peuplé est près de la Mine de l'Indépendance, qui était la seule mine à produire une quantité décente d'or pendant cette période.

— Et quand ils ne trouvèrent pas d'or, ils ont juste abandonné à nouveau leur maison ? interrogea Zander.

— C'est à peu près ça. Entre les hivers rudes et le manque de soins médicaux ou de véritable autorité, les gens ont fini par repartir, et ceux qui sont restés sont morts de maladie, se sont entretués à cause des mines d'or ou sont simplement morts de froid. Cependant, ceux qui ont survécu au premier hiver sont repartis la queue entre les jambes et ils sont retournés dans l'est, vers de plus grosses villes et des climats plus cléments.

— Waouh, c'est incroyable, reconnut Jake.

— Vous savez, il y a une cabane en particulier qui pourrait être une bonne cache, suggéra Mac. C'était celle du vieux Palin. Il a vécu dans cette cabane pendant plus de trente ans et il est mort à la fin de l'année dernière, mais son fils Seth dit qu'il va la conserver un moment avant de décider de ce qu'il veut en faire. Bien sûr, elle n'est pas dans un état optimal, mais c'est habitable. Lindsey et moi avons randonné dans le coin plusieurs fois en souhaitant pouvoir nous l'offrir, mais avec le projet d'achat de l'hydravion, ça ne marcherait pas. Peut-être un jour.

— J'espère que ça marchera pour vous, dit Jake. J'ai toujours rêvé de vivre à la montagne et de gérer une auberge de pêche ou une chose dans le même genre.

— Eh bien, il y a un autre endroit que vous devriez aller voir. La vieille Auberge du Lac Hiline est là-bas, aussi.

Le sourire de Zander s'élargit quand il vit tourner les méninges de Jake.

— Voyons, se remémora Mac, c'est un grand bâtiment en bois avec un énorme endroit pour un feu de camp et sept ou huit plus petits. Il a été construit au début du XIXe siècle, paraît-il, et avait une quinzaine de chambres. Il y a un terrain d'un ou deux hectares qui est compris et c'est à deux pas du lac.

— On ira voir là-bas en premier, ça a l'air intéressant.

Zander leva les yeux au ciel, et Jake haussa les épaules.

— On doit vérifier tous les endroits possibles, alors autant commencer par celui-là.

— Autant faire ça, accorda Zander. On décolle ?

— Je suis prêt quand vous l'êtes.

— Hé, demanda Jake, combien de personnes sont au lac à cette période de l'année ?

— Pas beaucoup, juste des randonneurs très motivés, indiqua Mac. Sans auberge ni résident permanent, on a quelquefois des pêcheurs qui vont là-bas pour la journée, mais pas beaucoup plus.

— Je vois.

Jake paya l'addition, et ils retournèrent jusqu'au quai. Mac détacha l'avion et demanda à Zander de tenir les amarres pendant qu'il démarrait les moteurs. Il invita Jake à s'asseoir à la place du copilote, et Jake était si excité qu'il peinait à attendre pour monter dans l'avion. Ils naviguèrent jusqu'au canal et purent décoller immédiatement.

Mac avait raison. Impossible de tenir une conversation une fois dans le ciel sans avoir des casques et des micros. C'était un jour parfait pour voler ; le ciel était plus bleu que bleu et la visibilité était sans fin, ce qui donnait des vues à couper le souffle. Zander s'installa confortablement en observant Jake, dont la tête tournait dans tous les sens comme celle de Linda Blair dans *L'Exorciste* alors qu'il essayait de ne rien rater.

Sur le trajet, Mac leur montra le mont McKinley, plus connu sous le nom de Denali, la montagne Beluga et le mont Foraker. Ils approchèrent du lac et Mac vola en cercles pour se préparer à atterrir. Quelques minutes plus tard, ils étaient sur la rive et déchargeaient à nouveau leur équipement. Mac leur donna la carte qu'il avait promise et entoura les lieux approximatifs de la Mine de l'Indépendance et d'autres bâtiments abandonnés dont il leur avait parlé pendant le déjeuner. Il prit un peu de temps pour leur indiquer les directions pour s'y rendre et les montrer sur la carte, pour les aider à se repérer. Pour finir, il leur montra un endroit où Lindsey et lui installaient toujours leur camp quand ils s'échappaient ici pour un long week-end. Peu de temps après, Zander et Jake se tenaient bras dessus bras dessous, faisant des signes d'au revoir vers l'hydravion qui redécollait vers Anchorage.

IL ÉTAIT presque midi lorsque Zander et Jake commencèrent à déballer leurs affaires et à installer leur camp. Au départ, ils hésitèrent à allumer un feu et à alerter quelqu'un de leur présence, mais ils réalisèrent ensuite que c'était une zone de loisirs et que les visiteurs devaient aller et venir sans arrêt. De plus, aucun d'entre eux ne pensait réellement que Wilson se terrerait si près du lac, de peur d'être découvert. S'il était toujours dans le coin, et c'était une grosse condition, il garderait ses distances avec les gens.

Zander monta le brûleur sur la bouteille de propane qu'ils avaient achetée pour le café du matin, vérifia la lanterne à gaz et testa les lampes de poche. Jake ouvrit un sac de toile et cria à destination de Zander :

— Hé, bébé, regarde ça.

Il retira l'objet du sac et le lança en l'air avant que ne retombe une tente parfaitement montée. Zander regarda avec amusement Jake essuyer son front et respirer profondément.

— Oh la la, je suis épuisé, plaisanta-t-il.

Zander rit et lui fit signe, ne croyant pas ses yeux d'à quel point Jake semblait s'amuser. Malheureusement, leur amusement allait bientôt s'arrêter quand ils se mettraient à chasser leur cible.

Jake acheva de planter la tente et commença à creuser une tranchée étroite autour de son périmètre, qui s'interrompait à un des coins pour s'éloigner de la tente. S'il se mettait à pleuvoir, l'eau coulerait de la tente vers la tranchée et s'écoulerait vers le lac en les laissant au sec. Pendant que Jake creusait la tranchée, Zander installa dans la tente leurs sacs de couchage, leurs vêtements et une lampe torche, ainsi qu'un sac de toile qui contenait leurs armes, des menottes, le téléphone satellite et un gilet pare-balles que Jake avait insisté pour qu'ils prennent. Ensuite, Jake mit la nourriture dans un autre sac en toile et l'emmena vers un arbre pas trop près de la tente. Avec un coup de main de Zander, il grimpa sur une des branches basses, y attacha une petite poulie et y passa une corde. Il laissa tomber les deux extrémités vers Zander, qui attacha l'une d'entre elles au sac de nourriture et utilisa l'autre pour hisser le sac en hauteur, hors de portée des ours et d'autres animaux. Jake sauta sur le sol et se frotta les mains.

— Ça a l'air bon, dit-il.

— Je crois que oui. Je vais chercher la carte et nous pourrons aller chercher cette auberge abandonnée.

Jake avait peine à cacher son enthousiasme.

— Et les armes, ajouta-t-il.

— Est-ce qu'on a besoin des armes pour faire un peu de randonnée ?

— C'est la nature, bébé. On ne sait jamais ce qu'on va y trouver.

Pendant que Zander rampait dans la tente, Jake tâtonna autour de sa taille pour attraper sa boussole et son couteau de chasse, qui étaient attachés à sa ceinture. Il se pencha et toucha ses orteils en guise d'étirement. Ses nouvelles bottines de randonnée étaient douloureuses pour son pied toujours en convalescence, mais s'il y avait une chance de trouver la vieille auberge cet après-midi, il ferait bonne figure et les supporterait. Zander revint avec les deux armes dans les étuis, la carte et deux bouteilles d'eau. Il donna son arme à Jake, et en quelques instants, elle était bien en place dans son holster. Il s'assura que sa boussole et son couteau étaient bien attachés à sa ceinture, et boucla le holster. Grâce à Jake et aux nombreuses heures passées au stand de tir, Zander se sentait à l'aise avec son revolver et savait comment l'utiliser en cas de besoin.

Jake déplia la carte, et ils l'étudièrent pendant quelques minutes jusqu'à ce qu'ils se mettent d'accord sur la direction à prendre. Alors qu'ils s'éloignaient du lac, ils récupérèrent un chemin naturel, qui finit par les mener directement jusqu'à l'auberge. Au bout d'à peine cinq cents mètres, le sentier débouchait sur une large clairière, et au loin se dessinait le bâtiment imposant à deux étages et en forme de U. Comme Mac l'avait dit, il y avait un grand brasier et plusieurs autres le long du périmètre de l'endroit.

— Arrêtons-nous là, bébé, murmura Jake.

Zander semblait tellement absorbé par son observation du bâtiment, ou de ce qu'il en restait, qu'il continua d'avancer.

— Pssst.

Zander ne s'arrêta pas.

— Zander ! cria Jake.

— Quoi ?

— Reste attentif, s'il te plaît.

Tiré de sa transe, il dit :

— Désolé, je me suis laissé happer. Qu'est-ce que tu disais ?

— Je disais qu'on devrait s'asseoir et surveiller l'endroit pendant un petit moment avant d'aller plus loin. Au cas où Wilson serait assez bête pour se cacher ici.

— Oh, tu as raison.

Jake attira Zander près de lui et lui murmura :

— Reste avec nous, bébé. Je viens juste de te trouver, et je ne peux pas laisser quoi que ce soit t'arriver.

Puis il l'embrassa.

Après le baiser, Zander adressa un regard interrogateur à Jake.

— Arrête de t'inquiéter. Rien ne va m'arriver, le rassura-t-il.

Ils trouvèrent un arbre à une distance raisonnable de l'auberge et ils s'y installèrent, confiants sur le fait qu'ils étaient à l'abri des regards, mais en ayant une vue dégagée sur le bâtiment.

Ils regardèrent l'auberge en silence pendant dix minutes.

— Est-ce que c'est le genre d'auberge où ton père et toi alliez ?

Jake sourit.

— Elle était en meilleur état, mais oui.

Il se tourna et regarda derrière lui.

— Non, mais regarde cette vue, s'il te plaît.

Zander se retourna à son tour et fut immédiatement fasciné à la vue des eaux claires et bleues du lac qui reflétaient les grands conifères qui bordaient la rive. Au-delà du lac, en guise d'introduction aux grands pics enneigés du mont McKinley et de la chaîne de montagnes d'Alaska, se trouvait la montagne Beluga. Zander pencha la tête et écouta la brise qui venait du lac et sifflait entre les cimes des pins qui se balançaient doucement. Il prit la main de Jake.

— Je crois que je n'ai jamais rien vu de plus beau.

— Moi non plus, avoua Jake. Tu penses que c'est possible de se lasser de ce paysage ?

— Pas pour moi, en tout cas, admit Zander.

Ils conservèrent un œil sur le bâtiment pendant encore une vingtaine de minutes, mais ne virent aucun signe d'activité.

— Tu crois qu'on devrait tenter ? demanda Zander.

— Laisse-moi aller voir, et je te fais signe si c'est bon.

— Jamais de la vie, protesta Zander. On est embarqués là-dedans ensemble ou on ne l'est pas du tout.

Jake fronça les sourcils, mais il savait qu'il ne gagnerait pas cette bataille.

— D'accord, allons-y.

Ils s'approchèrent lentement, les mains sur leurs armes. Alors qu'ils étaient de plus en plus près, Zander put voir que la structure était globalement intacte, mais que les portes et fenêtres manquaient. Il suivit Jake et ils passèrent la tête par l'ouverture, où il imaginait qu'une double porte avait autrefois servi de porte d'entrée. En levant la tête, il pouvait voir le ciel à travers le haut plafond de ce qui devait être la grande salle principale. À droite et à gauche se trouvaient des couloirs ouverts qui donnaient sur la salle, probablement depuis ce qui menait aux chambres de l'étage. Il y avait une très grande cheminée à l'une des extrémités de la pièce, et en face se trouvait un grand escalier vers le deuxième étage, complètement inutilisable. Zander regarda Jake faire un geste de la main et partit vers la gauche, alors il partit à droite. Alors que Zander passait le premier coin, Jake disparut de son champ de vision. Zander continua lentement et vérifia chaque pièce pour s'assurer qu'ils étaient seuls.

Zander trouva quatre chambres au niveau inférieur, et supposa qu'il y en avait quatre autres au-dessus. Au bout de l'aile du bâtiment, il y avait une autre volée d'escaliers. Il étudia les marches et estima que les quinze premières étaient intactes. Il posa doucement le pied sur la première, et elle supporta son poids, donc il passa à la suivante. Elle tint bon aussi, mais quand il marcha sur la troisième, lui et la marche s'écrasèrent sur le sol. N'étant pas très haut, il retomba sur ses pieds, mais le bruit fort fit écho dans l'auberge vide. Dommage pour l'effet de surprise, pensa-t-il amèrement.

Laissant tomber l'étage pour le moment, il revint sur ses pas jusqu'à la grande salle, plutôt fier de lui et de sa réussite.

JAKE ÉTAIT à mi-chemin à gauche de la grande salle lorsqu'il entendit un grand fracas. Il se tourna pour s'assurer que Zander allait bien, mais il n'était plus derrière lui. La panique le saisit et son cœur rata plusieurs battements. Il revint sur ses pas en vitesse et trouva Zander, souriant.

— Tout est bon de mon côté, dit-il l'air d'attendre une récompense. Tout ce qu'il obtint fut un regard noir de la part des yeux verts de Jake.

— Où est-ce que tu étais, bon sang ?

— Je t'ai vu aller à gauche, donc je suis parti à droite.

— Tu ne m'as pas vu te faire signe de me suivre ? Comment puis-je te garder en sécurité si tu n'arrêtes pas de faire des choses stupides comme ça ?

Jake s'était mis à trembler.

Pendant une fraction de seconde, il vit de la colère dans le regard de Zander alors qu'il lui répondait : Comment ça, st... et s'arrêta au milieu de sa phrase.

Jake put voir le moment où Zander réalisa qu'il était effrayé et non pas énervé. La colère dans ses yeux se transforma en inquiétude, et Jake se retrouva soudain enveloppé dans les bras forts de Zander. Il sentit son contact réconfortant contre son dos, le caressant et le rassurant sur son état.

— Ça va aller, mon chéri. Tu n'as pas à me protéger, chuchota Zander. On est là pour se protéger mutuellement.

— J'ai cru que quelque chose t'était arrivé.

— Tout va bien. Il ne s'est rien passé. Je vais bien.

— Il faut qu'on réfléchisse, essaya d'expliquer Jake. Je pense avoir plus d'expérience avec cette histoire de chasse à l'homme. Est-ce que tu peux me faire confiance, s'il te plaît ?

— D'accord, d'accord. Calme-toi s'il te plaît, demanda Zander. À partir de maintenant, je ferai tout ce que tu me demanderas.

Jake inspira et se força à se détendre.

— Je suis désolé de t'avoir fait peur.

— Il faut qu'on reste ensemble, ordonna Jake. À compter de maintenant, c'est la règle numéro un.

— Compris, on reste ensemble, répéta Zander.

Lorsque Jake se fut remis de sa montée d'adrénaline, ils retournèrent sur leurs pas et vérifièrent l'autre côté du bâtiment. Alors qu'ils le traversaient, Zander expliqua à Jake que cette aile semblait être construite comme celle du côté opposé à l'exception de ce qui semblait être une cuisine, en face de laquelle se trouvait une autre chambre.

— Il devrait y avoir un escalier après cet angle, murmura Zander pendant qu'ils avançaient.

L'escalier était bien là, mais lui aussi était impraticable.

Maintenant qu'ils se sentaient certains qu'il n'y avait pas de moyen de se rendre à l'étage, et qu'ils avaient fouillé le rez-de-chaussée d'un bout à l'autre, ils se détendirent, se sachant seuls.

— Est-ce que cet endroit ne serait pas sympa à restaurer ?

— Mon Dieu, oui. Je crois qu'il y a huit chambres en haut, et sept en bas, plus une cuisine et cette incroyable grande salle.

— Il faudrait ajouter une suite pour les propriétaires, ajouta Zander, et des salles d'eau à chaque chambre, mais je suis sûr que ça peut se faire.

— On aurait besoin de creuser un puits pour l'eau fraîche, et d'ajouter une fosse septique, suggéra Jake. Sans oublier les panneaux solaires et un générateur pour l'électricité.

— Mais je pense que tout ça est faisable, non ?

— Quoi, tu es sérieux ?

Zander sourit.

— Évidemment que je suis sérieux. Je pense que ce serait incroyable.

Jake courut avant de sauter dans les bras de Zander.

— Tu crois que tu pourrais vivre ici ?

— Bien sûr. Ce serait très amusant à restaurer, et nous pourrions louer les chambres l'été, et si nous ne voulons pas rester pendant l'hiver, on trouvera quelqu'un pour s'en occuper à ce moment.

— Et crois-tu que nous pourrions passer un hiver ici pour voir si ça nous plaît ?

— Oui, et si nous apprécions, peut-être qu'on pourra rester ici pour toujours.

— Je t'aime, je t'aime, je t'aime, dit Jake en embrassant le visage de Zander à maintes reprises. Je n'arrive pas à croire que tu ferais ça pour moi.

— Pourquoi pas ? Et pour information, on le ferait ensemble. Je crois que ce serait une super aventure.

— La première chose à faire est de savoir qui possède cet endroit et s'il est à vendre.

— Je parie que Mac peut nous aider là-dessus.

— Bonne idée. Appelons-le quand nous serons de retour au camp.

Ils passèrent les heures qui suivirent à aller de pièce en pièce, planifiant mentalement quelles rénovations ils pourraient faire et comment ils géreraient l'auberge. Puis la réalité s'imposa à nouveau, et Jake s'arrêta.

— Zander, tout ça est très bien, mais on est d'abord ici pour trouver Wilson.

— Je sais, mais je ne vois pas de raison pour ne pas mélanger le travail et un peu de plaisir.

— On devrait se concentrer sur Wilson, et ensuite on pourra faire des plans pour le futur, suggéra Jake.

— D'accord, c'est toi le patron. Allons chercher notre homme.

LORSQU'ILS FURENT de retour au camp, il était presque six heures. Il restait environ quatre heures avant le coucher du soleil, alors Jake récupéra du bois pendant que Zander préparait leurs lits. Quand la tente fut installée, il s'assit sur un rocher et regarda Jake attraper et relâcher truite après truite avec sa canne à pêche. Il semblait s'amuser follement et cela apporta à Zander une joie et un bonheur qu'il n'avait pas ressentis depuis la perte de sa famille.

— Tu as faim ? lui cria Jake.

— Maintenant que tu le dis, oui.

— J'arrive, promit Jake en remontant sa ligne.

Zander et Jake récupérèrent le sac qui contenait leur nourriture et prirent quelques repas instantanés. Le vendeur avait expliqué que c'était le type de repas que les militaires utilisaient et qui les empêchait d'avoir trop d'ustensiles à transporter. Il avait aussi expliqué que chaque repas contenait un plat principal, un plat secondaire, du pain, un dessert et de quoi les réchauffer sans flamme. Les repas étaient prêts en douze minutes et convenaient parfaitement à un séjour dans la nature. Finalement, il avait raison.

Le soleil commençait à se coucher et ils s'installèrent confortablement sur un tas de gros troncs au bord du lac et à côté d'un feu rugissant. Jake était appuyé en arrière avec ses chaussures qui séchaient près des flammes et son pied douloureux sur les genoux de Zander qui lui faisait le meilleur massage de pied qu'il n'ait jamais eu. Tandis que le soleil disparaissait derrière l'horizon, les nuances de rouge, d'orange, de rose et de violet semblaient tourbillonner sans fin dans le ciel comme les couleurs d'un kaléidoscope au ralenti. Le silence confortable qui les entourait était interrompu de temps à autre par des cris ressemblant à ceux de loups solitaires.

JAKE REGARDA avec insistance cet homme séduisant assis en face de lui qui ne se préoccupait que de son plaisir. Qu'une telle tragédie puisse amener un homme si fantastique dans sa vie autrement solitaire le dépassait. Petit à petit, il avait vu Zander revenir de cette période sombre et redevenir l'homme confiant que Jake imaginait qu'il était avant que sa famille ne lui soit si horriblement enlevée. Il se promit de protéger Zander jusqu'à la fin et de ne laisser rien ni personne lui faire du mal.

Il fut tiré de ses pensées par Zander qui lui chatouillait le pied.

— Arrête, dit-il brusquement en retirant son pied.

— Tu étais très très loin, le taquina Zander. Tu veux parler de quelque chose ?

— Pas vraiment, je réalisais juste à quel point je suis heureux d'être ici avec toi.

— Pourquoi n'irait-on pas se coucher afin que tu me montres exactement à quel point ?

Jake souleva un sourcil et sourit.

— Je te défie d'arriver avant moi à la tente.

Avant qu'il ne puisse remettre ses bottines, Zander était parti. Il disparut dans la tente tête la première et les fesses en l'air, et Jake s'arrêta pour profiter de la vue.

Après s'être assuré que le feu était éteint et que le camp était en sécurité, il rejoint Zander pour faire preuve de gratitude.

JAKE ET Zander étaient habillés, avaient pris leur petit-déjeuner et étaient prêts à partir après le lever du soleil. Ils avaient décidé de partir vers le nord, dans la zone entre le lac et la cabane de Palin, ce qui, selon leur carte, couvrait une distance de plus de trois kilomètres. S'ils ne trouvaient pas Wilson, ils reviendraient au camp pour déjeuner et passeraient les deux jours suivants à vérifier les autres cabanes abandonnées que Mac avait entourées sur la carte vers le sud et l'est. Et s'il n'y avait toujours pas signe de Wilson, ils remballeraient leurs affaires et partiraient vers l'ouest, vers la Mine de l'Indépendance, pour fouiller les cabanes des environs.

Ils atteignirent la cabane de Palin vers le milieu de la matinée, s'installèrent et observèrent, comme ils l'avaient fait à l'auberge. Au bout de trente minutes de surveillance ininterrompue, ils s'approchèrent avec précaution de la cabane et regardèrent à travers les fenêtres. Aucun signe de vie. Zander essaya d'ouvrir la porte et elle était déverrouillée. Jake et lui se regardèrent et acquiescèrent. Mains sur leurs armes, ils entrèrent doucement. Jake remarqua immédiatement une trappe fermée sous ce qui semblait être un grenier.

— Couvre-moi, dit-il en s'approchant lentement de l'échelle qui menait à l'espace au-dessus d'eux.

Zander attrapa son arme et la pointa vers l'entrée du grenier. Jake grimpa marche après marche et passa lentement la tête au-dessus du plancher.

— Vide, murmura-t-il en redescendant l'échelle.

Zander s'approcha de la porte fermée avec son arme et Jake juste derrière lui. Il tourna la poignée et poussa la porte avec plus de force qu'il ne le voulait. La porte s'ouvrit complètement et heurta le mur derrière.

— Mince.

— Au moins, on sait que personne ne se cache derrière la porte, plaisanta Zander.

— Encore une impasse.

— Oui, mais encore une jolie impasse, dit Zander en balayant l'endroit du regard. Cette cabane est tellement agréable. Regarde cette cheminée.

Jake regarda autour de lui avant de poser les yeux sur la cheminée.

— C'est très sympa. Je comprends pourquoi Mac et sa femme sont intéressés par cet endroit.

Il marcha jusqu'à la fenêtre.

— Et jette un œil à ce paysage !

Zander le rejoignit devant la fenêtre et profita de la vue dégagée vers le lac avec la montagne Beluga et le mont McKinley en arrière-plan.

— Waouh, cet endroit n'est pas avare en panoramas !

Jake rit.

— En effet.

Ils refermèrent la porte derrière eux en quittant la cabane et redescendirent de la montagne. Ils étaient de retour au campement un peu après midi et déjeunèrent avant de repartir en se dirigeant cette fois vers le sud. Après avoir couvert presque dix kilomètres et vérifié neuf cabanes en ruines, ils retournèrent au camp juste après neuf heures. Ils étaient épuisés et affamés, aussi se contentèrent-ils de manger, de se déshabiller et d'aller se coucher.

Le matin suivant, ils ne furent pas aussi ambitieux. Bien que le soleil se soit levé à cinq heures trente, ils restèrent confortablement dans leurs sacs de couchage jusqu'à presque huit heures. Ils prirent leur petit-déjeuner et décidèrent qu'il était temps de prendre un bain, ce qui consistait en un morceau de savon et une baignade dans le lac. Alors qu'ils se tenaient sur la rive, nus avec une serviette et du savon dans les mains, ils regardèrent les eaux froides du lac et se mirent d'accord pour courir et ne pas s'arrêter avant que l'eau ne leur arrive à la taille. Ils se tinrent la main pour s'assurer qu'aucun des deux ne se dégonfle, et se mirent à courir. Lâchant leur serviette avant de pénétrer violemment dans l'eau, les deux hommes poussèrent des cris stridents. Après la baignade la plus rapide de l'histoire, ils se rhabillèrent et furent de nouveau prêts à continuer leur quête.

Partant peu après neuf heures, ils se dirigèrent vers l'est pour leur dernier jour de recherches dans la zone. À leur plus grand chagrin, l'expédition se révéla aussi peu fructueuse que les précédentes. Ils avaient fouillé sept ruines inhabitables, mais infestées de moufettes sans voir le moindre signe que quiconque se fut approché des lieux depuis très longtemps. Dans la dernière cabane, Jake manqua de peu de se faire asperger par une moufette mécontente de se faire réveiller au milieu de la journée par des intrus. En dehors de quelques écorchures, de bleus et de piqûres de moustiques, ils achevèrent leur journée entiers. De retour au camp, ils étaient si fatigués et sales qu'ils n'eurent pas besoin de pacte pour aller se laver. Ils se baignèrent donc brièvement, dînèrent, et profitèrent à peine du coucher de soleil local sans fin avant de se coucher, trop épuisés pour faire quoi que ce soit d'autre que dormir.

Le lendemain matin, après avoir empaqueté leurs affaires, Jake appela Mac avec le téléphone satellite et lui demanda de venir un peu plus tard dans la journée pour récupérer l'équipement en trop qu'ils laisseraient à un point convenu. Ils firent aussi des plans au cas où ils ne trouveraient pas Wilson dans les quatre à cinq jours : ils seraient prêts à repartir et ils resteraient de toute façon en contact. La dernière demande de Jake fut de voir si Mac pouvait se renseigner et trouver qui était le propriétaire de l'Auberge du Lac Hiline, et si elle était à vendre.

Le camp maintenant démonté, l'équipement rangé, et leurs sacs à dos chargés, il était temps de se mettre en route pour la prochaine étape de leur aventure. Ils calculèrent que s'ils arrivaient à aller jusqu'à la Mine de l'Indépendance en une journée, prenaient quelques jours pour vérifier les environs, mais que s'ils ne trouvaient toujours pas Wilson, ils auraient encore un jour pour retourner vers le lac et ce serait tout. Ils n'avaient pas d'autres pistes.

Zander était assis sur le même tronc qu'à son habitude quand Jake arriva derrière lui et passa ses bras autour de son cou.

— Ne te décourage pas, bébé, dit-il. Il y a toujours une bonne chance qu'on le trouve à la Mine.

— Je sais, dit Zander en attrapant les mains de Jake et en les serrant. C'est juste que si l'on échoue, il y a très peu de chances de comprendre un jour ce qui s'est réellement passé ce soir-là.

— Je ne te décevrai pas, promit Jake. Je suis ton chasseur de prime personnel pour le reste de ta vie, rappelle-toi. S'il est là, je le trouverai et s'il ne l'est pas, je n'arrêterai pas de le traquer jusqu'à ce que je le trouve.

Zander porta la main de Jake à ses lèvres et l'embrassa.

— Je t'aime, Jake.

— Je t'aime aussi, mon chéri. Maintenant, allons nous trouver un tueur.

Ils firent le trajet jusqu'à la Mine de l'Indépendance en un peu moins de huit heures, en s'arrêtant seulement au milieu de la journée pour le déjeuner et une courte pause. Ils pouvaient voir l'entrée de la mine dépasser du flanc de la montagne, et ils installèrent leur camp dans un regroupement d'arbres au milieu desquels ils étaient sûrs de ne pas être vus, tout en ayant de la visibilité sur quiconque entrait ou sortait. Ils effectuèrent les mêmes préparatifs que lors de leur premier jour. Jake monta la tente, Zander s'occupa de leurs couchages et il choisit deux repas instantanés pour le dîner. Pendant que Jake installait leur sac de nourriture, Zander fabriqua un sofa de fortune avec du bois mort. Quand Jake revint vers leur campement, il s'arrêta et croisa les bras sur sa poitrine. Zander put voir ce sourire dont il était tombé si amoureux.

— Eh bien dites donc, c'est confortable, au moins ?

Zander était assis sur le canapé qu'il avait assemblé, avec deux gobelets rétractables, une bouteille de vin rouge ouverte et une paire de jumelles.

— Je t'attendais.

— Je vois ça, reconnut Jake. Comment as-tu réussi à me cacher la présence de ce vin pendant quatre jours entiers ?

— J'ai mes méthodes, dit-il avec un clin d'œil. Maintenant, assieds-toi, parce que je suis fin prêt pour ta soirée de plaisir.

Jake s'approcha et s'assit à côté de Zander.

— Merci bébé.

Zander se leva et mit les mains sur ses hanches.

— Pour votre plaisir visuel, ce soir sur le grand écran, nous vous montrerons La Mine de l'Indépendance, avec Arlen Wilson. C'est l'histoire d'un meurtrier en fuite caché dans une mine abandonnée pendant que les chasseurs de prime se rapprochent. Pour votre plaisir gustatif, le chef a préparé un plat spécial à la mode instantanée accompagné d'une excellente bouteille de Pinot Noir Saut du Cerf cuvée 1987. Et enfin, puisque je vois que votre pied vous fait encore mal, pour votre confort total, votre massage de pied personnel.

Zander se rassit à côté de Jake et lui tapota le genou, puis Jake se tourna et s'exécuta.

Zander versa du vin dans les verres rétractables avant d'en tendre un à Jake. Il lui donna son repas, et ils dînèrent sur un canapé de fortune au milieu de la nature en Alaska. Après avoir mangé, Zander passa les jumelles à Jake et commença à défaire les lacets de ses chaussures, les lui retira une par une et commença à masser le pied endolori de Jake.

— Qu'ai-je fait pour mériter ce genre de traitement ? demanda Jake.

Zander réfléchit à la question.

— Je n'ai connu qu'un homme qui était aussi bon, et qui m'aimait et me soutenait autant que toi dans ma vie, avoua Zander, et je remercie chaque jour le ciel d'avoir eu du temps avec lui et maintenant avec toi.

Jake attrapa la main de Zander et commença à parler, mais Zander l'interrompit.

— Attends, je n'ai pas fini, s'exclama-t-il. Il n'y a rien que je puisse t'offrir ou faire pour toi qui montre à quel point je suis reconnaissant de t'avoir dans ma vie et combien je t'aime.

— Je peux parler, maintenant ? demanda Jake.

Zander hocha la tête.

— Mon chéri, il n'y a rien que tu puisses m'offrir ou faire pour moi qui pourrait me faire t'aimer davantage.

Zander sourit et serra doucement le pied de Jake.

— Merci.

Jake répondit par un sourire à son tour et montra son pied.

— Euh, le massage ?

— Oh, c'est vrai.

À l'aide des jumelles, Jake examina la zone qui menait à la mine et qui entourait l'entrée pendant que lui et Zander parlaient et rêvassaient au sujet de l'auberge et de ce qu'ils voudraient y faire s'ils pouvaient l'acheter. Il était bientôt neuf heures et ils étaient tous deux fatigués. Jake observait un dernier endroit qui ressemblait à un petit sentier en face de la mine lorsqu'il vit du coin de l'œil un mouvement qui attira son attention. Il regarda à nouveau vers l'entrée de la mine et dit :

— Oh, mon Dieu.

Il balança ses jambes sur le sol, manquant de renverser son vin, et tendit son verre à Zander. Son regard était fixé sur l'entrée de la Mine de l'Indépendance.

— Qu'est-ce qu'il y a ? demanda Zander.

— Je crois que c'est lui.

— Hein, laisse-moi voir, pria Zander.

Jake lui passa les jumelles, et Zander regarda un homme boiter au bord de l'ouverture et jeter sur le côté ce qui ressemblait à une carcasse d'animal, un lapin, peut-être. Il l'observa d'aussi près que possible avec les jumelles et d'après ce qu'il voyait, Wilson avait l'air maigre et très fragilisé. Sur un côté, ses cheveux étaient beaucoup plus courts que de l'autre, comme s'ils avaient été rasés, et en continuant son examen, il constata presque immédiatement que sa jambe droite était anormalement large au niveau du mollet. Il semblait même avoir coupé la jambe de son pantalon pour l'adapter à la taille de sa jambe.

— Oh, mon Dieu, murmura Zander, tu as raison. C'est forcément lui.

— Ne nous précipitons pas, l'avertit Jake. Il faut que l'on soit certains avant de débarquer là-bas et d'arrêter le mauvais type.

— Mais comment va-t-on savoir ? Je ne l'ai même pas vu.

— Moi, oui, reconnut Jake. Et je suis presque sûr que c'est lui, mais il faut que l'on soit prudents et que l'on réfléchisse.

Zander rendit les jumelles à Jake.

— Regarde sa jambe, lui ordonna-t-il, sa jambe droite est blessée, et Mac a dit qu'il boitait, donc ça semble normal. Et, ses cheveux, on dirait que l'un des côtés de sa tête a été rasé, comme aurait fait un médecin pour faire des points de suture. Mac a aussi dit qu'il portait un chapeau quand il l'avait rencontré, ce qui pourrait être la raison pour laquelle Mac n'a rien remarqué à propos de ses cheveux.

Jake regarda l'homme balayer des yeux les environs, se tourner et retourner dans la mine.

— Tu as raison, bébé. C'est sûrement lui.

— Alors qu'est-ce qu'on fait ?

— On attend jusqu'à l'aube, et là on y va. On ne sait pas s'il est armé ou pas donc il faudra faire très attention.

Ils terminèrent leur vin, préparèrent leur plan pour le matin, et se glissèrent dans la petite tente pour essayer de dormir un peu, chose qu'ils savaient tous les deux être presque impossible.

XVII

Zander et Jake étaient allongés et réveillés lorsque l'aurore apparut sur la montagne. Aucun des deux n'avait pu dormir beaucoup, mais ils allaient fonctionner avec l'adrénaline, aujourd'hui. Ils s'habillèrent presque sans parler, chacun sachant déjà à quoi l'autre pensait. Jake tendit le gilet pare-balles à Zander.

— Mets ça, mon chéri.

— Non, protesta Zander, toi mets-le.

— Bon sang, je savais que ça allait arriver, dit Jake en se retournant et en donnant un coup de pied dans la terre. Bébé s'il te plaît, ne discute pas ce que je te demande maintenant. Tu es une cible plus importante que moi, et j'ai été entraîné à éviter les coups de feu.

— Qu'est-ce que tu veux dire, une cible plus importante ? plaisanta Zander. C'est une blague sur mon poids ?

Jake ne souriait pas.

— Je suis sérieux, Zander.

— Écoute, Jake, j'ai déjà survécu à la mort d'un homme, et très sincèrement, je n'ai pas envie de devoir survivre à la perte d'un autre.

— Alors, s'il te plaît, pense à moi, plaida Jake. Tu veux me laisser traverser ce que tu as traversé ?

Zander réfléchit une seconde et tendit le bras.

— Donne-moi ce fichu gilet, lui dit-il, mais tu n'as pas été juste.

Jake embrassa Zander sur la joue.

— Merci. Et pour information, je ferais n'importe quoi pour te garder sain et sauf.

Jake ferma le gilet dans le dos de Zander, et Zander acheva de s'habiller. Ils mangèrent en silence, car aucun d'entre eux ne voulait pointer l'évidence.

Lorsqu'il fut l'heure de partir, ils vérifièrent leurs armes et se tinrent face à face.

— Ce que j'ai dit hier soir… dit Jake. Je pensais chaque mot. S'il te plaît, promets-moi que tu ne feras rien de stupide là-bas. Il faut qu'on rentre, qu'on attrape Wilson, et qu'on ressorte sans que personne ne soit blessé.

191

— Je pensais chacun de mes mots aussi. Je t'aime, Jake Elliot, et pour l'amour du ciel, ne joue pas au héros.

Il embrassa Jake langoureusement et Jake le lui rendit en en réclamant davantage.

Jake recula et passa la langue sur ses lèvres.

— Oh, comme c'est bon. Tu ne crois pas que je ferais quoi que ce soit pour gâcher ça, quand même ?

Zander sourit.

— Tu es prêt ?

— Allons-y.

Jake et Zander se frayèrent lentement un chemin jusqu'à l'entrée de la mine pendant que le soleil arrivait vers le sommet de la montagne. Quand ils atteignirent l'entrée, Jake passa devant. Ils imaginèrent que Wilson pourrait se rappeler à quoi ressemblait Zander, et estimèrent préférable que Jake soit celui qui le surprendrait. Avec une lampe infrarouge, Jake suivit lentement et en silence la paroi de la mine, Zander à trois mètres derrière lui. Au bout de vingt-cinq mètres, Jake atteignit une cavité qui se divisait en plusieurs tunnels. Au centre de cette place, il y avait un petit tas de braises encore rougeoyantes dans l'obscurité. À droite des braises, un corps était allongé sur une pile de branches de pin. Jake utilisa sa lampe infrarouge pour balayer l'endroit et essayer de repérer une arme, mais il n'en trouva pas. Ses années d'entraînement refirent surface, et il rentra en mode furtif. Il avança lentement vers Wilson en rampant sur le sol, ne faisant presque pas de bruit. Lorsqu'il fut à moins d'un mètre cinquante, il se leva, et braqua son arme sur le corps immobile.

Wilson ouvrit les yeux et avant que Jake ne puisse dire son nom ou lui dire de ne pas bouger, Wilson dit :

— Dieu merci, vous m'avez trouvé. Ils vont me tuer, dit-il en se mettant à pleurer.

Complètement pris de court, Jake dit :

— Quoi ? Qui va vous tuer ?

À travers les sanglots de Wilson, Jake parvint à identifier les mots « foutu endroit », « deux mois », « infection », « meurs de faim » et « démons ».

— Arlen Wilson ? demanda Jake.

— Comment connaissez-vous mon nom ?

— Parce que vous avez tué ma famille, espèce de connard, dit Zander avec une fureur à peine contenue tandis qu'il s'approchait de Wilson en pointant son arme directement vers sa tête.

Jake vit la colère dans le regard de Zander et il savait qu'il était sur le point de craquer.

— Bébé, ça va aller, le rassura Jake. Baisse ton arme. Je m'occupe de lui. Il n'ira nulle part.

Une minute passa avant que Wilson ne reconnaisse son visage, mais Zander et Jake remarquèrent tous les deux l'instant où cela se produisit et où il réalisa qui se tenait devant lui.

— Allez-y, tirez, abrégez mes souffrances, dit Wilson, la seule raison pour laquelle je ne l'ai pas fait moi-même, c'est que je n'ai plus de balles.

ZANDER SE leva et baissa les yeux vers l'homme qui avait assassiné sa famille et bouleversé son univers. Une rage incommensurable le posséda et il se mit à trembler. Il ne contrôlait plus ses mouvements. Ses doigts étaient crispés contre la détente, et le coup était à quelques millimètres de partir.

Quelque part derrière, Zander entendit la voix calme et rassurante de Jake.

— Je m'en occupe, bébé. Baisse ton arme. Il va payer pour ce qu'il a fait à ta famille, je te le promets.

Alors que la colère commençait à s'estomper, Zander baissa son bras. Il reprit ses esprits et réalisa que tuer Wilson ne serait que s'abaisser à son niveau.

Cette vermine pathétique mérite de vivre pour qu'il souffre toute sa longue vie, enfermé en prison. La mort serait bien trop facile.

À la seconde où Zander revint à lui, Jake le remarqua et il ferma les yeux. *Dieu merci.*

— Ce n'est pas ton jour de chance, dit Zander. Vous tirer dessus ici serait trop bon pour vous. Personne ne devrait être tué de la façon dont vous avez descendu ma famille. Pas même vous.

Zander rangea son arme et s'éloigna. Jake s'avança vers Wilson et l'aida à s'asseoir. Il le menotta dans le dos et le rallongea.

— On vous emmène.

— Bon courage, plaisanta Wilson. J'arrive à peine à aller jusqu'à l'entrée de la mine et à en revenir. Pourquoi croyez-vous que je n'ai pas cherché de l'aide moi-même ?

— Ne vous inquiétez pas, je vous ferai redescendre même si je dois vous porter sur mes épaules.

Jake laissa Wilson et partit à la recherche de Zander. Il le trouva à l'entrée de la mine, debout et des larmes sur les joues.

Jake l'entoura de ses bras et le serra contre lui pendant qu'il se mettait à sangloter.

— Laisse sortir, mon bébé, laisse tout sortir.

Il le berça jusqu'à ce qu'il sente la respiration de Zander se calmer et ses sanglots commencer à s'évanouir.

— C'est juste la chute d'adrénaline, expliqua Jake, ça arrive tout le temps.

— J'ai presque tiré, Jake, lui avoua-t-il, j'ai presque tué un homme.

— Mais tu ne l'as pas fait bébé, murmura Jake, tu ne l'as pas fait.

Zander s'essuya les yeux et dit :

— Faisons sortir cette enflure d'ici.

Jake lui fit un dernier câlin.

— C'est bien toi, ça, dit-il. Allons-y.

Ils réalisèrent rapidement que Wilson ne bluffait pas. Quand ils l'amenèrent à l'extérieur sous la lumière du soleil et qu'ils purent regarder sa jambe, elle était horriblement infectée, avait triplé de volume en enflant et laissait échapper un liquide jaune-verdâtre. Jake avait plus moins confirmé que la gangrène s'était installée, et Wilson perdrait probablement sa jambe s'il arrivait en vie à Anchorage.

Ils l'amenèrent jusqu'à leur campement et l'installèrent sur le canapé de fortune. Ils remballèrent leurs affaires et bricolèrent un brancard en mettant des branches d'environ sept centimètres de diamètre dans l'un des sacs de couchage pour le transporter. Ce serait un trajet long et lent, mais ils étaient déterminés à l'amener vivant en bas de la montagne.

— Il faut que j'appelle quelqu'un, dit Jake.

— Je suis d'accord, mais qui ? Burton ?

— Zander, je sais que tu lui fais confiance, mais je ne suis toujours pas certain à propos de Burton. Est-ce que tu es sûr que tu peux lui faire confiance ?

— Je ne suis sûr de rien, mais mon père lui faisait confiance, alors j'imagine qu'on peut. En plus, si on l'emmène sans personne avec nous, il atterrira auprès des autorités locales puis directement au FBI.

— On peut appeler Luke, suggéra Jake. Il pourrait venir avec une caméra et documenter toute cette histoire. Ensuite, une fois rentrés, on appelle Burton.

Zander se tut un moment.

— D'accord pour Luke. Vas-y.

Jake composa le numéro de Luke sur le téléphone satellite.

— Salut, Jake, comment ça va ? dit Luke en répondant.

— Luke, écoute-moi s'il te plaît. On a Arlen Wilson.

— Hein ? Où ?

— C'est une longue histoire, et je te la raconterai, mais nous sommes au lac Hiline à environ quarante minutes d'hydravion d'Anchorage. Est-ce que tu penses pouvoir venir ici avec une équipe et une caméra ?

— Certainement, ne bougez pas. Je serai là dès que j'aurai attrapé un vol.

— Quand tu arrives à Anchorage, appelle Mountain Air et tu demandes Mac Cleary. Dis-lui que l'on vous retrouve à la vieille auberge, proposa Jake, il vous emmènera. Et Luke, ne mets personne au courant de votre destination et de vos motivations, s'il te plaît. Je ne veux pas que cet homme se retrouve encore une fois entre les mains du FBI pour ensuite disparaître à nouveau.

— Tu peux compter sur moi, Jake. Je me mets en route.

— Je te remercie Luke, je savais qu'on pouvait te faire confiance.

QUAND ILS commencèrent à redescendre la montagne, il était presque neuf heures. C'était bizarre et difficile de porter Wilson en plus du sac à dos plein, mais ils étaient déterminés à y arriver. Zander se plaça devant pour ne pas avoir à regarder l'homme qui avait changé sa vie pour toujours. Au bout d'une heure, Zander ne tenait plus.

— Pourquoi les avez-vous tués ? demanda-t-il en continuant à marcher.

— L'argent, avoua Wilson.

— Vous n'auriez pas pu prendre ce qui vous intéressait et ne pas les tuer ?

— J'aurais pu, mais ce n'était pas mes instructions.

Zander s'arrêta.

— Quelles étaient vos instructions ?

— De les tuer et de faire passer ça pour un cambriolage interrompu.

195

— Qui vous a engagé ? demanda Jake calmement.

— Je ne sais pas, reconnut Wilson, je n'ai jamais rencontré cet homme, je lui ai parlé seulement une fois au téléphone.

— Est-ce que ça avait quelque chose à voir avec le projet de loi contre le tabac ?

— Écoute petit, je ne sais rien à propos de loi contre le tabac ou je ne sais quoi. J'ai un casier judiciaire long comme le bras, vol, vol avec effraction et vol qualifié, mais avant ce soir-là, je n'avais jamais tué personne.

Zander se remit en route.

— Combien ? demanda-t-il.

— Combien de quoi ?

— Combien vous ont-ils payé ?

— Cent mille dollars, admit Wilson avant de rester silencieux plusieurs minutes. Ça n'a plus d'importance, mais je l'ai fait pour ma fille. Elle a une maladie appelée spina bita, non, ce n'est pas ça, spina bifida, oui voilà, et elle a besoin de se faire opérer. Je n'ai pas pu conserver un job en dix ans, et je n'ai pas d'assurance. J'aime la gamine, mais je n'ai pas été bien avec elle, donc j'ai fait quelque chose que je savais faire pour lui obtenir ce dont elle avait besoin.

Jake remarqua que Zander ne répondit pas. Il se contentait de marcher.

— Comment les choses ont-elles été arrangées ? demanda Jake.

— Un type appelé Ralston m'a téléphoné…

Zander s'arrêta à nouveau.

— James Ralston du FBI ? interrogea Jake.

— C'est lui, mais je ne savais pas qu'il était du FBI avant de me faire arrêter.

— Continuez.

— Comme je le disais, Ralston m'a appelé et a fixé une heure à laquelle je devais appeler un autre type qui m'a dit ce qui devait être fait, quand je devais le faire, et de quoi il voulait que ça ait l'air.

— Comment vous ont-ils payé ?

— Écoutez, je ne suis pas un imbécile, j'ai demandé du liquide, des petites coupures non numérotées.

— Comment avez-vous eu l'argent ?

— Ralston m'a rencontré dans un parking souterrain et m'a donné le liquide.

— Quel parking souterrain ?

— L'immeuble de Washington Mutual, sur la Troisième Avenue.

— Zander, s'exclama Jake. Je suis sûr qu'ils ont des caméras de surveillance.

Jake n'eut pas de réponse.

Il s'arrêta, posa son côté du brancard et courut jusque devant Zander. Zander avait le regard vide et il ne respirait pas. Il commençait à virer au bleu.

— Bébé, est-ce que ça va ?

Zander ne répondit pas.

— Zander, parle-moi, supplia Jake.

Jake tira le brancard des mains de Zander et le posa à terre. Il prit Zander par la main et l'éloigna de Wilson.

— Respire profondément, Zander, respire, ordonna Jake. Maintenant !

Zander lutta pour respirer, et quand il y parvint, il tomba à genoux. Il s'accrocha à la taille de Jake et sanglota à nouveau.

— Cent mille dollars, bredouilla-t-il. Il a tué ma famille pour cent mille dollars. On n'était pas fous. Ralston est derrière tout ça.

Jake prit la tête de Zander dans sa main et lui caressa les cheveux de l'autre pendant qu'il pleurait.

— Je sais, bébé, je sais. Tout ira bien. Je te le promets.

Il serra Zander contre lui jusqu'à ce qu'il se calme et qu'il respire correctement.

— Allons-y, murmura Zander en se hissant debout, il faut qu'on redescende et qu'on retrouve Luke.

Ils retournèrent près du brancard, le reprirent en main et repartirent vers le bas de la montagne. Il était presque sept heures du soir quand ils arrivèrent à l'auberge. Ils transportèrent Wilson dans le vieux bâtiment et posèrent le brancard au centre de la grande salle.

Zander se retourna et sursauta à la vue d'une silhouette qui s'écartait de l'ombre.

Une fois que ses yeux se furent ajustés à l'obscurité, il poussa une exclamation de surprise.

— Burton ! Qu'est-ce que tu fais là ?

— Je garde un œil sur toi, répondit-il

— Comment saviez-vous où nous trouver ? demanda Jake.

— Ce n'était pas très dur à comprendre, fiston, admit Burton. Lorsque vous étiez dans mon bureau et que je vous ai demandé si vous aviez des pistes quant à la localisation de Wilson, j'étais certain que vous me mentiez, alors je vous ai fait suivre.

Avant que Zander ou Jake ne puisse répondre, Wilson se redressa sur le brancard. Il avait apparemment écouté la conversation entre Burton, Zander et Jake.

— C'est la voix, dit-il, c'est l'homme qui m'a engagé pour tuer votre famille.

Zander regarda à deux fois entre Jake et Burton.

— Vous devez vous tromper, dit Zander. C'était le meilleur ami de mon père.

— Je vous dis que c'est lui, insista Wilson.

Zander regarda Burton, attendant une réaction qui indiquerait que Wilson avait tort, mais il ne dit rien. Zander eut la nausée et des sueurs froides. *Ça ne pouvait pas être Burton. Il faisait partie de la famille ; on lui faisait tous confiance.*

Puis soudain, tout le monde sursauta au son d'un coup de feu. Dans un mouvement fluide, Zander regarda Jake prendre son arme, se tourner et tirer. La force de la balle de Jake envoya l'arme de l'arrivant au sol et le fit pivoter. Mais lorsqu'il s'arrêta, ils purent tous voir le visage familier et choqué de Ralston dans l'encadrement de la porte. Son avant-bras avait pris la balle de Jake, mais pas avant que Wilson n'ait pris la balle de Ralston dans le front. Il était maintenant inerte sur le brancard.

— J'aurais dû faire ça à Seattle quand j'en avais l'occasion, dit Ralston sarcastiquement en attrapant son bras avec sa main opposée.

— M. Elliot, dit calmement Burton, vous venez juste de ruiner toutes vos chances de sortir d'ici vivant.

Jake regarda Burton puis se tourna vers Ralston.

— Mains où je peux les voir, Ralston, hurla Jake, je suis sérieux. Je vous ai tiré dessus une fois, je le referai.

Ralston tenta de lever son bras, mais le sang commençait à couler de l'artère endommagée.

— On va voir ça, Burton, ajouta-t-il.

— Au risque de perdre ton boy toy, lança Ralston avec malice en avançant vers Burton et en prenant à nouveau son bras pour arrêter l'hémorragie.

Jake sentit son estomac se nouer. Il regarda dans la direction de Zander, derrière qui se tenait désormais Burton avec un pistolet collé dans le dos de Zander. *Oh, mon Dieu, Zander. Réfléchis Jake ! Le gilet ne va pas le protéger à bout portant. Réfléchis, bon sang.*

— Lâchez votre arme, Jake, dit Burton calmement.

— Il n'y a pas d'issue pour vous, Elliot, balbutia Ralston en agrippant son bras blessé.

— Ne le fais pas, Jake. Burton ne me tuera pas. Il aimait mon père. Il doit y avoir quelque chose d'autre sous cette histoire. Ralston est forcément celui qui est derrière tout ça.

— Moi ? siffla Ralston. Je m'occupais de mes affaires quand je me suis fait entraîner dans cette situation merdique.

Le teint de Zander prit une teinte verdâtre et il semblait faire tout son possible pour garder le contenu de son estomac là où il était supposé être, mais il s'adressa calmement à Burton par-dessus son épaule.

— Burton, qu'est-ce qui se passe, bon sang ? Enlève cette arme de mon dos, s'il te plaît.

— Désolé fiston, mais je ne peux pas faire ça.

— Tu es donc en train de me dire que tu es à l'origine de ces meurtres ?

— Tu ne comprendrais pas même si je te l'expliquais.

Les jambes de Zander s'affaiblirent, puis il se sentit soudain sur le point de s'évanouir. Son instinct lui donna envie de se mettre en position fœtale et de simplement s'éteindre. *Ce n'est pas possible, pas encore. Pourquoi ?* Il allait s'effondrer quand il regarda Jake. Il ne vit que de l'amour, de la force et de l'inquiétude dans son regard. *Non ! Ça ne peut pas recommencer. Cette fois, j'ai le droit de me battre, et je vais le faire.* Aussi vite qu'il l'avait perdu, il retrouva son instinct de survie. *Continue à parler jusqu'à ce que tu trouves quoi faire.*

— Donc la réponse est oui, murmura Zander. Pourquoi, Burton ? Nous avions tous confiance en toi. Essaye de m'expliquer, pria-t-il. Si l'on doit mourir, j'aimerais vraiment pouvoir tourner la page. C'est le moins que tu puisses faire.

— Allez, Burton, tuez-le, demanda Ralston en glissant le long du chambranle et en agrippant toujours son avant-bras. L'hélicoptère va arriver d'une minute à l'autre pour nous récupérer.

— Allez vous faire voir, Ralston. Il a raison, je lui dois bien ça.

Gagne du temps, Zander, essaye d'en gagner autant que tu peux. Jake trouvera un moyen. Zander regarda Jake et fit un mouvement presque imperceptible de la tête. Il espérait que Jake comprenait ce qu'il était en train de faire, mais il n'avait aucun moyen de le savoir. Il vit Jake balayer rapidement la pièce du regard, probablement pour évaluer la situation, et lui aussi regarda autour de lui. Wilson était sûrement mort, Ralston était blessé et il avait une arme dans le dos. Le seul point positif était qu'il avait encore une arme cachée sur lui, et à sa connaissance, ils ne savaient pas qu'il était armé. S'il pouvait la récupérer sans se faire tuer ou faire tuer Jake, ils auraient peut-être une chance.

Burton interrompit le fil de sa pensée.

— Les choses ont commencé il y a environ vingt ans, avec ce petit problème que j'ai avec les jeux d'argent.

Zander eut une impression de déjà-vu et revit son enfance en se souvenant de ses parents qui discutaient de ses problèmes suspectés de jeu.

— Au départ, ce n'était pas grand-chose et j'arrivais à le contrôler, mais comme je devenais de plus en plus doué avec l'entraînement, j'avais de plus en plus d'argent à ma disposition. J'ai commencé à dépenser tout l'argent qui passait entre mes mains. Quand je n'en ai plus eu, j'ai commencé à emprunter depuis les comptes que je gérais et à détourner des fonds pour payer mes bookmakers et laisser mes crédits ouverts, mais ça a fini par me rattraper.

Zander l'interrompit, toujours pour gagner du temps.

— Mais Burton, un problème de jeu n'est pas une raison pour tuer son meilleur ami.

— Les choses ont empiré, fiston, dit Burton avec tristesse, tellement que j'ai détourné vingt millions de dollars des investissements de ton père sans qu'il soit au courant. J'ai fait un très bon travail en trafiquant les rapports trimestriels, et j'avais vraiment l'intention de rembourser cet argent avec des intérêts avant qu'il ne découvre tout, mais comme d'habitude, la victoire qui rapportait gros n'est jamais arrivée.

— Vous savez qu'il vous aurait probablement donné l'argent pour vous sortir de là, si vous aviez demandé de l'aide, dit Zander avec précaution en croisant les bras pour rapprocher sa main de son arme.

— Tu ne crois pas que j'ai essayé d'obtenir de l'aide ? aboya Burton. J'ai essayé, j'ai vraiment essayé. Je ne suis simplement pas capable de battre ça, apparemment.

— Alors qu'est-ce qui a changé si radicalement et qui t'a fait penser qu'il allait découvrir ton petit secret ? demanda Zander.

— Ton père m'a confié qu'il comptait tenter la Maison Blanche.

— Quoi ? s'exclama Zander en se tournant pour regarder Burton.

— Il m'a dit qu'il prévoyait d'être candidat à la présidence des États-Unis, et qu'il aurait besoin de retirer une grosse quantité de ses investissements et de ceux de ta mère dans un futur proche, c'est ça qui a tout changé.

— Tu aurais été découvert, dit Zander.

— J'avais toujours prévu de remettre l'argent à sa place, mais je n'en ai pas eu le temps.

— Plutôt que de lui dire ce que tu avais fait, tu l'as fait tuer, dit Zander sur un ton incrédule.

— Non, ce n'est pas aussi simple que ça.

— Allez le vieux. Ferme-la et tue-le, dit Ralston. Tu vas tout foutre en l'air.

— Tais-toi, espèce d'idiot, répondit Burton. Zander, j'ai replacé l'argent de ton père plusieurs mois avant sa mort.

— Je ne comprends pas, dit sèchement Zander. Pourquoi les as-tu fait tuer ?

— Ce fichu projet de loi, admit Burton. La menace de signer le projet circulait depuis des années, mais personne ne voulait le toucher à cause des conséquences. Et bien sûr, le grand et puissant John Walsh ne m'a pas écouté. Il fallait qu'il soit celui qui le signerait. Il savait que la majorité de la Chambre le soutiendrait, y compris le Président, et il était persuadé que ça l'aiderait pour sa campagne pour la Maison Blanche. Quel imbécile !

— D'accord, là je suis vraiment perdu, avoua Zander.

— Mon cabinet est conseiller juridique pour un des Big Four, les quatre principales industries du tabac, depuis plus de quinze ans. À cause d'une enquête poussée sur le passé de chacun, ils étaient au courant de mon problème de jeu, et ils m'ont quand même engagé. Je croyais que c'était parce qu'ils ne pensaient pas que ça allait interférer avec mon travail, mais comme j'avais tort. Finalement, c'était juste pour avoir un moyen de pression s'ils avaient besoin que je fasse quelque chose qui soit contraire à l'éthique ou légal. Alors quand la menace de ce projet de loi signé par ton père est devenue une réalité, ils ont bougé leur pion. Mes employeurs ont arrangé une réunion avec le cartel du tabac et ont accepté de rembourser les investissements de ton père si je l'empêchais de signer la proposition de loi. J'ai accepté et je leur ai dit que je ferais de mon mieux pour le faire changer d'avis. Pendant trois mois, j'ai tenté de convaincre ton père de laisser tomber cette fichue loi, mais il a dit qu'il s'en occuperait tout de suite après ton mariage.

Les choses commençaient à avoir du sens.

— Et Papa a refusé, dit Zander d'un ton à la fois fier et défait.

— Exactement, continua Burton. Ton père était un homme stupide et borné, et, peu importait combien de fois, je l'avais mis en garde contre cette fichue loi, il avait déjà pris sa décision, et il allait le faire.

— Donc c'est pour ça que tu les as fait tuer.

— Je n'avais pas le choix, fiston. Ils menaçaient de révéler au public mes indiscrétions et mon activité de détournement si je ne faisais pas disparaître le problème.

Zander ne répondit pas.

— D'accord, Kelly, tu as raconté ta satanée histoire, dit sèchement Ralston. Maintenant, finissons-en et sortons d'ici.

— Il y a quelque chose que je ne comprends pas, déclara Jake en faisant référence à Ralston, comment il est arrivé dans cette histoire.

— Ça ne te regarde pas, cria Ralston. Tue-le, Kelly.

Burton continua :

— Quand j'ai su ce que je devais faire, je me suis dit que j'aurais besoin de quelqu'un au FBI pour couvrir tout ça, alors j'ai commencé à creuser dans les vies de plusieurs personnes haut placées là-bas, comme les Big Four l'avaient fait pour moi.

— Ça suffit, Kelly.

— Oh, allez, Ralston, maintenant qu'ils sont au courant de mes petits secrets, pourquoi pas les tiens ?

— Je te préviens, insista Ralston.

— Je n'ai pas eu besoin de chercher beaucoup pour découvrir que le grand méchant Chef de département du FBI avait un penchant pour les petits garçons dénudés.

Avant que qui que ce soit n'ait le temps de réagir, Ralston siffla :

— Je t'aurai prévenu, Kelly.

Il attrapa son arme sur le sol, la dirigea vers Burton, et appuya sur la détente.

Burton reçut la balle dans l'estomac. Il recula en chancelant sur quelques mètres, mais resta debout. Jake tira à nouveau sur Ralston et cette fois, il l'atteint au torse. Zander vit Burton lever son arme et viser Jake. Il prit son arme, bondit devant Jake et tira sur Burton qui appuya lui aussi sur la détente. Zander ne visait pas très bien, et il manqua sa cible, mais la balle de Burton le frappa en pleine poitrine, et il s'écroula sous la force de l'impact. Jake se tourna vers Burton et tira. Cette fois, il tomba avec une balle entre les yeux.

Jake pivota vers le corps inerte de Zander sur le sol de l'auberge.

— Zander ! hurla-t-il.

Son cœur battait presque en dehors de sa poitrine lorsqu'il se jeta à genoux à côté de son amant. *Faites qu'il ne soit pas mort. Mon Dieu, j'espère que le gilet a tenu.*

Jake se préparait au pire en prenant Zander dans ses bras. Il semblait avoir des difficultés à respirer et tentait désespérément de récupérer son souffle après qu'il lui a été coupé, mais il sourit à Jake, sans grand enthousiasme. *Il est vivant, Dieu merci, il est vivant.*

Lorsque Zander put à nouveau parler, il bredouilla :

— Mince, ça va laisser un hématome.

Jake attira Zander contre lui et se mit à rire nerveusement sans pouvoir se contrôler.

UNE FOIS que Jake fut certain que Zander allait bien, il le déplaça et l'installa contre un mur, puis alla vérifier l'état des autres. Wilson et Burton étaient morts, mais Ralston était toujours vivant. Jake le menotta en utilisant sa ceinture comme garrot sur son bras, et essaya de stopper l'hémorragie au niveau de sa poitrine, mais il ne pouvait pas faire grand-chose de plus.

Jake entendit un bruit et se retourna pour voir Luke, Mac et un caméraman courir à travers la porte.

— On a tout filmé, Jake, tout.

— Luke ! Mac ! cria Jake. D'où est-ce que vous venez ? Vous allez bien ?

— On va bien, on va bien, s'écria Luke en courant vers Zander.

Il s'agenouilla devant lui.

— Oh la la, j'ai cru que tu étais fichu.

Zander parvint à sourire un peu et lui tapota la poitrine.

— Gilet pare-balles, articula-t-il.

Luke laissa échapper un éclat de rire et le prit dans ses bras.

Jake et Mac les rejoignirent, et tous les quatre s'assirent contre le mur.

— Quand êtes-vous arrivés ? demanda Jake.

— Environ trente minutes avant Burton, expliqua Luke. On attendait que vous arriviez quand on a entendu un hélicoptère. Ensuite, Burton et Ralston en sont descendus et j'ai su que quelque chose clochait. On a fait le tour de l'auberge par-derrière, on a surveillé et attendu. On n'était pas armés, donc on a fait la seule chose que l'on pouvait faire, c'est-à-dire tout mettre dans la boîte.

Puisque tout avait été filmé, Jake savait que Ralston ne pourrait pas essayer de changer les faits, il appela donc son ancien chef de département du Nebraska. Il expliqua la situation et demanda de l'aide pour la procédure, afin que les charges possibles soient levées au plus vite.

Après cet appel, Jake s'assit à côté de Zander.

— Ça va, bébé ?

— J'ai mal partout et j'ai du mal à respirer, mais je vais bien.

— Je pense que tes poumons sont un peu endoloris à cause de la force d'impact de la balle. Je me souviens comment c'était pendant ma formation.

Jake le prit dans ses bras en faisant attention à ne pas le serrer trop fort, et lui dit :

— C'est terminé, bébé. C'est fini.

— Allons acheter une auberge, lui répondit Zander en souriant.

— Tu veux dire que tu veux toujours acheter cet endroit après tout ce qui vient de s'y passer ?

— Je crois que oui, admit Zander. Je veux que nous transformions cet endroit plein de mauvais souvenirs en un endroit plein de bons souvenirs.

— Mon Dieu comme j'aime ta force, et comme je t'aime, murmura Jake.

— Je t'aime aussi, Jake.

ÉPILOGUE

Pour leur dernier jour à Seattle, Zander tenait la main de Ruthann Reynolds pendant que Jake poussait doucement son fauteuil roulant sur le sentier du cimetière de Lakeview. Quand Ruthann était sortie du coma, Jake et lui l'avaient installée dans la meilleure maison de convalescence des environs. Elle allait de mieux en mieux et ils s'attendaient à un rétablissement complet. Elle et Jake s'étaient retrouvés, et elle avait accepté leur proposition de l'emmener au cimetière, car elle n'avait jamais eu l'occasion d'aller rendre hommage aux parents de Zander et à Darren.

Leur nouvel avocat avait réussi à faire rejeter le dossier concernant la révocation du statut d'exécuteur testamentaire, et la dépouille de Darren avait été exhumée et incinérée. Il reposait désormais dans le superbe mausolée avec des personnes qui l'avaient aimé pour qui et tout ce qu'il était.

June McFarland rendait également visite à Everett et à leur fille. Depuis qu'ils étaient revenus de leur aventure comme elle l'appelait, June était devenue une part de leur vie qu'ils chérissaient. Jake savait que les choses auraient pu tourner très différemment sans les conseils de June lorsque Zander était si perdu et qu'il se sentait si coupable, et cela seul le rendait endetté envers elle à jamais. Mais au-delà de ça, elle était devenue comme une grand-mère pour eux deux, et ils en étaient arrivés à l'aimer véritablement.

Grâce au dictaphone de Jake et à l'enquête poussée de son ancien chef sur Burton Kelly et James Ralston, Zander et Jake furent blanchis et l'affaire du meurtre de sa famille fut finalement classée. Ralston, quant à lui, survécut à sa blessure et était en détention au pénitencier Snohomish en attendant son procès pour des charges de destruction et dissimulation de preuves, complicité de meurtre et pornographie enfantine. Il essayait d'obtenir un marché et avoua tout ce qu'il savait à propos du cartel du tabac, et eux aussi faisaient l'objet d'une enquête.

Zander et Jake achetèrent la vieille auberge du Lac Hiline et les rénovations devaient commencer la semaine suivante. Puisqu'elles allaient durer au moins un an, ils achetèrent un logement à Anchorage pour se rapprocher du lac et pouvoir conserver un œil sur l'avancement des travaux. En outre, ils avaient convaincu Mac Cleary de travailler pour eux à l'auberge et de n'emmener que leurs clients entre le lac et Anchorage, à plein temps.

Après avoir vu June et Ruthann et passé du temps avec ses parents et Darren pour leur dire ce qu'il s'était passé dernièrement dans sa vie et celle de Jake, Zander recula un peu et resta debout sous un vieux pin, les bras croisés sur sa poitrine. Jake, June et Ruthann étaient toujours là, discutant et riant sous le soleil éclatant de Seattle. Jake s'arrêta soudain de parler quand il réalisa que Zander n'était pas là, et de là où il était, Zander le vit paniquer légèrement en regardant tout autour de lui, puis se relaxer lorsqu'il l'aperçut sous l'arbre. Il lui fit signe et afficha ce sourire terrible dont Zander ne se lassait pas, et retourna parler avec les dames.

Zander fit tourner l'alliance sur sa main gauche en regardant tendrement les gens qui étaient devenus sa nouvelle famille. Finalement, la tragédie qui lui avait enlevé trois des personnes qu'il aimait lui en avait aussi apporté de nouvelles. Et bien qu'ils ne puissent jamais remplacer ses parents et Darren, ils s'étaient fait leur propre place dans le cœur de Zander. La veuve solitaire qui avait tant perdu, l'amie de longue date de la famille qui avait été loyale jusqu'au bout, et un homme merveilleux qui lui avait donné une seconde chance à l'amour et au bonheur. En regardant l'anneau, il savait que le moment était venu de tourner la page sur le passé et de regarder vers l'avenir. *Tant d'amour en prime*, se dit-il en passant l'anneau de sa main gauche à sa main droite, en préparation à de nouveaux commencements.

SCOTTY CADE

Il a commencé à écrire des histoires dès qu'il a su lire, mais c'est seulement récemment qu'il a commencé à les publier. Quand il n'est pas à l'hôtel, on peut le trouver sur la proue de son bateau à écrire des romances gay avec son chien de berger Shetland Mavis à ses côtés. Originaire du sud des États-Unis et adepte d'engagement et de fidélité, la plupart de ses personnages trouvent leur voie vers des relations longues et saines, quel que soit le temps que ça leur prend. Il pense qu'à la fin, le garçon devrait toujours finir avec le garçon.

Scotty et son compagnon sont passionnés de navigation et vivent à bord de leur bateau. Ils passent leurs étés sur Martha's Vineyard et leurs hivers à Charleston, en Caroline du Sud, et à Savannah, en Géorgie.

Visitez le site de Scotty : www.scottycade.com et sa page Facebook. Vous pouvez aussi le contacter par e-mail : Scotty@scottycade.com

SCOTTY CADE

LE CASSE
DE LA
RUE
ROYALE

Les Enquêtes de Bissonet & Cruz, tome 1

Deux tableaux de prix sont volés dans une galerie d'art de La Nouvelle-Orléans et l'inspecteur principal Montgomery Beau Bissonet est chargé de l'enquête. La compagnie d'assurance envoie également un agent, Tollison Cruz, suivre l'investigation. La situation entre les deux hommes est conflictuelle au premier abord : tension, colère et désir mêlés.

L'affaire, qui implique des personnes en vue, doit être traitée avec précaution. Sur ordre du maire, Bissonet est contraint d'accepter Cruz dans son équipe. Peu à peu, ils apprennent à travailler ensemble et se découvrent de nombreux points communs. Au cours d'un déplacement professionnel, ils vivent une nuit torride et inattendue. De retour à La Nouvelle-Orléans, Beau découvre que Tollison lui a caché son passé.

Dans le Vieux Carré, la chaleur estivale fait mijoter secrets, trahisons et vengeances. Beau et Tollison trouveront-ils la réponse aux questions qu'ils se posent ?

www.dreamspinner-fr.com

Par SCOTTY CADE

L'amour en prime
Le casse de la rue Royale

Publié par DREAMSPINNER PRESS
www.dreamspinner-fr.com